La gardienne de l'oméga

Du même auteur
aux Éditions J'ai lu

La Société

QUI DE NOUS DEUX ?
N° 10463

MISSION AZERTY
N° 10578

À VOTRE SERVICE !
N° 10732

Voisin, voisine

ANGELA

BEHELLE

LA SOCIÉTÉ – TOME 4

La gardienne de l'oméga

J'AI LU

Malgré la pluie et le froid de cette fin janvier, les Champs-Élysées attirent toujours autant de monde. Je remonte l'avenue en prenant garde aux voitures qui ont tendance à frôler ma moto. Depuis le temps que je la voulais, ma Kawasaki Ninja, je n'ai pas envie qu'on me la démolisse si vite.

Lassée de devoir me montrer trop vigilante, je donne un coup d'accélérateur. Il ne doit pas être loin de 23 heures et je mets toujours un point d'honneur à être ponctuelle aux rendez-vous. Je fais le tour de l'Arc de triomphe et m'engage rapidement sur l'avenue Foch. Ici, tout est plus calme, plus feutré, la bourgeoisie dort paisiblement.

Je prends la première à droite jusqu'à la rue suivante. La grille bordant l'hôtel particulier de Paul Peyriac est ouverte. Je reconnais la Porsche d'Alexis ainsi que la puissante Mercedes de son père. Je ne peux m'empêcher de me demander ce que me valent une telle convocation et surtout, le retour de Jacques Duivel de New York.

Forcément un truc important !

— Ton nouveau jouet ?

La voix grave et nette d'Alexis dans mon dos me surprend tandis que je descends de mon engin.

— Pas mal, n'est-ce pas ?

— Pour qui aime le risque, oui !

Je réprime un sourire et me tourne vers lui. Alexis Duivel attend, les mains dans les poches, le regard sombre. Je désigne sa Porsche voisine.

— Tu crois que c'est moins dangereux ?

— Tout dépend de l'usage qu'on en fait.

J'enlève mon casque et je dénoue mes cheveux qui dégringolent sur mes épaules. Alexis m'observe avec cet air qui n'appartient qu'à lui.

— Tu as changé de parfum.

— Je change de parfum comme je change d'humeur ou d'apparence.

— C'est bien pour ça que tu es là ce soir, sourit-il, satisfait de ma réponse. Nous t'attendions avec impatience, Lou.

D'ordinaire, Alexis est avare de ce genre de propos. Aussi l'étonnement et une vague inquiétude me gagnent-ils pendant que je lui emboîte le pas dans le hall de la maison de Paul Peyriac.

Officiellement à la retraite des éditions éponymes, Paul est par ailleurs l'un des fondateurs de la Société. Son avis compte énormément pour le président actuel, Jacques Duivel, le père d'Alexis. À eux trois, ces hommes sont la tête pensante de l'organisation et, à ce titre, mes patrons. J'ai la chance d'avoir leur confiance absolue. Pourtant, ça n'était pas gagné d'avance.

C'est à Jacques que je dois tout. Sans lui, j'aurais connu la rue, la tôle, la came aussi sans doute.

Drôle de type tout de même !

Ils ne sont pas nombreux, les gens comme lui, qui, au lieu d'expédier une petite voleuse en prison, lui proposent un job d'enfer.

Je me souviens de son regard amusé quand il m'a surprise, la main dans le sac, en plein milieu de son salon. J'avais dix-sept ans et quelques coups réussis à mon actif. Cette fois-là, j'avais visé trop haut.

Je ne me suis pas démontée, je l'ai toisé et lui ai affirmé tout de go que son système de sécurité était nul. Il a souri, m'a offert à boire et m'a interrogée longuement en me promettant de passer l'éponge si j'étais sincère. Je l'ai été.

Il a voulu tout savoir, ma famille très honorable, maman pute et papa barré avant ma naissance, mes études pas terribles dans un lycée de banlieue, enfin, moi et mes fâcheuses habitudes de m'infiltrer de nuit chez les bourgeois fortunés.

Il a souhaité connaître les petites ruses qui me permettaient de rentrer dans ces immeubles huppés. Mon culot et ma grande facilité d'adaptation l'ont épaté. Il m'a alors fait une proposition qui a bouleversé le cours de mon existence.

Je l'entends encore m'affirmer qu'il ne me balancerait pas à la police à une seule condition. Quand je lui ai demandé laquelle avec déjà en tête l'idée de le rouler, il a ri et m'a invitée à le suivre dans son bureau. Là, il a ouvert une armoire et m'a montré le système de vidéosurveillance. J'ai moyennement apprécié de me voir en gros plan et en flagrant délit.

Quand sa proposition est tombée, j'ai cru à une mauvaise blague. Il voulait que je lui rapporte mon bac avec mention. Je ne me souviens pas d'avoir eu un tel fou rire de ma vie. Il a attendu que j'arrête de me gondoler sur son canapé, puis il m'a prévenue qu'il ne plaisantait pas et qu'il entendait que je vienne chaque semaine chez lui pour réviser plutôt que d'escamoter les affaires des autres.

J'étais coincée. J'ai promis et j'ai tenu parole. Le samedi suivant, j'ai sonné à sa porte. Une femme blonde magnifique m'a ouvert. Éléonore Duivel s'attendait visiblement à me trouver sur son paillasson. Elle m'a conduite à son mari et j'ai découvert avec consternation le prix de sa vengeance : un professeur, rien que pour moi. Jacques jubilait de me voir complètement dégoûtée.

C'était donnant, donnant !

Soit le prof et le bac, soit la tôle. J'ai choisi le prof.

C'est à ce moment-là aussi que j'ai fait la connaissance d'Alexis, le fils de la maison. Il était alors un adolescent perturbé, lui et moi nous regardions en chiens de faïence. Il n'approuvait pas son père, et moi, je le trouvais trop bizarre. Il a fallu longtemps avant qu'on s'apprécie.

Le bac, je l'ai eu cinq mois plus tard et avec mention très bien. Je pensais clouer le bec de Jacques en allant déposer mes résultats sur son bureau ; il les avait déjà. J'avais appris à le connaître, j'ai vu qu'il était heureux. J'en ai éprouvé une vive émotion en songeant que ma propre mère n'en avait rien eu à faire.

Jacques a débouché une bouteille de champagne, Éléonore et Alexis sont venus fêter ça avec nous. Je me suis enfin sentie fière de moi. Jacques m'a demandé ensuite ce que je comptais faire comme études, je n'en savais rien. Je n'avais même pas cru pouvoir obtenir le diplôme auquel il m'avait contrainte.

Il m'a alors prise à part et m'a tout révélé d'un coup au sujet de la Société. Stupéfaite, je l'ai écouté me raconter comment cette organisation secrète avait été constituée par Henri Valmur avec l'aide de quelques amis. Il a néanmoins usé de quelques précautions de langage pour m'expliquer que son but était d'offrir à ses membres le plaisir sous toutes ses formes, à commencer par le sexe.

Devant ses hésitations, je l'ai rassuré sur ma virginité depuis longtemps perdue. Il m'a regardée avec insistance en réclamant de savoir ce que je qualifiais de « longtemps ». Je lui ai donc raconté ce que je n'avais dit à personne avant lui, comment Maman ramenait des hommes à la maison pour payer le loyer, et comment l'un d'eux avait fini par me préférer à elle. J'avais à peine quinze ans.

Jacques s'est décomposé, il a posé une main sur mon épaule et m'a demandé si je lui faisais confiance. Entre nous était née une amitié, certes peu conventionnelle, mais une amitié réelle et sincère. J'ai répondu oui, et j'ai voulu savoir la suite.

En tant que président de la Société, Jacques avait plusieurs objectifs. Le premier était de préserver à tout prix la sécurité du réseau. Quant au second, il s'agissait d'acquérir des compétences, des capitaux ou des appuis solides en cas de problème. À ce titre, il espérait convertir certaines personnes à la philosophie d'Henri Valmur en les attirant dans les rangs de l'organisation. Bien entendu, tout cela passait par une identification parfaite de ces nouveaux membres. Il fallait alors fouiller dans les moindres recoins de leur vie, tout connaître de leurs habitudes, de leur patrimoine, de leur famille, consigner chaque détail dans des rapports remis en main propre au président. Jusque-là, une enquête succincte avait suffi, mais l'influence grandissante de la Société exigeait plus de prudence.

Au regard qu'il a posé sur moi, j'ai immédiatement compris ce qu'il envisageait. Le contrat était limpide et j'ai accepté sans hésiter. Ce job était fait pour moi. Je suis devenue ce qu'il appelait par boutade « la gardienne de l'oméga ». J'ai ri, mais je n'en menais pas large.

Dès lors, tout a changé radicalement. Sans un regret, j'ai quitté ma mère pour un petit appartement que Jacques a mis à ma disposition. Durant plusieurs mois, il a veillé à ce que je reçoive une éducation parfaite me permettant de m'immiscer dans n'importe quel milieu social, y compris le plus guindé. J'ai appris à parler convenablement, à marcher sur des talons vertigineux, à porter des vêtements de haute-couture, à me tenir à table, aussi à conduire quand mes dix-huit ans tout neufs me l'ont autorisé.

Mon mentor n'a eu de cesse que je devienne incollable sur l'actualité financière, économique, vérifiant constamment si je me tenais au courant. J'ai écumé les musées, les expositions, les salles de concert, j'ai subi des heures de stage dans la banque d'un de ses amis. Je me suis épuisée devant des écrans d'ordinateur dont la seule vue, à la fin, me donnait la migraine. L'unique chose dont je ne me suis jamais plainte, c'était le karaté. Jacques tenait à ce que ma condition physique soit aussi parfaite que mon éducation.

Sur un plan plus personnel et féminin, c'est Éléonore qui a comblé mes lacunes. Douce et compréhensive, elle a fait de moi une vraie femme, m'apprenant à me faire jolie, m'entraînant avec elle chez Bertrand, Jill et Mme Jeanne. Petit à petit, j'ai découvert en elle quelqu'un de très différent de l'image qu'elle donne.

Derrière son apparence très digne et discrète se cache une redoutable maîtresse à la sensualité torride. J'ai enregistré sa façon d'être, de paraître. Elle a été mon modèle, sans aucun doute, même si mon caractère me porte à être moins effacée qu'elle. En tout état de cause, elle a rempli auprès de moi le rôle que ma mère n'a jamais tenu.

Ainsi, logée, nourrie, veillée, entourée et payée chaque mois juste pour apprendre, j'ai gagné en assurance. En tour de poitrine aussi ! Jacques s'amusait de me voir grandir encore, il me qualifiait en plaisantant de « créature ».

Alexis, quant à lui, ne savait rien. Du moins, c'était ce que pensaient ses parents. Il a découvert officiellement mes fonctions bien plus tard, en devenant à son tour membre de la Société. Il m'a alors avoué qu'il s'en doutait depuis longtemps.

Jacques ne m'a présentée à Paul Peyriac que lorsque j'ai été tout à fait prête. Il valait mieux. Tandis qu'il exposait son projet, je me sentais soupesée par le regard glacial de l'ancien éditeur. Je m'attendais à ce qu'il dise non, à ce qu'il me renvoie sans aucune concession. Au lieu de quoi, Paul a écouté jusqu'au bout, puis il m'a invitée à déjeuner en tête à tête.

Il a choisi l'un des plus grands restaurants de Paris, a commandé des plats raffinés et des bouteilles prestigieuses. Nous avons parlé littérature, philosophie, histoire, et sexe, bien sûr. Il m'a observée me débattre avec les huîtres et l'aile de raie, il a attendu mon verdict sur le vin blanc. J'avais l'impression de passer un examen devant un jury impitoyable. Ce n'est qu'au moment du café qu'il a croisé les doigts sous son menton en me regardant avec un air nettement plus gentil. Il m'a alors souhaité la bienvenue parmi eux. J'ai su ainsi que j'étais pleinement acceptée et j'ai pu commencer ma mission.

Depuis, les choses ont un peu changé. Avec l'accord unanime du conseil d'administration, Alexis a pris la vice-présidence de la Société quand son père s'est installé à New York. L'adolescent bizarre est devenu un homme sûr de lui, formidablement séduisant et à présent marié à Mickaëlla, la veuve d'Henri Valmur. Sous son impulsion enthousiaste et dynamique, le nombre d'adhérents et les services proposés ont considérablement augmenté.

Jacques, quant à lui, a réussi à mettre sur pied un début d'organisation de l'autre côté de l'Atlantique. Il y applique de pareilles mesures de sécurité. Je reste cependant la seule et unique gardienne de l'oméga. Je suis son espionne et son bras armé. Hormis Paul Peyriac et la famille Duivel, tout le monde ignore mon identité réelle et mes fonctions. À l'inverse, moi, je connais tous les membres. Aucun d'entre eux n'a de secrets pour moi, je les ai tous étudiés, observés, suivis, décortiqués, volés même parfois.

Par mesure de sécurité, il est rarement arrivé que nous soyons ainsi réunis tous les six. Les Duivel tout comme Paul Peyriac ont toujours scrupuleusement respecté la plus grande discrétion. S'ils m'invitent à les rejoindre ici, à cette heure tardive, c'est qu'il y a problème.

*
* *

Je marque un temps d'arrêt avant d'entrer dans le bureau. Sous l'œil vaguement moqueur d'Alexis, je me débarrasse de mon blouson de cuir ainsi que de la combinaison anti-pluie que je porte. Je fais ensuite glisser ma tunique qui se transforme en une robe courte et j'extirpe des escarpins de mon sac à dos. Alexis observe ma métamorphose avec un air approbateur.

— Je suis prête.

— Je vois, dit-il avant d'ouvrir. Étonnant, mais efficace.

Tous se lèvent à notre arrivée. Si Éléonore et Mickaëlla me reçoivent en m'embrassant chaleureusement, les hommes, eux, m'accueillent avec une mine grave. Mes soupçons deviennent des certitudes.

Jacques semble fatigué ; il élude d'un geste de tendre connivence sur mon épaule quand je m'en inquiète. Paul n'est guère plus enjoué, il occupe sa place habituelle derrière son bureau avec cet air froid et déterminé que je connais bien.

Alexis m'invite à m'asseoir et je devine que c'est à lui qu'il revient de m'expliquer la situation qui justifie une telle réunion. Le vice-président me dévisage une seconde, puis il opte résolument pour le déballage direct.

— Le réseau de la Société a été infiltré.

Un frisson parcourt mon dos et je me raidis dans le fauteuil. Je me tourne vers Jacques pour qu'il démente cette affirmation saugrenue, mais celui que je considère comme mon père adoptif reste fermé. Ses sourcils se froncent dans une attitude qui m'indique sans mal que c'est la vérité. Je me résigne.

— Par qui ? j'interroge d'un ton sinistre.

— Nous l'ignorons, répond Alexis. Ou plus exactement, nous n'en avons qu'une très vague idée.

— C'est-à-dire ?

Je le toise tandis qu'il tergiverse. Pour bien le connaître, je sais qu'il ne parle pas à la légère et je plains déjà celui ou celle qui a commis cette imprudence. Il soutient mon regard et comprend fort bien ce que je lui reproche.

— C'est toi, la gardienne de l'oméga, me rappelle-t-il.

— Et comment veux-tu que je fasse si tu ne m'en dis pas plus ?

— Alex, commence par le début ! lui conseille gentiment son père en constatant la reprise de nos vieilles chamailleries.

Alexis réprime un petit sourire ironique et va s'asseoir à son tour.

— Dernièrement, plusieurs de nos membres ont été approchés par de jolies jeunes femmes lors de soirées dans différents établissements. De façon non équivoque, elles leur ont proposé leurs services très particuliers.

— Ces endroits que tu évoques sont souvent fréquentés par des escort girls, je réfute avec l'assurance de quelqu'un qui sait de quoi il parle.

— Je ne le conteste pas, Lou, mais quand ces avances sont aussi fréquentes et ciblées, tu m'autoriseras quelques soupçons.

— Combien de membres se sont émus d'être harponnés ?

Mon ironie ne l'amuse pas et je comprends qu'il s'inquiète pour de bon.

— Nous comptons une dizaine de cas officiellement déclarés, je suppose qu'il y en a eu davantage.

J'ouvre des yeux ronds et mon humour s'envole.

— Depuis quand ?

— Trois mois environ.

— Pourquoi ne m'avez-vous rien dit avant ?

Jacques prend son fils de vitesse, sa voix s'élève avec autorité pour me répondre.

— J'ai demandé à Alexis de procéder à une petite enquête préliminaire pour ne pas t'alerter inutilement sur le sujet. Je dois avouer que je croyais moi aussi au fruit du hasard. Il s'avère malheureusement que les témoignages que nous avons recueillis s'accordent tous à faire état d'une véritable démarche volontaire et redoutablement efficace de la part de ces jeunes femmes. Il existe bel et bien un réseau concurrent qui cherche à débaucher les membres de la Société.

— Ces membres ont-ils reçu des menaces ? Ont-ils fait l'objet de chantage quant à leur appartenance à notre organisation ?

— Non, du moins, pas encore ! répond Alexis d'un ton qui augure de sa grande méfiance quant à cette possible évolution de l'affaire.

— Qui soupçonnez-vous ?

Paul ouvre alors le tiroir de son bureau et en sort un dossier qu'il me tend.

— Voici les photos que nous avons pu obtenir des filles en question. J'ai fait intervenir certains de mes contacts pour qu'ils s'introduisent dans les établissements incriminés et qu'ils exercent une surveillance constante. Ils ont pu réaliser ces clichés suffisamment éloquents. Tu as la liste des clubs où elles usent régulièrement de leurs talents, me dit-il très sobrement, comme à son habitude.

Dans le dossier plutôt mince, je découvre quelques photographies pas toujours très nettes. Elles mettent en scène deux filles différentes. Quant aux membres de la Société, je les reconnais sans mal.

— Le juge Frécourt ne se contente plus de ses soirées privées ? je demande, amusée par l'un des clichés où le magistrat paraît émoustillé de la présence à ses côtés d'une magnifique blonde.

— Sa femme l'a quitté.

Je lève un œil à peine étonné vers Alexis, qui m'a répondu. Il incline la tête comme si cela était d'une rare évidence.

— Renaud Frécourt a de fâcheuses tendances exhibitionnistes que son épouse canalisait au sein de leur salon familial. Je crains qu'il ne se laisse aller si elle n'est plus là pour l'en empêcher.

— Je lui parlerai.

— Accorde-moi du temps avant d'intervenir. S'il est une proie facile pour ces filles, il me servira d'appât sans qu'il le sache. Cela vous évitera d'avoir à faire appel à un autre membre. Celui-là est idéal.

— Comme tu veux, c'est toi la spécialiste !

Le regard qu'il me darde est teinté de soulagement et d'une grande complicité. Alexis se doute déjà de ce que je m'apprête à faire.

— Cette fois, c'est plus qu'une simple enquête préalable, Lou, intervient Jacques, qui l'a compris pareillement.

Son ton est inquiet, ses traits soucieux. Il éprouve pour moi une affection qui me trouble et m'émeut toujours autant malgré les années.

— Tu n'as pas confiance ? je demande sur un mode léger, presque moqueur.

— Nous ne savons pas à qui nous avons affaire. Il pourrait tout aussi bien s'agir d'un réseau de prostitution haut de gamme à la française que d'une mafia d'un pays de l'Est. Je refuse que tu te mettes en danger.

— Je ne suis pas du genre suicidaire, Jacques, tu me connais. Un peu d'action ne fait cependant pas de mal.

— S'il t'arrivait quoi que ce soit, nous ne nous le pardonnerions pas.

Cette fois, c'est la douce voix d'Éléonore qui s'est élevée. La main de Mickaëlla près de moi se pose sur la mienne comme une confirmation des paroles de sa belle-mère. Une petite boule d'émotion me monte à la gorge et, comme toujours, j'ai besoin d'une pirouette pour m'en sortir.

— Que pourrait-il bien m'arriver ? Ce que je crains le plus dans cette affaire, c'est de devoir me faire passer pour une de ces filles et tarifer mes galants services... ma foi, je connais plus dangereux comme situation.

— Tu sais très bien ce qu'Éléonore veut dire, me gronde tendrement Jacques. Et nous pensons tous la même chose.

— Oui, je sais, je cède devant tant de prévenance.

— Pas de risques inutiles, Lou ! exige-t-il encore. Éléonore et moi devons regagner New York dès demain. Si tu as besoin de quelque chose, vois avec Alexis. Et tiens-moi personnellement informé.

— Je n'y manquerai pas.

— Si je n'ai pas de nouvelles de toi, je t'envoie Alex.

Un coup d'œil vers ce dernier m'indique qu'il prendrait certainement beaucoup de plaisir à venir me passer un savon.

— Je t'appellerai, je confirme d'un air narquois qui arrache un sourire à mon ancien camarade de jeu.

*
* *

L'enquête démarre, plus laborieuse que d'habitude. Moi qui suis toujours à l'initiative, je me retrouve contrainte d'attendre que le juge Frécourt cède une fois de plus aux tentations du plaisir. La surveillance que j'exerce sur sa propriété de Neuilly m'ennuie prodigieusement, mais c'est le seul moyen dont je dispose, le plus efficace en tout cas.

Les éléments que m'a fournis Paul n'étaient pas nombreux, et demander l'aide d'un autre membre aurait été hasardeux. Cela aurait provoqué la suspicion de quelque chose d'anormal. C'est tout bonnement impensable, les adhérents de la Société ne doivent en aucun cas craindre que leur appartenance à notre réseau soit révélée. Il en va de l'intérêt de tous.

J'ai potassé longuement les comptes bancaires du juge, que j'ai pu récupérer par le biais de mes relations particulières. Je n'ai relevé aucune fantaisie. Apparemment, il n'entretient pas de maîtresse, ne commet pas de folles dépenses. Tout me porte donc à croire qu'il se contente encore de ses escapades nocturnes.

Il me faut attendre une semaine pour qu'il se décide enfin. Lorsque je vois sortir sa Jaguar du garage à près de 22 h 30, le samedi soir, je doute qu'il s'agisse d'une audience au tribunal. Je démarre ma moto et le suis à distance. Il n'était pas trop tôt.

Je devine où il se rend, il a ses habitudes ancrées, et des préférences très affichées. Le club *You N Me*, dans un quartier branché de Paris, est l'un de ses endroits fétiches. C'est aussi l'une des adresses mentionnées dans le rapport de Paul.

J'entre dans cette boîte à l'ambiance très intimiste quelques minutes après lui et je le repère au bar, où il s'est installé seul. Je m'assois à l'écart et j'attends en sirotant un cocktail. Je récolte quelques œillades de la part de messieurs très souriants, mais mon air affairé sur mon portable les dissuade de venir m'importuner comme ils seraient tentés de le faire.

Heureusement, je n'ai pas à patienter longtemps. Une blonde sculpturale traverse la boîte pour aller se poser directement sur un tabouret près du juge.

Si ça, ce n'est pas un rendez-vous, je n'y connais rien !

Il s'agit de la fille des photos, aucun doute. Très discrètement, je réussis à prendre d'elle quelques clichés supplémentaires.

La demoiselle peu farouche et légèrement vêtue se fait offrir le champagne par son voisin tout émoustillé. Avenante, elle écoute le discours qu'il lui tient avec un intérêt parfaitement joué. Elle acquiesce, sourit, relance la conversation et surtout, l'incite à boire un peu plus.

Ainsi chouchouté, ce monsieur que je sais d'une faible résistance face à la gent féminine se laisse séduire. Sa main s'égare sur la cuisse de la jeune femme qui ne le repousse pas, au contraire. Par son comportement, elle autorise l'audacieux à s'aventurer plus loin entre ses jambes.

Quel homme normalement constitué pourrait lutter durablement contre une telle offensive ?

La demoiselle est terriblement sexy, belle à tomber, visiblement assez cultivée pour tenir une conversation avec un magistrat et, par-dessus tout ça, elle invite au plaisir.

Imparable !

Les deux tourtereaux bavardent encore quelques minutes, puis le juge réclame de régler leurs consommations. Je l'imite aussitôt, sentant l'imminence de leur départ. En galant homme, monsieur escorte sa conquête jusqu'à sa voiture dont il lui ouvre la portière avant d'aller en prendre le volant. Ils regagnent ainsi la propriété de Neuilly, où la Jaguar s'arrête dans la cour intérieure. Je les vois en descendre et se diriger, collés l'un à l'autre, vers la maison. Monsieur le juge est pressé de consommer. La blonde rit et l'encourage à entrer plus vite.

Le domicile des Frécourt m'est bien connu. Je m'y suis infiltrée au moment de mon enquête préliminaire sur ce nouveau prétendant au titre de membre de la Société. Je sais donc où se trouve sa chambre, qu'il ne partageait pas avec son épouse à l'époque, d'ailleurs. Je finis par me demander si ces deux-là ont couché ensemble un jour. Sans doute ne fallait-il voir dans ce mariage qu'un intérêt purement patrimonial.

Qu'importe, mon but n'est pas aujourd'hui de me soucier de ce sujet très secondaire.

Une lumière éclaire le temple de la luxure du sémillant Renaud. Je me rappelle très bien son lit extravagant, un meuble énorme à baldaquin, orné de figures allégoriques se livrant à la fornication et doté d'un ciel de lit constellé de miroirs dont l'utilité ne m'échappe plus.

La prudence est un vain mot chez notre ami, il ne prend pas la précaution de fermer ni ses rideaux ni ses volets. Pour un peu, je l'en remercierais. Je sais parfaitement où me placer près du muret du garage pour observer à loisir les galipettes du magistrat. Je ne suis pas déçue du spectacle que l'objectif performant de mon appareil photo me permet d'admirer en gros plan.

Ce qui m'impressionne le plus n'est pas de voir cet homme, dépositaire d'une haute autorité dans son milieu professionnel, se soumettre aussi docilement à la volonté d'une femme, mais de constater avec quel talent et quel enthousiasme cette dernière le manœuvre. Elle doit avoir une très bonne idée des préférences de M. Frécourt. En moins de temps qu'il en faut pour le dire, celui-ci se retrouve nu aux pieds de la déesse, qui lui en offre généreusement un à lécher.

C'est assez drôle de le contempler à quatre pattes sur le tapis en train de se délecter des orteils vernis de la blonde. Je n'ai pas besoin du son pour deviner, à la façon dont il réagit, qu'elle lui ordonne de se masturber en même temps. Il s'active alors à lui obéir dans une attitude qui manque de me faire rire. Je me réjouis déjà des clichés que je développerai en rentrant.

Elle finit par le repousser comme elle ferait d'un chien collant. Le juge bande vigoureusement en s'affalant sur le sol. Elle se rapproche lentement de lui et, superbement autoritaire, son auguste pied s'écrase sur le sexe tendu du magistrat. Ce dernier se cambre en grimaçant, mais au lieu de se soustraire à cette torture, il s'y offre complaisamment.

Le fétichisme de Renaud Frécourt est notoire. Tout le monde dans son entourage sait qu'il voue aux chaussures des dames un intérêt qui dépasse largement celui de la seule mode. Un talon aiguille est capable de le fasciner au-delà du raisonnable. Ce que j'ignorais, c'est que cette adoration le conduit à livrer son sexe aux pieds cruels d'une fille sans pitié. Plus elle le maltraite, plus il exulte.

Avec un plaisir qui m'échappe, il savoure qu'elle le piétine. De temps à autre, la blonde lui fait cadeau d'un de ses orteils à sucer comme on consolerait un enfant chagrin. Il s'en empare avec une avide gourmandise et le tète plus goulûment qu'il ne l'aurait fait d'un sein.

Impassible, elle le regarde de haut, elle ne sourit même pas devant le spectacle étonnant que présente l'éminent homme. Visiblement, elle n'est pas chatouilleuse non plus, alors que moi j'éprouve des frissons désagréables rien qu'à voir ça.

Mon appareil photo enregistre cette scène épique. Je gage qu'Alexis s'en amusera tout autant que moi, même s'il taira ses commentaires.

Force est de constater que la jolie demoiselle est très au fait de ce que Renaud Frécourt attend de ses services. Je doute que ce soit la première fois qu'elle lui prodigue ainsi ses étranges tendresses, sauf à être particulièrement bien renseignée sur le compte de son client.

Ce digne quinquagénaire, la terreur du tribunal dont il exerce la présidence ferme et unanimement appréciée, se complaît à se soumettre à son bourreau quand celui-ci lui ordonne de rejoindre à genoux l'immense lit à baldaquin. En récompense de sa sage obéissance, il obtient le privilège qu'elle s'assoie sur son visage et lui donne enfin quelque chose de plus réjouissant à téter.

Cette fois, la donzelle abandonne son air hautain pour onduler gracieusement au-dessus de sa très consentante victime. Cet épisode équestre dure suffisamment longtemps pour que je m'inquiète de la survie du juge. Si elle continue ainsi, il va finir par manquer d'oxygène entre les cuisses autoritaires qui le contraignent à honorer le sexe s'imposant à lui.

Heureusement, Renaud Frécourt parvient visiblement à satisfaire sa cavalière qui se dresse sur sa monture en affichant une mine béate. La belle jouit avec une dignité affectée, puis se relève lentement avant de contempler froidement l'étendue humide de son orgasme. Le juge, lui, se lèche les babines en réclamant la suite.

Absorbé par sa gourmande occupation, le brave homme a quelque peu débandé. Tout est donc à refaire pour la demoiselle, qui s'y emploie aussitôt avec une autre méthode. Elle se penche sans rechigner sur le sexe mou et l'engloutit tout entier entre ses lèvres rouges. Quelques succions pratiquées avec une grande maîtrise du sujet suffisent à rendre au membre de Monsieur une vigueur inespérée. Bien décidé à se montrer passif de bout en bout, il s'abandonne à cette impitoyable fellation et se contente de fixer le ciel de son lit, où il doit bénéficier d'une vue imprenable sur l'action.

Après quelques minutes supplémentaires de ce délicieux supplice, elle s'écarte de lui pour disparaître un instant de mon champ de vision. Lorsque la blondinette revient, elle est entièrement nue. Sans perdre de temps, elle s'installe sur le sexe tendu de Renaud Frécourt et entame une véritable chevauchée fantastique. Elle va et vient avec une redoutable ardeur, tout juste si elle ne le cravache pas pour ajouter au réalisme.

Cette cavalcade infernale se poursuit durant de longues minutes. À le malmener ainsi, je crains qu'elle ne nous le tue avant la fin. Cependant, dès qu'elle fait mine de vouloir ralentir, il s'empare de ses hanches pour la souder vigoureusement à la verge dressée sur laquelle elle s'enfonce au rythme rapide et cadencé qu'il lui réclame.

Le juge ouvre la bouche, les yeux rivés sur les miroirs au-dessus de lui. Son visage devient écarlate et grimaçant, je devine qu'il atteint enfin le nirvana qu'il espérait. Je doute que la demoiselle ait eu pareille chance. Elle se retire avec élégance et sobriété tandis que sa monture reprend ses esprits et son souffle, puis elle repart vers ce que je sais être la salle de bains.

Le juge enfile prestement une robe de chambre et sort une jolie liasse de billets du chevet voisin de son lit. Appareil photo en main, j'immortalise alors ce qui constitue la preuve qui me manquait. La belle, qui s'est rhabillée, se hâte de fourrer dans son sac la juste rémunération de son laborieux travail.

Pour ma part, j'en ai assez vu. Mon enquête ne fait pourtant que commencer. Très vite, je rejoins ma moto garée de l'autre côté du trottoir et je reprends l'attente. Moins de dix minutes plus tard, un taxi se présente devant la propriété et embarque la blonde cavalière.

*

* *

Après une longue période d'observation, je connais désormais les habitudes et les horaires très précis et réguliers de la jeune femme. J'ai pris position chaque jour devant son adresse située près du canal Saint-Martin, j'ai localisé son appartement et je détiens même le code d'entrée de l'immeuble. Sur la liste de l'interphone, elle n'est identifiée que par ses initiales : O. V.

Durant le temps de ma surveillance, elle est allée une nouvelle fois au club *You N Me.* Elle y a pris contact avec un autre membre de la Société que j'ai parfaitement reconnu. Comme par hasard, Roland Tudieu fait partie des intimes de Renaud Frécourt. Sans doute faut-il y voir un partage amical de bons tuyaux.

En dehors de ça, la belle fréquente assidûment les cours d'une école privée de notariat. En fin de journée, elle ne rentre chez elle que pour se changer et repart vite, toujours en taxi, pour ne jamais revenir avant 2 heures du matin. Le plus souvent, c'est pour rejoindre d'autres jeunes gens avec qui elle fait la fête, sauf quand elle a rendez-vous pour s'envoyer en l'air avec des ténors du barreau qui subviennent généreusement à son loyer. Elle doit prendre une tonne de vitamines pour tenir le coup ainsi.

En ce samedi soir, elle est sortie. Je suis d'autant plus sereine pour accomplir ma mission que je sais qu'elle ne sera pas de retour avant longtemps. La serrure de son appartement ne m'a opposé aucune résistance. Quand bien même aurais-je été surprise par un voisin, ma perruque blonde semblable à sa chevelure et mon précieux passe-partout qui m'a ouvert en un clin d'œil auraient fait illusion. Par précaution, je vérifie au fond de ma poche que ce dernier a bien réintégré sa cachette.

Tout va bien, je suis dans mon élément.

Après une inspection rapide des lieux, j'ai déjà une idée plus précise de ma cible. Son intérieur est plutôt ordonné et propre, ses placards et son frigo sont vides, preuve qu'elle sort souvent et reçoit peu. À l'inverse, sa penderie est pleine à craquer de tenues affriolantes. Cette fille est également une collectionneuse de chaussures, j'en dénombre plus de cinquante paires dans son dressing.

Mes recherches me mènent à ce que je voulais. La demoiselle n'est pas du genre prudent, ou alors elle se sent bigrement en confiance. Outre un joli magot en liquide, je trouve son ordinateur portable simplement rangé dans le tiroir d'un bureau. Jacques a toujours été ébahi devant ma grande habileté à entrer dans n'importe quel système informatique sans en connaître les mots de passe. Celui de la blonde ne fait pas exception à la règle. En quelques clics, j'apprends qu'elle se nomme Odile Vanestre et qu'elle est effectivement étudiante en droit notarial.

Ma petite promenade dans les entrailles de la bestiole me permet aussi d'ouvrir sa messagerie. Au premier abord, elle paraît banale, et le carnet d'adresses comporte des liens habituels vers ceux que je devine être ses amis. La belle Odile a rempli consciencieusement toutes les rubriques, on sent la perfectionniste. Je m'obstine cependant à parcourir chaque contact jusqu'à tomber sur un qui m'étonne. Relégué dans un sous-répertoire, il n'est identifié que par un sigle : *ALA*.

Rien qui me parle, mais suffisamment pour m'intriguer. Je remonte alors le fil des différents messages qu'elle n'a pas pris soin d'effacer. Les deux derniers mails échangés entre *ALA* et Odile ne datent que de quelques jours. Plus étrange encore, leur langage ressemble à un code, des lettres suivies d'une série de chiffres : UM.RF.2300 pour le premier et UM.RT.2215 pour le second. Odile n'a répondu à aucun de ces envois, comme si elle n'avait fait qu'en prendre acte.

Il me faut un petit moment pour décortiquer l'adresse de cette fameuse *ALA* jusqu'à ce qu'un bruit sur le palier me tire de ma besogne. Déjà 1 h 15 à ma montre, la prudence me conseille d'en rester là. Avec d'infinies précautions, j'éteins l'ordinateur, je range tout derrière moi et vérifie chaque pièce afin de ne laisser aucune trace de mon passage. Je referme tout aussi soigneusement la porte de l'appartement et je descends très vite les trois étages avant de me retrouver au grand air.

Chaque fois, je ressens la même petite excitation qui fait battre mon cœur un peu plus fort. L'adrénaline est ma drogue. Je sais que Jacques ne m'a jamais comprise à ce sujet, mais j'aime mon job au moins pour ça. Je remets mon casque sur cette stupide perruque qui veut difficilement tenir en place et je démarre ma moto. J'ai cruellement sommeil à présent.

*

* *

— *ALA*, c'est l'Agence Lenoir Anne.

Alexis hausse un sourcil en relisant mes notes. Il est le premier à prendre connaissance des résultats de mon enquête. J'attends sa réaction avec impatience.

— Tu penses que tout vient de là ?

— J'en suis convaincue. L'adresse mail est indexée au site même de cette société.

— De quoi s'agit-il exactement ?

— Anne Lenoir est un agent artistique reconnu. Elle œuvre dans le mannequinat, mais elle a aussi quelques noms d'acteurs célèbres dans son cheptel.

— Et tu crois qu'elle pourrait avoir un rapport avec ces filles ?

— Elle est en lien direct et étroit avec Odile Vanestre en tout cas.

— Qui n'est ni artiste ni mannequin, me fait-il remarquer.

— C'est juste !

Alexis me jette un coup d'œil plein de perspicacité. Il se doute bien que je ne compte pas en rester là de mes recherches.

— Qu'est-ce que tu envisages de faire ? me demande-t-il. Te présenter à un casting ?

— Tu me prends pour qui ? je réfute en riant devant son air moqueur.

— Alors ?

— Je risque de commettre encore une ou deux petites effractions. Je tenais juste à te prévenir au cas où.

— Depuis quand nous préviens-tu ? s'inquiète-t-il tout à coup en perdant toute trace d'humour sur son beau visage.

— Depuis que je m'attaque à autre chose qu'un particulier. J'ai besoin d'aller voir dans les bureaux de cette agence ce qui s'y passe exactement.

— Lou, mon père serait furieux si…

— Ne lui dis rien ! Du moins, pas encore. Il sera temps plus tard… enfin, si tout se déroule bien.

— Tes propos n'ont rien de rassurant. T'as la trouille ?

Je le regarde avec amusement. En cette seconde, je retrouve Alexis comme je l'ai connu adolescent, provocateur à souhait. Sa question joueuse et son vocabulaire volontairement familier me renvoient à nos taquineries incessantes qui agaçaient tellement Jacques à l'époque.

— Même pas peur ! je réponds sur un ton gamin. Ça te ferait trop plaisir.

— Sérieusement, Lou, cède-t-il. Sois prudente !

— Je le suis toujours. Je veux juste savoir que je peux compter sur toi au cas où ça tournerait mal. Tu es le seul au courant.

— Évidemment !

Nos regards s'interrogent quelques secondes et cela suffit. Je n'ai aucun doute à ce sujet, Alex ne me laissera jamais tomber. Quand je quitte la maison des Duivel, j'ai conscience que je fais prendre des risques à tout le monde. Pour autant, ce n'est pas ça qui va m'arrêter.

*

* *

Je planque de nouveau durant plusieurs jours devant l'immeuble cossu qui abrite l'Agence Lenoir Anne en plein cœur d'un quartier huppé du XVIIe arrondissement. D'après mes renseignements, la boîte emploie trois salariés. Je n'ai pas de mal à les identifier, deux femmes, dont l'une est enceinte, et un homme au look très efféminé se pointent tous les jours à quelques minutes d'intervalle.

Quant à Anne Lenoir, elle n'arrive jamais avant 10 heures, à bord d'un luxueux coupé bleu, s'absente souvent et repart systématiquement avant la fin d'après-midi. À son sujet, je n'ai pas trouvé grand-chose, elle se montre plus que discrète. Seule une recherche approfondie sur le Net m'a permis de voir une photo d'elle en compagnie d'une actrice à la mode dont elle est devenue l'agent. Pour l'avoir suivie, je sais désormais qu'elle réside à quelques rues seulement du domicile du juge Frécourt, à Neuilly. Ce n'est peut-être qu'une coïncidence, mais je l'estime assez troublante pour nourrir quelques soupçons.

Par ailleurs, durant ma petite séance d'espionnage, je repère rapidement qu'une entreprise de nettoyage vient faire le ménage des locaux chaque soir, immédiatement après la fermeture des bureaux. C'est toujours la même femme qui débarque son matériel de la voiture de service au logo voyant. Elle arrive aux environs de 18 h 45 et ressort une heure et demie plus tard.

Aussi, le mercredi suivant, après avoir pris soin de dissimuler mes cheveux bruns sous une perruque blonde qui peut suffire à me faire passer pour l'une des secrétaires, j'intercepte la dame en question au moment précis où elle s'apprête à entrer. Aimablement, je prétends être une employée d'Anne Lenoir et, pour la rassurer complètement, je compose moi-même le code. La femme de ménage tombe dans le panneau en me retournant un rictus approbateur.

Le plus dur reste cependant à faire.

Tandis que nous montons vers le second étage, je lui raconte que j'ai oublié mon portable en partant. Devant la porte de l'agence, je fais semblant de fouiller mon sac en affichant une moue très ennuyée.

— J'ai dû oublier mes clés aussi, je me lamente.

Compatissante, elle me propose d'ouvrir. Je la remercie d'un air si soulagé qu'elle s'attendrit presque. À présent qu'elle ne se méfie plus de moi, elle me laisse tranquillement rejoindre un bureau que j'entreprends d'inspecter.

De son côté, elle ôte son manteau, enfile une blouse de travail, puis s'éloigne vers une autre pièce où je l'entends s'affairer. Ses clés sont restées posées bien en évidence au-dessus de son sac, dans l'entrée. Je profite donc de cette aubaine pour extirper de ma poche la petite boîte magique à empreintes. Ma fidèle compagne depuis des années marche à coup sûr… enfin, pour des serrures traditionnelles comme c'est encore le cas ici, par chance. Le temps de « copier » le sésame et je remets le tout en place très vite avant de lancer un « au revoir » à la cantonade. La femme de ménage réapparaît.

— Vous avez trouvé votre téléphone ? me demande-t-elle très gentiment.

— Oui, je vous remercie infiniment, je réponds en exhibant mon portable avec un air ravi et soulagé. Bon courage à vous !

Elle acquiesce en me retournant une politesse et je dégringole en toute hâte les escaliers plutôt que de prendre l'ascenseur, trop lent à mon goût. J'enfourche ma moto et je file aussitôt vers mon ancien quartier. Voilà quelques années déjà que je n'ai pas rendu visite à celui que tout le monde dans le coin appelle *Goldfinger*.

Victor me regarde ouvrir la porte de son minuscule magasin de cordonnier par-dessus ses lunettes, avec un œil méfiant. L'endroit sent fort le cuir et la colle. Rien n'a changé ici, le temps n'a pas eu de prise ni sur la boutique ni sur ce cher Victor, qui m'observe avec son même air rustre, ses sourcils en bataille et ses rides profondes.

— Te v'là, toi ? m'accueille-t-il comme si je l'avais quitté quelques jours plus tôt.

— Tu es en forme, je constate en riant.

— Je croyais que l'habitude des mauvais coups t'était passée.

— Qu'est-ce qui te dit que c'est un mauvais coup ?

Une petite lueur d'amusement brille dans son regard délavé. Il se saisit de la plaque à empreintes que je lui tends sans faire d'autres commentaires.

— Pour quand tu veux ça ? me demande-t-il.

— Le plus tôt possible.

La plaque disparaît dans sa poche ainsi que les billets que j'ai déposés sur le comptoir. Il acquiesce d'un signe de tête.

— Reviens demain, marmonne-t-il entre ses dents tout en retournant à sa besogne.

Je m'en vais après l'avoir rapidement salué ; entre nous, pas besoin de longue conversation. Je passe ensuite la soirée à potasser les différents éléments dont je dispose. Entre les photos, les mails et cette agence artistique mystérieuse se dessine un schéma qui me conduit à penser qu'on est loin de la mafia russe. Je n'ai cependant aucune certitude et je compte énormément sur la petite visite que j'envisage de faire dans les locaux de cette *ALA*.

*

* *

Victor a encore fait des merveilles, il n'a rien perdu de son doigté extraordinaire. Sa clé ouvre parfaitement la porte de l'agence. Par mesure de précaution, j'ai mis une blouse à peu près semblable à celle que porte la femme de ménage. Cette dernière est partie depuis dix minutes à peine et ça m'étonnerait que quelqu'un revienne un vendredi soir, mais sait-on jamais, mieux vaut être prudente.

Avec calme et méthode, je m'attelle à une fouille en règle des bureaux. Je ne suis pas surprise de constater que celui d'Anne Lenoir est une magnifique coquille vide. Somptueusement meublée, la vaste pièce sert probablement de décor aux rendez-vous plus que de véritable lieu de travail. Je suis prête à parier ma chemise que l'agent œuvre davantage de chez elle que d'ici, ce qui explique sa présence parcimonieuse. Je ne m'y attarde donc pas et vise le bureau voisin, celui de sa secrétaire particulière.

Anne Lenoir est efficacement secondée par une reine de l'organisation. Sur la table de la jeune femme, je n'ai qu'à faire mon marché. J'ignore les quelques factures qu'elle a entassées dans un dossier et je m'intéresse plus sérieusement à l'épais agenda qu'elle a laissé bien en évidence. Visiblement, j'ai affaire à une personne que l'informatique n'a pas entièrement contaminée, à moins que son employeur ne considère cette méthode comme plus rapide, le cas échéant.

En parcourant le livre, je tombe très vite sur une information de taille. Cette chère secrétaire n'est autre que la jeune femme enceinte que j'ai vue entrer ici chaque matin. Mieux encore, elle se charge de recruter celle qui devra la remplacer durant son congé maternité imminent. Elle a tout noté scrupuleusement. Ainsi, à la page de mardi, elle a prévu de faire le tri dans les différents CV qu'elle a reçus.

J'abandonne donc ma lecture pour me lancer à l'assaut des tiroirs dans lesquels je ne tarde pas à trouver les documents en question. Le dossier qu'elle a préparé contient une vingtaine de candidatures en bonne et due forme. Toutes les postulantes sont employées par une même boîte d'intérim, où l'annonce a dû être passée. Je n'ai pas à réfléchir longtemps pour savoir ce qu'il me reste à faire.

L'ordinateur devant moi ne m'oppose pas plus de résistance que les autres. Dans les fichiers principaux, je ne trouve rien de véritablement important, et l'adresse IP de ce poste n'est pas celle qui a envoyé le message sur celui d'Odile Vanestre. De là à conclure que la secrétaire n'y est pour rien, je suis toute prête à le penser. J'ai donc absolument besoin d'en apprendre davantage et, pour cela, une solution.

En quelques minutes, je me rédige un curriculum vitae capable d'éliminer toute concurrence. Je mens à peine, les formations dont je me targue, je les ai suivies, pour la plupart. Il n'y a guère que les noms de mes employeurs que je ne saurais livrer puisque je n'ai travaillé finalement qu'au bénéfice d'un seul, la Société. Mais qu'importe, quelques mensonges supplémentaires ne sont pas du genre à m'effrayer, et je compte par ailleurs sur une autre ruse.

À la page de lundi, j'ai relevé que la secrétaire a noté pour mémoire qu'elle avait rendez-vous pour une échographie. Imiter son écriture appliquée ne m'est pas difficile et j'ajoute une toute petite ligne à son agenda : Lisa Morice, 11 heures.

J'ai volontairement choisi une heure tardive en sachant fort bien qu'Anne Lenoir ne sera pas là avant le milieu de matinée, et j'ai troqué mon patronyme contre un pseudonyme que j'estime plus prudent. Inutile de jouer avec le feu et qu'on apprenne qui est véritablement Lou-Anne Mesnil.

J'imprime mon CV, puis je le range au-dessus de la pile dans le dossier que je remets à sa place dans le tiroir. J'efface toutes les traces de ma visite sur le disque dur de l'ordinateur avant de le fermer. J'applique les mêmes précautions d'usage à tous les endroits où je suis passée. Rassurée, je quitte enfin les bureaux de l'Agence Anne Lenoir où je compte bien revenir très vite.

*

* *

Je m'observe dans le miroir du vieil ascenseur qui me conduit au second étage. J'ai lissé mes longs cheveux bruns et j'ai opté pour un maquillage discret comme me l'a enseigné Éléonore. Par souci d'efficacité, j'ai préféré ne pas user de subterfuges. Au diable donc perruques et déguisements ! Je mise le tout pour le tout, et c'est sous ma véritable apparence à défaut de ma véritable identité que je m'apprête à frapper à la porte de l'agence artistique.

C'est le jeune homme qui m'accueille. Depuis le temps que j'espionne les allées et venues du personnel, je ne suis pas surprise par son style improbable. Aussi n'ai-je aucun mal à réprimer une envie de rire devant ses énormes lunettes noires qui mangent la moitié de son fin visage et son costume cintré autour de sa carrure de crevette. Il a beau se laisser pousser un duvet de barbe, il ne fait pas plus viril pour autant et la cravate rose dont il s'est affublé n'arrange rien.

Mon abord résolument sérieux le déconcerte une seconde quand j'annonce que j'ai rendez-vous avec Anne Lenoir. Sans doute s'attendait-il à une autre réaction de ma part. Il me demande de patienter dans l'entrée et s'éloigne d'une curieuse démarche ondulante. Je jette un coup d'œil en direction de sa collègue qui, tout en se montrant très occupée sur son ordinateur, ne peut s'empêcher de me lorgner. Je lui adresse un joli sourire auquel elle daigne répondre pareillement avant de replonger le nez sur son écran.

— Vous pouvez venir, Mme Lenoir va vous recevoir, me prévient la crevette endimanchée.

J'avance donc d'un pas résolu vers l'immense bureau où je joue mon va-tout.

Anne Lenoir est assise à sa table de travail. C'est une femme blonde d'une cinquantaine d'années à l'élégance raffinée, un peu hautaine peut-être. Il flotte dans son environnement immédiat un parfum aux notes envoûtantes qui correspond bien à l'image que je me faisais d'elle. En sa présence, la pièce paraît moins vide, moins inutile. Je relève d'ailleurs un détail qui m'avait bizarrement échappé lors de ma visite nocturne : une photo sur son bureau. Le peu que j'en aperçois me montre un jeune homme au look débraillé et souriant.

Mme Lenoir est absorbée dans la lecture d'un document et, sur sa table, je remarque aussi l'agenda de sa secrétaire, ouvert à la page d'aujourd'hui, ainsi que le dossier contenant ma candidature et celles de mes rivales sur le poste. Elle attend que son collaborateur ait fermé la porte en partant pour lever la tête. Son regard est implacable. Elle juge, elle soupèse, elle cherche à savoir. Je supporte son examen sans rien dire, bien droite sur mes talons hauts et avec une assurance non feinte. Ses yeux se plissent et, d'un geste étudié pour dérouter, elle ôte ses lunettes dont elle pose l'une des branches sur le bord de sa lèvre inférieure.

— Vous êtes Mlle Morice ? me demande-t-elle d'un ton assez froid.

— Oui, madame.

Elle hausse un sourcil pointilleux en relisant l'agenda, puis le referme sans plus y accorder d'attention. Son regard m'enveloppe. Elle joue du silence comme moyen de pression. Soit ! Ça ne me dérange absolument pas.

— Ma secrétaire ne m'a pas parlé de ce rendez-vous, mais puisque vous êtes là, asseyez-vous !

Je m'exécute volontiers en prenant garde à chacun de mes gestes. Anne Lenoir n'en perd pas une miette. Elle abandonne ses lunettes sur le bureau et se cale dans le fond de son siège.

— Êtes-vous sûre que c'est pour ce travail que vous vous présentez à moi ? m'interroge-t-elle avec une pointe de méfiance.

Je ne lui fais pas le coup de la fausse modestie, je doute qu'elle soit femme à se laisser si facilement berner. Je conserve donc tout mon sérieux pour lui répondre aussi posément que possible.

— Je crains de n'avoir aucun talent ni même aucune compétence dans quelque domaine artistique que ce soit. Je suis par contre bien certaine de pouvoir vous être utile au poste que vous proposez, en effet.

Ma franchise lui plaît.

— Vous avez de l'audace, jolie demoiselle, et vous auriez pu prétendre le contraire, savez-vous ?

— Venant de vous, je suppose qu'il s'agit d'un compliment.

Cette fois, Anne Lenoir rit. Elle reprend ses lunettes et s'attache enfin à mon CV.

— Votre curriculum vitae est assez impressionnant. Pourquoi postulez-vous ici alors qu'il n'est question que d'un intérim ?

— Il s'avère que j'envisage de partir prochainement à l'étranger où j'ai quelques ambitions professionnelles. Je ne peux donc m'engager durablement auprès d'un employeur. Ce que vous proposez correspond parfaitement à ce que je souhaite comme délai pour m'organiser.

— Je comprends, acquiesce-t-elle. Où comptez-vous vous installer exactement ?

— New York.

— Sur un projet particulier ?

— J'ai décroché un poste d'assistante de rédaction auprès du *New York Times*. Il me faut cependant entreprendre quelques démarches administratives pour obtenir le visa de travail, ce qui devrait encore prendre un peu de temps. Je me vois mal ne rien faire en attendant. C'est la raison pour laquelle je suis ici ce matin.

Anne Lenoir sourcille, impressionnée par ma réponse. Quelque chose me dit qu'elle va vérifier. À cette seconde, je croise les doigts pour que tout se déroule comme prévu. Si Jacques a été un peu surpris de ma demande, mon insistance l'a convaincu de se prêter à ma petite machination, et j'espère qu'il a bien pris contact avec l'homme qui est censé me couvrir au cas où.

— Très bien, fait Anne Lenoir en parcourant rapidement le reste de mon CV. Vos compétences vous placent idéalement pour ce que je recherche, effectivement.

Je me contente d'attendre en silence qu'elle ait fini. Dans son regard intelligent, je perçois une lueur que je connais bien. Paul Peyriac a pareillement cette faculté de faire passer le message. Cette étincelle, c'est celle de la résolution. Quoi qu'en dira sa précieuse secrétaire, si étonnée en sera-t-elle, ça n'y changera rien, Anne Lenoir a décidé. J'ai gagné. J'évite cependant de m'en réjouir ouvertement et je guette le verdict que je sais déjà acquis à ma cause.

— Je veux bien vous accorder une période d'essai, mademoiselle Morice, affirme-t-elle. Dès demain, vous partagerez avec Armelle le poste qu'elle occupe. Elle vous mettra ainsi au courant de vos futures fonctions, si cela vous convient, bien évidemment.

— Je n'y vois aucun inconvénient, je serai là. Je vous en remercie.

Mon ton détaché et sobre semble lui plaire. Elle se lève en même temps que moi, contourne sa table de travail et approche d'une démarche savamment étudiée. Bien qu'elle soit juchée sur dix bons centimètres de talons, elle n'atteint tout au plus que mon épaule. Son regard me toise avec plus de gaieté.

— Combien mesurez-vous ? me demande-t-elle tout à coup.

— 1, 78 mètre.

— Et votre âge, rappelez-moi ?

Je ne vois aucun intérêt à lui mentir puisque cette information figure sur le CV qu'elle vient de lire.

— Vingt-six ans.

Elle opine avec l'air de réfléchir, puis, d'un geste assez inattendu, repousse une mèche de mes cheveux en me dévisageant en professionnelle.

— Vous n'avez jamais envisagé une autre carrière, vraiment ? insiste-t-elle. Vous savez que vous possédez des atouts que vous envieraient bien des filles qui passent la porte de mon agence et qui n'ont pas la moitié de votre charme ni votre beauté.

— Je leur laisse bien volontiers la place. Je ne me sens pas du tout une telle vocation.

— C'est bien dommage, croyez-en mon expérience. Si vous deviez changer d'avis, vous êtes ici à la bonne adresse.

— Merci, madame Lenoir, mais je reste persuadée de mes compétences, je souris avec conviction.

— Dans ce cas, à demain, mademoiselle Morice.

— À demain, madame Lenoir, je confirme avant de m'éloigner.

Je salue en passant ceux qui seront bientôt mes collègues et qui me répondent avec étonnement, puis je gagne la sortie sous le regard clair de l'agent artistique qui ne m'a pas quittée.

*

* *

Dès le lendemain, je mets un point d'honneur à me montrer ponctuelle. Anne Lenoir n'est pas encore arrivée et Armelle me détaille avec une visible incompréhension. Sur son bureau, elle vient de trouver mon CV avec une note de sa patronne qui lui enjoint de me recevoir et de commencer immédiatement ma formation sur son poste.

— Je ne me rappelle pas avoir pris ce rendez-vous, maugrée-t-elle en consultant pour la dixième fois son agenda où il s'affiche pourtant très clairement.

En mon for intérieur, je ne suis pas mécontente. Mon imitation de son écriture est si parfaite qu'elle-même n'y voit rien. Je dois cela à des années de pratique à contrefaire celle de ma mère sur tous les documents destinés à l'école. La mauvaise éducation a parfois du bon.

— Je vous assure que nous en étions convenues par téléphone, j'insiste, très sûre de moi.

— Lisa Morice, répète-t-elle, encore incrédule. Non, décidément ! Mais c'est très possible, en ce moment, j'ai la tête ailleurs.

— Je peux le comprendre, j'insinue gentiment en contemplant son ventre rond avec une mine attendrie. C'est prévu pour quand ?

Un sourire éclaire alors son visage marqué par un léger masque de grossesse, et ses yeux se mettent à pétiller de joie.

— Pour la mi-mai, peut-être même pour le jour de notre anniversaire de mariage, soupire-t-elle, aux anges.

— C'est vrai ? je fais semblant de m'extasier. Ce serait un formidable cadeau, en somme !

— Oh oui, quand la sage-femme m'a annoncé ça, je n'osais pas y croire.

— C'est merveilleux.

En moi-même, j'aimerais infiniment que cette conversation mièvre s'arrête et que nous nous consacrions à du plus concret. Cela dit, je dois en passer par là pour bétonner mon plan et me mettre définitivement cette délicieuse Armelle en poche.

— C'est une fille ou un garçon ? je relance donc avec un intérêt relativement bien feint.

— Un petit garçon, l'échographie hier était formelle.

— Vous avez l'air radieux.

— Je le suis, oui, et j'ai tellement hâte.

— Ce sera vite arrivé, j'ai finalement de la chance que vous soyez encore là pour me transmettre le flambeau.

— Ma foi, je vais vous montrer tout ça, réagit-elle enfin dans le sens que j'espérais. Ce n'est pas bien compliqué. Je pense, au vu de votre formation, que vous n'aurez aucune difficulté à vous habituer ici. Mon travail consiste essentiellement à gérer l'emploi du temps de Mme Lenoir aussi bien d'un point de vue professionnel que... personnel.

Son hésitation sur le dernier mot m'intrigue et je ne manque pas de le lui faire remarquer.

— Anne Lenoir est quelqu'un de très occupé, elle doit pouvoir compter sur une personne qui sait organiser ses rendez-vous et planifier son agenda sans lui réclamer sans arrêt son avis, sauf en cas d'imprévu, où il vous appartiendra de tout revoir selon les cas.

— Et ça arrive souvent, les imprévus ?

— À vrai dire, il n'y a que ça, soupire-t-elle. Les clients d'Anne sont des artistes. Et qui dit artistes, dit caprices, coup de blues, petits bobos et grands chagrins lorsqu'une critique égratigne le talent. Elle dépense son temps à courir de l'un à l'autre.

— Et pour ce qui concerne le recrutement ?

— Anne a une excellente réputation et elle croule sous les sollicitations. Elle a quelques agents relais en province qui font remonter les candidatures qu'ils jugent opportunes, mais au final, c'est toujours elle qui choisit ceux avec qui elle veut travailler.

— Comment ça se passe exactement ?

Armelle ouvre un tiroir et en sort quelques dossiers qu'elle dépose devant moi.

— Ce sont les rendez-vous de la semaine prochaine, explique-t-elle. Comme vous voyez, nous recevons les books et les CV, et Anne s'attache à les consulter tous avant de n'en retenir aucun, bien souvent. Ce sera à vous de les préparer comme elle le souhaite, je vous montrerai.

— Et vos collègues, de quoi sont-ils chargés ? je demande en désignant les bureaux encore vides à cette heure matinale.

— Angélique travaille ici à temps partiel et s'organise généralement en fonction des nécessités comptables de l'agence. Elle tient les comptes et les cordons de la bourse. Anne déteste payer elle-même ses factures.

Armelle esquisse un rictus qui en dit long sur sa complicité avec sa patronne.

— Et cet homme un peu... étrange ?

— Ne vous fiez pas à son allure, William est quelqu'un de très professionnel. Il s'occupe de toute la partie communication et relation avec la presse. Je vous garantis qu'il n'a pas son pareil pour amadouer les journalistes. C'est lui qui supervise aussi les créations de books pour nos mannequins.

— Oh, d'accord ! je souffle, presque admirative.

— Bon, eh bien, commençons par le début ! Venez, dit-elle en se dirigeant droit vers le bureau de l'agent.

Elle me fait alors le détail des habitudes d'Anne Lenoir, de ce qu'elle s'attend à trouver chaque jour sur sa table, où mon attention ne cesse de revenir sur la photo qui m'avait échappé.

— Qui est-ce ? je finis par demander quand Armelle me laisse l'occasion de poser une question.

— Liam, son fils, répond la secrétaire avec presque autant de fierté que s'il s'agissait du sien. Vous devez sûrement le connaître. DJL, le musicien ! Ça ne vous dit rien ?

Je sourcille en retournant à la photo du jeune homme souriant.

— Non.

— Liam est pourtant réclamé partout dans le monde, à présent. On le présente comme le nouveau David Guetta.

— Il a l'air pas mal, je constate avec le détachement qui s'impose.

— Oh oui, et il le sait ! soupire Armelle en secouant la tête.

— Anne a d'autres enfants ?

— Non, Liam est son fils unique. C'est elle qui gère sa carrière. En ce moment, il est au Japon pour une tournée que nous lui avons organisée. Elle veille sur lui comme une louve, et lui s'amuse à la faire tourner chèvre.

Armelle paraît satisfaite de son trait d'humour. Je m'efforce donc d'en rire pour la mettre plus en confiance, ce qu'elle apprécie. Elle m'explique encore deux ou trois détails jusqu'à ce que nous soyons interrompues par l'arrivée des autres employés de l'agence.

Cette fois, les présentations ont lieu dans les règles de l'art et leur accueil chaleureux me fait plaisir. J'ai droit au sacro-saint café du matin, agrémenté d'un chocolat que m'offre William avec une mine si malicieusement gourmande que j'ai bien du mal à garder mon sérieux.

À 10 heures précises, Anne Lenoir fait son entrée. Elle se montre très souriante, amicale presque, avec ses collaborateurs. Elle accepte volontiers l'expresso bien fort que s'empresse de lui proposer William et me demande de la suivre dans son bureau. Armelle se précipite pour déposer l'agenda sur sa table de travail, puis se retire en nous laissant en tête-à-tête. Anne repousse le livre pour me dévisager un instant.

— Vous avez réussi à impressionner fortement l'un des rédacteurs du *New York Times*, je vous félicite, Lisa.

Je n'ai même pas le temps d'être inquiète de cette nouvelle. Je ne m'attendais pas à ce qu'elle me parle de son enquête à mon sujet.

— Vous avez vérifié ?

— Vous me pardonnerez cette petite précaution, je suis une femme prudente.

— Je vous approuve, je réponds avec un sourire.

Ses lèvres rouge sang s'étirent pareillement et son regard s'éclaire.

— Armelle a commencé à vous mettre au courant, à ce que je constate.

— En effet.

— Vous sentez-vous à votre aise ?

— Pour le moment, oui.

— Très bien, dans ce cas, je vous laisse la rejoindre. Nous aurons l'occasion de discuter de tout ça un peu plus tard, si vous voulez bien.

— J'en serais ravie, madame Lenoir.

— Par pitié, appelez-moi Anne, comme tout le monde.

J'acquiesce d'un signe de tête et je tourne les talons. Le reste de la journée s'écoule sans aucun problème et lorsque je rentre chez moi, je pense avoir pratiquement tout saisi de mes nouvelles fonctions.

*
* *

Au bout de trois semaines en compagnie d'Armelle, je suis au point. J'ai pris mes marques au sein de l'agence et tissé d'excellents rapports avec mes collègues, à commencer par Anne Lenoir elle-même. Cette dernière recueille désormais tout autant mon avis et mes compétences que ceux de la jeune femme qui m'a précédée dans ces fonctions. La future maman ne s'en émeut pas, au contraire. À plus d'un titre, je dois dire qu'elle est assez surprenante tant par son ouverture d'esprit que par sa bonne humeur communicative. Je comprends pourquoi Anne lui est si attachée.

Pour ma part, je commence petit à petit à désespérer de trouver les réponses à mes interrogations. Les jours passent sans que je relève quoi que ce soit de véritablement anormal dans cette boîte. Je finis même par penser que je me suis peut-être trompée de piste.

Au troisième jeudi, j'en suis là de mes réflexions personnelles quand un homme fait brusquement irruption dans la pièce d'accueil. Il a une vingtaine d'années, est plutôt beau gosse et a l'air absolument furieux.

Pris au dépourvu par cette arrivée spectaculaire, nous avons tous besoin de quelques secondes pour réagir. William tente bien de s'interposer, mais il est violemment repoussé par l'intrus qui réclame haut et fort de voir Anne, qu'il appelle par son prénom. Alertée par le brouhaha, celle-ci ouvre sa porte. Elle n'a pas le temps de dire un mot que le jeune homme bondit rageusement en la désignant d'un index vindicatif.

— T'as pas le droit de me faire ça, t'entends ? rugit-il, mauvais.

Les traits d'Anne Lenoir expriment tout à coup la frayeur devant la colère brutale de celui qu'elle reconnaît visiblement. Près de moi, Armelle se lève pour intervenir sans se soucier de son état. Aussitôt, je la ramène vers sa chaise.

— Ne bouge pas de là, je m'en occupe, je lui ordonne tandis qu'elle me dévisage avec des yeux ronds.

Au moment même où notre visiteur enragé est sur le point de fondre sur sa victime tétanisée, je lui empoigne fermement le bras en une jolie prise dont je ne suis pas peu fière. En une seconde, le gaillard se retrouve, un genou à terre, à beugler pour que je le relâche.

— Si vous ne vous calmez pas immédiatement, je vous assure que je vous démonte l'épaule, je le préviens tranquillement.

— C'est bon, c'est bon ! râle-t-il en baissant la tête, non sans avoir essayé une fois de se débattre inutilement.

Je sens entre mes bras qu'il se détend un peu et je me risque à défaire ma prise qui le maintient au sol. Je m'écarte à peine, et il lève alors vers moi un visage aussi vexé qu'incrédule. Il n'est pas le seul, Anne me dévore d'un regard admiratif, de même qu'Armelle qui, pour un peu, applaudirait depuis sa chaise.

Le jeune homme se relève. Sa colère est suffisamment retombée pour qu'il s'exprime plus sereinement, à défaut d'être très poli.

— T'es qu'une vieille salope ! lance-t-il à ma patronne blême. Dans le fond, je te plains, tu finiras toute seule, comme toutes les bonnes femmes de ton espèce. Ne t'inquiète pas pour ta pub, je m'en charge.

Un éclair furieux passe dans les yeux bleus d'Anne, qui retrouve d'un coup tout son mordant.

— Ne t'inquiète pas pour ta carrière, Kévin, je m'en charge aussi, insinue-t-elle, menaçante. Tu as eu tort de venir jusqu'ici.

Un brusque regain de colère fait réagir soudain le Kévin en question et je dois une nouvelle fois intervenir pour l'empêcher de se ruer sur sa proie.

— Vous devriez partir, je conseille au garçon, qui cesse très vite de me résister.

— Ouais, t'as raison. J'aurais mieux fait de ne jamais y mettre les pieds dans cette putain d'agence, conclut-il en se rajustant.

Dans un silence de plomb, nous le regardons s'en aller comme il est venu. William se charge de refermer la porte derrière lui et un vif soulagement s'en ressent. Je me tourne vers Anne, qui semble réfléchir en m'observant.

— Merci, dit-elle enfin d'une voix qui a recouvré son calme habituel.

— Je vous en prie.

— Vous m'aviez caché ce talent.

— Je n'ai pas cru utile d'en parler, il n'était pas prévu que j'en fasse usage dans mes attributions, je me défends avec un humour qui lui rend le sourire.

— D'où tenez-vous cette habileté à vous défaire des importuns ?

— De quelques années de pratique des arts martiaux. J'aime me défouler autrement que derrière un ordinateur.

Elle hoche la tête et adresse un regard de connivence à Armelle à mes côtés. Ce geste ne m'échappe pas. Elle me remercie encore une fois, puis se retire dans son bureau. Je suis aussitôt assaillie par mes collègues qui me couvrent d'éloges et réclament de savoir comment j'ai pu faire ça. J'en suis quitte pour exécuter une prise sur William afin de lui en prouver la redoutable efficacité. Tout le monde se détend et l'ambiance redevient légère.

Pour ma part, je me dis que je viens d'assister là à quelque chose de très insolite et qu'il faudrait bien que je creuse la question. Cependant, je remarque très vite qu'Armelle se montre peu disposée à évoquer le sujet. Elle, si bavarde d'ordinaire, élude mes interrogations quant au mystérieux Kevin. Tout au plus m'explique-t-elle qu'il a probablement mal pris le fait de n'être pas accepté dans le cheptel de l'agence.

Sa réponse ne me satisfait pas. Ce jeune homme avait l'air de particulièrement bien connaître Anne

Lenoir. Je doute très sérieusement qu'un garçon désireux de s'attribuer les services d'un agent artistique réputé se permette de lui parler de la sorte, encore moins de l'insulter comme il l'a fait.

Quelque chose cloche dans cette affaire.

*

* *

Je ne trouve rien au sujet de ce Kévin. En ce vendredi matin, je suis arrivée plus tôt pour me permettre de fouiller dans les dossiers à la recherche d'indices sur ce garçon, mais je sèche lamentablement. Je crois qu'on me cache certains détails. Quelque part, je m'en réjouis. Moi qui commençais à perdre confiance, me voilà de nouveau sur une piste.

Armelle passe la porte sur le coup des 9 heures. Elle affiche un air ennuyé inhabituel. Apparemment, elle cherche le meilleur moyen de m'entretenir d'un sujet important sans savoir par quel biais l'aborder. Elle tergiverse, hésite et pousse un soupir avant de se décider à franchir le pas.

— Anne a été impressionnée par ton intervention, attaque-t-elle en jouant nerveusement avec un crayon. Nous en avons discuté longuement hier soir.

Je hoche la tête, ce détail avait attiré mon attention, en effet. Il était inédit pour moi qu'Anne Lenoir reste après la fermeture officielle des bureaux et retienne en plus sa secrétaire en dehors des heures de travail. J'avais songé un peu naïvement qu'elle souhaitait peut-être évoquer le départ imminent de cette dernière. Je crois bien que je me suis trompée.

— Elle désire que je te mette au courant de tout ce qui la concerne et que je gère ordinairement, reprend Armelle après quelques secondes de réflexion supplémentaires. D'un point de vue strictement professionnel, je t'ai tout montré et tu en sais à présent autant que moi. Il y a cependant un point que nous n'avons pas vu. Tu te souviens, lorsque je t'ai dit que je m'occupais aussi de son agenda personnel ?

Je le confirme en lui accordant une oreille plus qu'attentive. Mon instinct me susurre que nous touchons peut-être au but et que je dois faire preuve de prudence. Je m'efforce de demeurer impassible devant une Armelle soucieuse de ce qu'elle s'apprête à dévoiler et que je ne voudrais surtout pas effrayer.

— Lisa, ce que je vais t'expliquer doit rester strictement confidentiel, s'empresse-t-elle d'ajouter. Je peux en avoir la garantie ?

— Il me semble que j'ai signé un contrat de travail qui m'oblige à une certaine discrétion professionnelle, non ? je lui fais gentiment remarquer.

— C'est qu'il ne s'agit pas exactement de ce travail, réplique-t-elle plus bas, comme si elle craignait d'être entendue.

Je fronce les sourcils dans un air interrogateur qui l'invite à se livrer davantage.

— Le garçon d'hier se nomme Kévin Granville. Il fait partie de ce qu'on appelle entre nous « le calendrier ». Kévin était « Monsieur mars ».

— Tu me pardonneras, mais j'ai du mal à saisir.

— Anne fait son petit marché personnel parmi les hommes qui se présentent à l'agence, précise-t-elle.

— Tu veux dire qu'elle se tape les modèles qui viennent solliciter ses services ?

Je réprime une furieuse envie de rire. La mine renfrognée d'Armelle m'incite à garder mon calme devant cette magnifique découverte.

— C'est un peu ça, une sorte de... donnant-donnant, admet-elle en secouant la tête. Ces types ne sont pas promis à une carrière fabuleuse. Pour être honnête, leurs chances de dégoter un agent digne de ce nom sont quasiment nulles. Anne leur offre une opportunité d'accéder à une petite notoriété, pour le peu qu'ils réussissent à la convaincre.

Cette fois, je ne peux m'empêcher de glousser. Armelle elle-même se laisse aller à une certaine hilarité avant que je l'interroge.

— Et c'est quoi cette histoire de calendrier ?

— Chaque premier vendredi du mois, Anne reçoit ses nouveaux prétendants. Elle en choisit un parmi ceux qui se présentent, et celui-ci a ensuite trente jours pour démontrer ses talents. S'il réussit à la séduire, elle s'arrange pour qu'il soit pris pour un ou deux contrats. Dans le cas contraire, il part se faire voir ailleurs. C'est ce qui s'est passé pour Monsieur mars.

D'un coup, je réalise.

— Nous sommes le premier vendredi du mois !

— Tout juste. Anne a congédié Kévin par mail il y a quelques jours, au profit de celui qu'elle va sélectionner aujourd'hui. C'est pour ça qu'il était furieux.

— Elle ne craint pas pour sa réputation ?

— Il est de notoriété publique qu'Anne Lenoir croque les garçons à la pelle, les préférant jeunes et vigoureux. Ce n'est pas la rancœur de l'un d'eux qui lui fera du tort. Au contraire, si Kévin fait état de sa disgrâce, il peut compter que ce soit fini pour lui. Plus aucun agent ne voudra le prendre.

— Anne n'est pas mariée ? j'interroge innocemment.

— Non, elle ne l'a jamais été. Le seul véritable homme de sa vie, c'est son fils.

— Tu sais qui est le père ?

— Oui, je le sais, mais il appartient à Anne de t'en parler ou non, élude-t-elle.

— Je comprends, je souffle en abandonnant stratégiquement ce sujet qui pourtant m'intéresse au plus haut point. Pourquoi souhaite-t-elle que je sois au courant pour le « calendrier » ?

— Elle te fait confiance, Lisa. Elle a eu très peur hier, et ton intervention l'a convaincue qu'elle pouvait se reposer sur toi. Ce n'était pas franchement prévu au départ. Je dois t'avouer qu'on avait envisagé que William pourrait me remplacer dans ce secteur très précis et que toi, tu ne serais informée de rien.

— William et Angélique sont au courant ?

— Plus ou moins. Angélique ne travaille pas le premier vendredi du mois, et généralement, Will s'arrange pour ne pas venir non plus. Il connaît Anne depuis longtemps. Cela dit, depuis hier, Anne a considéré qu'il serait plus simple que tu prennes ma succession pour ça aussi, si tu veux bien, évidemment.

— Aucun inconvénient, à condition que tu me précises ce que je dois faire.

— Génial ! s'enthousiasme-t-elle. J'étais sûre que tu accepterais. Ne t'inquiète pas, c'est... un peu bizarre peut-être, mais facile.

— Qu'entends-tu par là ?

— Tu verras, les garçons du mois d'avril sont convoqués cet après-midi. Après ça, je pourrai enfin partir l'esprit tranquille.

— C'est ton dernier jour ?

— Oui, puisque tu es prête, il n'y a aucune raison que je repousse encore. Je dois dire que je suis soulagée, rit-elle en caressant son ventre.

*
*   *

Anne Lenoir fait son apparition en tout début d'après-midi. Le regard qu'elle pose sur moi quand je me présente à son bureau où elle m'invite à la suivre est interrogateur.

— Armelle vous a-t-elle mise au courant ? me demande-t-elle sobrement.

— Oui, elle m'a tout expliqué.

Mon ton détaché et mon attitude résolue ne cessent de la surprendre malgré les quelques semaines que nous avons partagées. Je sais que je l'impressionne, peut-être encore davantage depuis hier.

— Je vous choque ?

Sa voix s'est teintée d'un peu d'inquiétude. La mienne ne connaît pas d'hésitation.

— En aucune façon.

— Je suis contente de pouvoir compter sur vous.

— Je suis honorée de cette confiance et heureuse de pouvoir vous être utile.

Un sourire soulagé étire ses lèvres d'un carmin éclatant. Anne Lenoir succombe peu à peu à mon charme. Du moins, je l'espère. J'évite d'émettre la moindre question pouvant ruiner cette relation qui ne tient encore qu'à un fil, et j'attends comme toujours qu'elle fasse seule le chemin jusqu'à moi. Elle récupère le sac de cuir qu'elle a déposé au pied de son bureau et en sort trois dossiers rouges qu'elle me tend.

— Voici les garçons que j'ai sélectionnés pour ce mois-ci, me dit-elle en reprenant son ton professionnel. Voyez avec Armelle pour organiser les rendez-vous de tout à l'heure.

Je m'empare des pochettes et je rejoins la secrétaire. Au moins, je suis fixée sur un point, ces documents ne sont pas détenus au sein de l'agence, mais par la directrice elle-même.

— Alors ? réclame Armelle, gourmande d'informations.

— C'est bon, on peut se mettre au travail. Tu m'expliques ?

Elle ouvre les chemises et dispose devant elle trois fiches d'identification sur lesquelles figurent les photos des candidats.

— Ils sont mignons, je commente sobrement en les examinant tour à tour. Mais ils ne se ressemblent pas du tout.

— Anne a des goûts assez éclectiques. Elle ne s'arrête pas à un seul type d'homme. Tu pourras constater l'étendue de sa gamme.

— Ils sont au courant de ce qui les attend au juste ?

— Bien sûr qu'ils le savent. Ils espèrent tous décrocher un contrat de cette façon, convaincus qu'ils sont de pouvoir la régaler de leurs prouesses sexuelles.

— Où les trouve-t-elle ?

— Certains viennent d'une autre agence qui ne les a pas acceptés et qui les renvoie chez nous.

D'autres ont été castés dans des boîtes de nuit par des recruteurs qui bossent pour nous. En tout cas, nous ne prenons jamais quelqu'un qui se présenterait spontanément. On ne sait jamais à qui l'on a affaire.

J'approuve avant de relancer mon interrogatoire.

— Quels sont ses principaux critères de sélection ?

Armelle éclate d'un petit rire et sa mine coquine me fait envisager une réponse qui doit l'être tout autant.

— Lis, me conseille-t-elle.

Je parcours donc le questionnaire qui commence par le détail de l'état civil complet. Outre ces rubriques anodines, il réclame par ailleurs des renseignements plus précis sur le physique des prétendants, leur taille, leurs poids et leurs mensurations. Rien que de très normal pour une agence spécialisée dans le mannequinat, jusqu'à ce que je tombe sur la question suivante qui me laisse une seconde sans voix.

— Vous leur demandez vraiment la taille de leur pénis en érection ?

— Oui ! rigole Armelle devant ma mine soudain plus radieuse.

— Et comment sait-on qu'ils disent vrai sur ce point ?

— Anne se charge de vérifier sur la bête.

— Elle mesure leur sexe ?

— Bien sûr ! Et je peux te garantir qu'elle a des exigences très précises. En dessous de seize centimètres, ils sont recalés d'office.

— Je suppose que le vainqueur est donc celui qui a la plus grosse.

— Pas forcément. C'est un tout. Anne a d'ailleurs ce qu'il faut dans son escarcelle en cas de besoin urgent, chuchote-t-elle sur le ton de la confidence.

— Un amant ?

— Oh non ! Elle n'a pas le temps de s'embarrasser d'un amant. Si tu veux tout savoir, elle use régulièrement des services d'un type, je ne te dis que ça !

— À ce point-là ?

— Je t'assure. Si tu voyais ce Lorenzo, tu en resterais baba.

Je me ressaisis très vite avant qu'Armelle perçoive le trouble que me cause l'évocation de ce prénom auquel je ne m'attendais pas.

— Monsieur quel mois ? j'interroge d'un air faussement innocent.

— Lui ne fait pas partie du calendrier.

— D'où le sort-elle alors ?

— Mystère ! Tout ce que je sais, c'est qu'il a été généreusement pourvu par la nature.

— Mais comment le sais-tu ?

— Parce que j'ai croisé son dossier, tiens donc !

— Je serais bien curieuse de voir sa tête à celui-là, tu as sa fiche ?

— Ah non, hélas ! Les petits protégés de Mme Lenoir sont jalousement veillés par Anne elle-même. Je suis désolée, Lisa.

— Oh, ça ne fait rien, c'est juste que tu m'as titillée avec ce garçon.

— Entre nous, je te déconseille de vouloir emprunter les jouets d'Anne, elle n'apprécierait pas du tout.

— Loin de moi cette idée, je ne tiens pas à me lancer dans une aventure sans lendemain.

— Tu n'as pas de fiancé alors ?

— Je comptais m'en offrir un *Made in USA* dans quelque temps, je plaisante pour changer de ce sujet qui m'ennuie.

— Tu sais que les Français sont de meilleurs amants.

— Et d'excellents pères, je complète en désignant son ventre.

Armelle en convient en riant. Notre hilarité s'interrompt lorsque les trois prétendants au titre de Monsieur avril se pointent à notre porte. Reprenant son calme, ma collègue appelle le premier de ces gaillards. Un jeune homme brun, très typé *latin lover*, s'assoit crânement devant nous et l'interrogatoire commence. Identité, adresse, numéro de téléphone, castings précédents, book éventuel, tout y passe jusqu'à la dernière question qui manque de me faire sourire. Lorsque ma voisine demande très sérieusement au gars la taille de son pénis en érection, il répond avec une grande assurance qui me laisse songeuse.

Impassible, elle se contente de pianoter sur son clavier. Elle range ensuite les documents et photos qu'il lui a donnés dans le dossier rouge avant de le remercier et de le prier d'attendre dans la pièce d'à côté où mijotent ses deux concurrents.

Quand les trois questionnaires sont correctement remplis, elle va les soumettre à Anne qui prend le temps de les examiner avec soin avant de recevoir chacun des prétendants. Là encore, ils passent l'un après l'autre, comme dans un confessionnal dont ils ressortent un peu plus tard, visiblement plus stressés qu'en y entrant.

À l'issue de ce curieux entretien, Anne nous réclame, Armelle et moi. Elle nous rend deux dossiers, qu'elle nous demande purement et simplement de détruire. Quant au dernier, elle le conserve précieusement.

C'est à Armelle que revient le soin d'aller congédier les candidats malheureux et de convoquer l'élu dont je ne sais s'il est à plaindre ou à féliciter. En tout cas, lui est fou de joie. Il se lève d'un bond pour rejoindre le bureau où l'attend son nouvel agent. Lorsqu'ils en ressortent tous deux quelques minutes plus tard, Anne nous souhaite un bon week-end. Elle s'attarde cependant pour me demander à mots couverts si je me sens prête à prendre la relève. Ses beaux yeux bleus m'interrogent avec une légère anxiété. Je lui souris simplement et je lui confirme que oui avec beaucoup d'assurance. Elle m'en remercie, soulagée, et je la regarde partir en compagnie de son nouveau jouet.

*

* *

Dès le lundi matin, je m'installe seule au poste de pilotage d'*ALA*. Malgré la présence de mes collègues dans le bureau d'à-côté, j'ai désormais le champ libre pour fureter à loisir, ce dont je ne me prive pas. Hélas, comme je le prévoyais, le dossier de ce Lorenzo est bizarrement défaillant. Sans connaître le visage et le patronyme de celui qu'a évoqué Armelle, je ne peux rien affirmer, mais il faut bien admettre que ce prénom est suffisamment insolite pour que j'en conçoive de sérieux soupçons.

Durant le week-end, j'ai ressorti l'enquête que j'avais faite sur celui que se disputent quelques dames de la Société. Les coïncidences sont extrêmement troublantes. Mon Lorenzo à moi se nomme Liamas. Ce bellâtre d'origine espagnole a fait son entrée dans les rangs de notre organisation il y a plus de trois ans. Il avait alors vingt-sept ans et était encore plus ou moins étudiant dans un cours de théâtre. Véritable gigolo, il sautait sur toutes les nanas susceptibles de financer son loyer, ce qui l'a rapidement conduit sur le chemin d'une amie du juge Frécourt. Comme de juste, c'est ce dernier, enthousiaste et insistant, qui a proposé son parrainage.

Après la remise de mon rapport, qui ne faisait état de rien de particulièrement suspect à son sujet, Jacques a accepté de faire de Lorenzo un élément du réseau, à défaut de l'intégrer comme membre à part entière. En effet, si à l'époque il ne faisait pas montre d'une redoutable intelligence ni d'un compte en banque suffisamment rempli pour régler l'énorme cotisation que réclame la Société, ses qualités physiques étaient indéniables et la caution du juge Frécourt avait réussi à convaincre notre président.

Par la suite, je ne me suis plus souciée de cette nouvelle recrue dont je sais cependant qu'elle est devenue la coqueluche des soirées fines de son bienfaiteur. Chez les Frécourt, plus une fête ne se donnait sans l'active participation de Lorenzo Liamas, dont les faveurs hors-norme étaient chèrement monnayées.

J'ignore quelle opportunité ce Dom Juan a encore d'exercer ses talents si les époux fraîchement séparés n'ouvrent plus leur salon à leurs amis. Peut-être bien que le dossier secret d'Anne Lenoir me renseignerait utilement sur ce point.

À ce stade, je n'ai plus tellement le choix. Il me reste un élément à vérifier, puis il me faudra passer à l'offensive.

L'arrivée d'Anne, en fin de matinée, met un terme à ma petite investigation dans les tiroirs de l'agence. Elle s'inquiète aimablement de savoir si tout va bien et je la rassure tout aussi poliment. Elle accuse une mine un peu fatiguée de son week-end et je n'ai pas de mal à en connaître la raison. Monsieur avril doit être à la hauteur de ses promesses.

Ma première journée en totale autonomie se déroule sans le moindre accroc. Anne semble satisfaite de mes services. Son agenda n'a plus de mystère pour moi, les autres ordinateurs de l'agence non plus. Cependant, aucun ne correspond au poste qui a envoyé les messages à Odile Vanestre. Je suis convaincue désormais qu'il me faut chercher ailleurs et, cet ailleurs, c'est chez Anne elle-même.

*

* *

Mme Lenoir a quitté l'agence aux environs de 16 heures pour ne plus y revenir. Je sais qu'elle avait rendez-vous avec un important producteur pour assurer le contrat d'une de ses vedettes. Depuis ma moto, sur le trottoir d'en face, j'observe la vaste propriété de Neuilly où elle réside. Elle est entourée d'un mur suffisamment haut pour en cacher l'essentiel et le portail est hyper sécurisé. Je repère aisément la présence des caméras de surveillance. Pénétrer l'endroit par effraction m'apparaît du plus hasardeux. Je dois donc m'y prendre autrement.

Dès lors, je me remets en chasse. Secrétaire modèle le jour, je me transforme en espionne dès que l'occasion se présente. Parfaitement informée du moindre rendez-vous de ma cible, je n'ai aucune difficulté à suivre ses déplacements. Il m'arrive même de les anticiper légèrement.

Durant les premiers jours, je ne constate rien d'anormal dans les allées et venues de ma patronne. Monsieur avril occupe l'essentiel de ses loisirs. Il n'a pas à s'en plaindre, elle le chouchoute comme une mère. Je comprends mieux pourquoi Monsieur mars n'a pas apprécié d'être privé du luxe duquel elle les enveloppe généreusement.

Au bout de deux semaines, j'enrage de n'entrevoir aucune faille dans son dispositif réglé comme du papier à musique.

Mon instinct serait-il en train de me jouer un vilain tour ?

J'ai beaucoup de mal à m'y résoudre. Aussi, je décide de m'obstiner un peu en forçant le destin avec l'aide du vice-président de la Société en personne. Le moment est venu d'agir et de pousser nos pions sur l'échiquier, la partie a assez duré.

Grâce à mes longues séances d'espionnage, j'ai pu enregistrer les emplois du temps de tout mon petit monde. Je suis donc à peu près certaine que le juge Frécourt se trouve en manque d'orteils à sucer à l'approche du samedi. Une visite furtive le vendredi soir dans l'appartement d'Odile Vanestre m'en donne l'assurance en même temps qu'elle me permet de décoder ces fameux mails. Sur l'écran de la jeune femme, UM.RF.2300, c'est-à-dire : *You N Me*, Renaud Frécourt, 23 heures. J'ai été stupide de ne pas avoir compris plus tôt.

Un peu joueuse, je m'immisce dans les fichiers de l'ordinateur et, en quelques minutes, l'accès à la messagerie devient strictement impossible depuis ce poste. La belle devra employer d'autres moyens de communication. Or, je sais pour l'avoir bien étudiée qu'elle ne dispose que d'un simple portable, si bizarre soit-il pour quelqu'un de son âge.

Quant au juge, c'est Alexis qui s'en charge. À quelques heures de son rendez-vous galant, le magistrat se trouve convoqué de toute urgence par le vice-président de la Société. Impossible pour lui de se soustraire à une telle invitation, d'autant qu'Alex n'a pas minimisé l'importance de cette entrevue. Avec l'accord de son père, il s'apprête à lui annoncer sans ambages qu'il est victime d'une tentative d'escroquerie et de chantage, mes photos les plus compromettantes à l'appui, bien entendu. Nul doute que le juge Frécourt prendra cet avertissement très au sérieux.

Moi, je reste collée aux talons aiguilles d'Odile Vanestre. À l'heure dite, celle-ci se rend comme convenu au bar où elle doit rejoindre son client. Après avoir attendu un moment, elle finit par consulter la messagerie de son portable, passe ensuite un coup de fil très rapide, puis se lève en direction de la sortie. Elle s'engouffre aussitôt dans un taxi pour finalement rentrer chez elle.

Prudente, je patiente sur le trottoir voisin. Derrière sa fenêtre, je distingue son ombre qui fait les cent pas, un téléphone à la main. Vingt minutes plus tard, un autre taxi s'arrête devant l'immeuble et notre Odile s'offre une seconde balade nocturne. La direction que prend le véhicule m'étonne. Alors que je m'attendais à me retrouver à Neuilly, c'est au pied de mon propre bureau que je stoppe la moto tandis que la voiture repart après avoir déposé la jeune femme. Le second étage où exerce *ALA* est pourtant plongé dans l'obscurité la plus totale.

Dans cet immeuble tout entier dévoué à un usage professionnel, seule une fenêtre au premier est discrètement éclairée. J'ai beau chercher dans ma mémoire, je ne me rappelle pas avoir aperçu de plaque indiquant l'occupant de cet endroit toujours très calme. Bien décidée à en avoir le cœur net, je vais relire avec attention la liste des entreprises siégeant à cette adresse sur l'interphone. Rien au premier, comme de juste !

Je m'octroie une petite incursion dans le garage souterrain. Le coupé sport bleu d'Anne est stationné sur son emplacement habituel. J'en déduis donc que ma patronne ne se contente pas des seuls locaux du second et, dès lors, je comprends mieux ses brèves disparitions qui ne suffisent pas à justifier d'un rendez-vous à l'extérieur.

Si je ne craignais pas que des mesures de sécurité plus performantes soient installées dans ces bureaux clandestins, mon emploi du temps de la nuit prochaine serait tout trouvé, mais curieusement, mon instinct m'invite à me méfier. Il va falloir user de plus de roublardise encore et, à ce sujet, j'ai ma petite idée.

*

*   *

En arrivant le lundi, en milieu de matinée, je suis à peine étonnée de trouver le bureau ouvert alors que William est en déplacement en province et qu'Angélique est en congé. Anne est déjà là, assise à sa table de travail, l'air visiblement très préoccupé. Elle n'avait officiellement rien de prévu et je ne l'attendais pas avant 14 heures.

J'ai appris de la bouche même d'Alexis que le juge Frécourt a été très embarrassé par les photos éloquentes qu'il lui a mises sous le nez. Le magistrat a accepté piteusement que la Société se charge de l'enquête, mais nous nous doutions bien qu'il chercherait lui-même à savoir d'où venait cette attaque. Nous comptions bien là-dessus. La mine sombre d'Anne Lenoir me laisse donc augurer qu'elle est déjà amplement informée de l'incident.

— Un problème ? j'interroge doucement en allant la saluer.

Elle hausse un sourcil bien dessiné et se pince les lèvres avant de m'adresser un regard soucieux.

— Je me demande si je n'ai pas commis une erreur avec ce Kévin Granville, soupire-t-elle.

Je jubile intérieurement de cette fausse piste sur laquelle elle s'égare. Ses belles mains manucurées pianotent sur un dossier rouge semblable à ceux que j'ai remplis à son intention dernièrement. Son esprit se focalise sur ce jeune homme innocent, preuve qu'elle ne voit pas d'autre coupable possible. Et moi, je m'apprête à remuer le couteau dans la plaie avec un machiavélisme que Paul Peyriac apprécierait.

— Vos ennuis ont-ils un rapport avec une certaine Odile Vanestre ?

Anne blêmit d'un coup.

— Comment savez-vous cela ? balbutie-t-elle, abasourdie.

Je lui tends une épaisse enveloppe que j'ai soigneusement préparée la veille. Du pli déjà ouvert, Anne tire plusieurs photos très explicites de la jolie blonde en compagnie du juge Frécourt ainsi qu'un feuillet sur lequel il est imprimé : « *Toutes mes félicitations à Mlle Odile Vanestre pour cette belle performance.* »

Anne devient plus livide encore, les photos tremblent un peu entre ses mains.

— Anne, vous allez bien ? je fais semblant de m'inquiéter.

— D'où sortez-vous cette enveloppe ? réclame-t-elle en prenant sur elle-même.

— De la boîte aux lettres, il y a quelques minutes, avant de monter. Armelle m'a conseillé d'y jeter régulièrement un coup d'œil même après le week-end. Je l'ai trouvée en l'état, rien n'était indiqué dessus, je me suis crue autorisée à l'ouvrir.

— Ce matin, répète-t-elle machinalement.

— Anne, si je peux vous être d'une quelconque utilité, vous savez que vous pouvez compter sur moi, j'insinue, perfide à souhait.

Mme Lenoir est touchée, complètement prise au dépourvu par cet événement auquel elle ne s'attendait pas le moins du monde. Elle envisage le pire, et son seul recours possible en cette minute où elle perd pied, c'est moi.

— Je ne demande qu'à vous aider, j'insiste aimablement. Vous pouvez me faire confiance.

Son regard revient scruter le mien, avide d'un soutien dont elle a besoin. Une lueur s'allume dans ses prunelles claires et sa résolution l'emporte sur tout le reste. Elle se lève soudain et se dirige droit vers la sortie.

— Venez avec moi, Lisa ! dit-elle en passant devant.

Je lui emboîte le pas et, dès que nous franchissons le seuil de l'agence, je devine déjà où nous allons. Un petit sentiment de victoire papillonne agréablement dans mon esprit. Je prends garde de rester aussi impassible que d'ordinaire et je réussis même à faire semblant de m'étonner quand elle s'arrête face à la porte du premier étage.

Mon instinct de l'avant-veille avait raison. Sitôt qu'elle ouvre, Anne s'empresse de déconnecter un système d'alarme haut de gamme dont j'aurais bien été en peine de me défaire. Elle m'invite à entrer et referme soigneusement à clé derrière elle. Elle prend ensuite une courte inspiration, puis me désigne les locaux plus modestement meublés que ceux de son agence au-dessus.

— Je vous présente la petite sœur d'*ALA*, dit-elle d'un ton plus ferme au fur et à mesure qu'elle assume sa décision de me mettre au courant de ses secrets.

Je la dévisage avec une mine intriguée, et je constate qu'elle apprécie d'avoir éveillé mon intérêt.

— Si vous cherchiez à savoir de quoi il s'agit exactement, vous trouveriez, à cette adresse, une simple société civile immobilière dotée d'un nom aussi anonyme que celui de la rue où nous sommes, commence-t-elle.

— Je suppose que cette SCI vous appartient, je me risque en rageant de n'avoir pas découvert ça moi-même.

— Non, pas directement. Je ne dispose que de quelques parts. Elle est surtout la propriété de mon fils.

Je hoche la tête, admirative du montage astucieux de l'opération, puis je reprends mon interrogatoire.

— Quel rapport avec l'affaire qui vous préoccupe ?

Elle se dirige alors vers un bureau voisin dont elle ouvre un placard fermé à clé, et je reconnais aussitôt les fameux dossiers rouges, régulièrement suspendus les uns à côté des autres. Anne me laisse en examiner sommairement le contenu avant de continuer son explication.

— *ALA* reçoit chaque année des centaines de candidatures de jeunes gens pour n'en retenir au final qu'une très infime partie. Voilà plus de vingt ans que j'exerce ce métier, et je peux vous garantir que les grands artistes sont extrêmement rares. Pour autant, je prends soin d'étudier personnellement chaque dossier qu'on me soumet. Depuis tout ce temps, j'en ai vu passer des gamins convaincus de leur talent et prêts à tout pour accéder à la gloire. J'ai fait quelques heureux, mais j'ai aussi brisé les rêves de beaucoup d'autres qui auraient pourtant mérité d'avoir une chance, qui la réclamaient, en tout cas. Pour certains, il ne s'agissait même pas de devenir riches et célèbres, mais simplement de manger quotidiennement.

Je la regarde avec un étonnement non feint. Je n'imaginais pas Anne Lenoir si attentive au sort de ceux qu'elle rejette sans état d'âme de son bureau à l'étage supérieur. Sa compassion me laisse perplexe et j'entends qu'elle m'éclaire sur ce point. Elle m'observe avec une indulgente tendresse.

— Ne vous leurrez pas sur mon compte, Lisa, je n'ai rien d'un mécène, rectifie-t-elle gentiment. J'y vois avant tout mon intérêt personnel.

— D'où les messieurs du calendrier ?

— Au début, oui, admet-elle. Puis il s'avère que j'ai eu l'opportunité de pousser l'expérience un peu plus loin.

— Qu'entendez-vous par là ?

— Ce que j'ai mis en place pour mon seul plaisir durant longtemps, je l'ai étendu récemment à des fins nettement plus lucratives. Les dossiers que vous voyez ici sont ceux des personnes que j'emploie à des activités certes moins glorieuses, mais tout aussi rémunératrices que celles de leurs collègues auxquels j'accorde ma caution officielle.

— Dois-je comprendre que vous avez constitué un réseau de prostitution ?

Elle penche légèrement la tête, désapprouvant ostensiblement le mot dont j'ai usé à dessein.

— Disons plus exactement que j'offre la possibilité à des jeunes gens que le sexe n'effraie pas, et qui se déclarent expressément intéressés par l'argent, de vivre beaucoup plus confortablement que ce qu'ils auraient pu faire en tant qu'artistes. Je n'oblige personne, je propose, précise-t-elle. Chacun est entièrement libre d'accepter ou non de remplir le questionnaire qui lui ouvrira les portes de ce bureau. Tous les dossiers ici présents ont été montés avec l'accord pleinement assumé de ces personnes. Pour certaines filles, ça les change à peine de ce qu'elles s'apprêtaient à faire de toute façon, croyez-moi ! Pour tous, il s'agit d'une véritable aubaine.

— Comme pour Odile Vanestre ?

— Odile faisait en effet partie de mes meilleurs éléments.

— « Faisait » ?

— Je crains que nous ne puissions plus faire appel à ses services. Elle a été découverte et nous met tous en danger de l'être. Nous ne pouvons pas prendre davantage de risques avec elle. Je dois la remplacer.

— Vous ne considérez donc pas cette menace comme plus sérieuse que ça ? Cette enveloppe vous était adressée, j'insinue, épatée de la pugnacité d'Anne, dont la capacité à récupérer est impressionnante.

— Elle a été glissée dans la boîte aux lettres de l'agence qui emploie Odile. Rien n'indique qu'elle m'était destinée.

— Le lien a été fait, Anne !

— Je n'en suis pas convaincue, Lisa. De toute façon, si risque il y a, je l'assumerai jusqu'au bout !

— J'admire votre détermination. Pourquoi ne songez-vous pas à tout arrêter tant qu'il en est encore temps ?

— C'est que, voyez-vous, cette activité n'a pas seulement l'avantage d'être extrêmement lucrative, elle me permet en outre de bénéficier d'une influence indéniable sur certaines personnes qui me deviennent ainsi redevables des services que je leur procure.

— Vous exercez aussi du chantage ? je ricane, soufflée par son audace et la manière dont elle m'a balancé ça.

— Mes « clients » ne me connaissent pas, ils ignorent complètement qui se trouve à la tête de ce réseau. Il s'avère que j'ai parmi eux quelques citoyens dont la notoriété ne supporterait pas d'être entachée et qui, de fait, se montreraient très complaisants, le cas échéant.

— Pensez-vous vraiment qu'ils vous sauveraient d'un naufrage ?

— Si l'affaire devait devenir publique, je n'hésiterais pas à livrer leurs noms en pâture à la presse et je ne manquerais pas de le leur faire savoir au préalable. Je doute cependant que nous en arrivions là, rassurez-vous !

— Votre sérénité m'impressionne.

Anne rit de ce compliment sincère. Sa confiance me semble acquise et je tiens donc l'opportunité de tout apprendre à présent. Autant en profiter.

— Et concrètement, comment cela se passe ?

— Mes « clients » sont tout d'abord « démarchés » par mes artistes. S'ils sont prêts à souscrire à l'abonnement, ils reçoivent alors une adresse mail ainsi qu'un code personnel pour qu'ils puissent gérer leurs rendez-vous comme ils le souhaitent, en toute discrétion. Ces rendez-vous sont aussitôt répercutés auprès de celui ou celle qui assurera la prestation.

Je sourcille, très admirative.

— Vous avez d'excellentes connaissances techniques, ma foi !

— J'ai fait appel à un véritable génie de l'informatique, sourit-elle, de toute évidence peu désireuse de m'en dire davantage à ce sujet.

— Vous avez beaucoup d'artistes de ce genre dans votre escarcelle ? j'interroge en scrutant l'armoire.

— À vrai dire, bon nombre de ces dossiers sont inactifs pour diverses raisons. Certaines filles ont déjà mis cette « carrière » entre parenthèses, le temps d'une amourette ou de leurs études, d'autres se lancent dans des projets professionnels plus conventionnels et ne donnent plus suite aux rendez-vous. Pour le moment, nous disposons tout au plus de trois jeunes femmes et de deux garçons.

— Odile Vanestre en moins !

— En effet, soupire-t-elle, navrée.

— Cela suffit-il à honorer vos demandes ?

— Non, malheureusement, surtout pour les demoiselles. Nous avons en réserve plusieurs candidatures sérieuses que je dois encore examiner avec soin.

— Elles aussi, vous allez les recevoir ?

Anne m'invite alors à la suivre dans un couloir au bout duquel se trouve une porte également fermée à clé. Ce que je découvre dans ce petit local aveugle me cloue le bec. Il s'agit d'un studio d'enregistrement au format concentré, mais la table de contrôle contient tout ce qui se fait de mieux en matière de technologie, à en faire pâlir certains professionnels.

En habituée, Anne met en marche l'écran et, après avoir passé en revue plusieurs fichiers, elle se redresse en me désignant le téléviseur voisin. Je peux alors admirer les ébats d'une jolie blonde qui n'est autre qu'Odile Vanestre avec un solide gaillard particulièrement bien gâté par la nature, que je reconnais tout aussi bien. Mes soupçons concernant Lorenzo Liamas sont désormais confirmés.

— Nous ne choisissons pas nos recrues au hasard, commente Anne en observant ma réaction face aux images crues qui défilent sous mes yeux.

— Vous leur faites passer une audition, en somme. Et lequel des deux est le candidat, la fille ou cet étonnant garçon ? j'interroge en feignant la plus parfaite ignorance.

— La jeune femme que vous voyez est Odile Vanestre. Elle a passé cette audition, comme vous dites si bien, il y a environ six mois. Vous le constatez, la demoiselle se débrouille très bien.

J'acquiesce en contemplant l'ardeur de la jolie blonde à tenter d'engloutir aussi profondément que possible l'extraordinaire sexe de son partenaire.

— Et lui, qui est-ce ? je réclame tout à fait légitimement.

Anne sourit en jetant sur l'écran un regard de connaisseuse.

— Il s'appelle Lorenzo Liamas. Il est l'un de mes « associés » dans cette entreprise confidentielle.

— Vous avez des associés intéressants, je note avec amusement tandis que s'élèvent les premiers gémissements d'Odile, que le vigoureux jeune homme a littéralement embrochée.

— En effet, en convient Anne d'un ton léger. Lorenzo se charge de faire passer les auditions des candidates. La tâche n'est pas forcément si facile. Je ne vous en explique pas la raison, elle est assez évidente, je crois.

— Vous engagez donc les survivantes.

Mon humour froid arrache un petit rire à ma patronne, désormais complètement rassurée à mon sujet.

— Mes « clients » sont des gens très exigeants, précise-t-elle plus sérieusement. Ils réclament autre chose que de vulgaires prostituées qui se hâtent de leur extirper quelques billets supplémentaires avant de filer. Ils veulent baiser ce qu'il y a de mieux, tout en ayant aussi la possibilité de discuter agréablement, voire de dîner en bonne compagnie. Il n'est donc pas question de leur fournir n'importe qui. Je vous prie de croire que la conversation de cette fille est tout à fait à la hauteur de ce qu'elle est capable de faire dans un lit.

Sur l'écran, Odile semble vraiment aimer se faire copieusement défoncer par l'étalon espagnol. Elle s'offre avec une gourmandise qui fait presque plaisir à voir. Lorenzo se montre pourtant sans pitié. Entre les cuisses de la fille, qu'il maintient largement écartées sous l'œil indiscret de la caméra, il enfonce sa verge spectaculaire avec une énergie et une rapidité qui me procurent quelques sensations bizarres dans le bas du ventre. Je dois dire que je n'ai jamais eu l'occasion de m'entraîner avec une bête comme celle-là. La seule idée de ce sexe énorme, prodigieusement raide et gonflé, s'introduisant dans le mien me propulse dans un univers fantasmatique. Je crains bien que ma petite culotte ne soit légèrement humide.

— Je vous rassure, Lisa, seules sont auditionnées celles qui répondent intégralement au questionnaire que nous leur soumettons au préalable, ajoute Anne, se méprenant sans doute sur ma mine perplexe.

— Le même que pour les garçons du calendrier ?

— Plus ou moins. Nous voulons savoir jusqu'où elles sont prêtes à aller et si elles consentent à certaines pratiques sexuelles comme la fellation ou la sodomie, notamment.

— Et si elles vous mentent ? Quel moyen avez-vous de le vérifier, cette fois ?

Anne me désigne la télé, où Lorenzo s'est lancé à l'assaut d'un orifice plus intime de la belle, qui a l'air d'apprécier la chose avec tout autant d'enthousiasme. Je manque d'en grimacer en serrant les fesses. J'ai dû rater un bref épisode, il n'a pas certainement pas ouvert cette voie étroite sans précautions, à moins qu'elle ne soit très coutumière de la chose. Toujours est-il qu'il ramone le postérieur d'Odile avec la même vigueur que le reste. Mon ventre connaît un nouveau spasme.

— Je crois que ces images parlent d'elles-mêmes, n'est-ce pas ? Nous écartons systématiquement celles qui refusent de se soumettre à ce traitement pour le moins énergique, de même que celles qui n'ont aucun talent pour faire jouir leur partenaire. Nous ne gardons que l'exceptionnel.

Anne me laisse digérer l'information puis éteint la vidéo avant de se tourner vers moi.

— Qu'en pensez-vous ? m'interroge-t-elle.

— Je suis plutôt admirative de tout ce que vous avez réussi à mettre en place, j'avoue très sincèrement en occultant bien sûr mes commentaires sur ces images édifiantes.

— Vous n'en êtes toujours pas choquée ?

— Non. Je me dis simplement que vous aimez le risque et que vous l'assumez superbement. Je vous envie presque.

Ses lèvres rouges s'étirent dans un sourire rassuré.

— Vous avez gagné ma confiance, Lisa. Promettez-moi que je n'en serai pas déçue !

— Je vous en donne ma parole.

Mon ton déterminé et mon attitude digne achèvent de la convaincre.

— Armelle se chargeait de la constitution des dossiers de ces candidates d'un genre particulier. Je sais qu'elle ne vous a rien dit à ce sujet, mais… pensez-vous que vous pourriez prendre la relève jusqu'à son retour ? finit-elle par me proposer comme je l'espérais. Je ne peux pas me permettre d'attendre encore plusieurs mois sans agir.

— Aucun problème ! Je peux tout à fait m'en occuper.

Le soulagement se lit dans le regard qu'elle m'adresse.

— J'ai cependant une question, j'interviens avant qu'elle saute à un autre sujet.

— Je vous écoute.

— Comment cela se déroule-t-il pour les hommes ? Qui se charge de faire passer les auditions ?

Anne devine ma petite taquinerie et s'en amuse.

— Cela reste ma seule prérogative, mon enfant ! Tout comme les garçons du calendrier, je les choisis personnellement en fonction des exigences de ma clientèle, que je connais très bien.

— C'est la raison pour laquelle vous avez soupçonné Kévin Granville ?

Elle se pince les lèvres et penche la tête, songeuse.

— Je me pose des questions à son sujet, c'est vrai. J'ai peut-être commis une imprudence en sa présence, ou peut-être a-t-il vu ou entendu quelque chose.

— Vos recrues du calendrier ne finissent donc pas dans votre cheptel ?

— Non, je ne mélange jamais le plaisir et le travail.

— Même ce… Lorenzo ?

— Je tiens à mon intégrité physique, réplique-t-elle en riant pour de bon. Lorenzo est mon associé, pas mon amant. En affaires, il vaut mieux toujours être claire et faire la stricte part des choses. Je me suis trompée une fois, j'ai retenu la leçon.

Je la dévisage avec un air interrogateur qu'elle comprend très bien.

— Il est presque midi, si nous allions déjeuner ? Je vous invite, propose-t-elle après avoir jeté un coup d'œil à sa montre.

— Volontiers.

*

* *

Anne et moi nous retrouvons quelques minutes plus tard attablées l'une en face de l'autre dans la petite brasserie voisine qui résonne déjà d'un joyeux brouhaha. Un cap est visiblement passé, et ma patronne se détend près de moi. Son invitation révèle tout autant son désir de se livrer un peu que le soulagement qu'elle ressent à pouvoir compter sur quelqu'un après l'alerte de ce matin. Notre conversation prend alors un tour plus intime et Anne se laisse aller à de plus amples confidences.

— Ma conduite envers les hommes doit probablement vous paraître scandaleuse, veut-elle savoir très vite. Vous qui êtes jeune et si belle, vous devez penser que j'agis d'une bien curieuse façon.

— Je ne me permettrais pas de vous juger, Anne. Et ce n'est certainement pas moi qui vous condamnerais après avoir fait la connaissance de votre calendrier. Monsieur avril tient-il ses promesses ?

Encore une fois, mon humour désamorce la situation et elle consent à me répondre.

— Ma foi, il se montre enthousiaste et adroit. Cela dit, je n'ai pas encore fait le tour complet du sujet.

— Il ne vous a donc pas menti ?

— Non, il n'a pas menti. En plus de ça, il lèche divinement.

— Au propre ou au figuré ?

Anne manque de s'étrangler de rire avec sa pomme de terre alors que je parviens à conserver mon sérieux.

— Vous êtes vraiment une fille surprenante, me déclare-t-elle en rétablissant sa dignité habituelle. Pour tout vous dire, les deux. Je n'ai jamais vu un aussi beau flatteur. Je crains cependant de ne m'en lasser très vite.

— Sauf s'il démontre d'autres qualités que vous ignorez encore.

— Vous me paraissez en savoir plus long sur les hommes que ce que vous voulez bien montrer, Lisa, me soupçonne-t-elle. À quoi ressemble celui qui fait battre votre cœur ?

— Aucun homme ne fait battre mon cœur.

Elle lève un sourcil intrigué en reposant sa fourchette dans son assiette vide.

— Je refuse de croire qu'une jeune femme comme vous ne se livre jamais à quelques voluptés. Votre réaction devant la vidéo tout à l'heure n'était pas celle d'une sainte-nitouche.

— Disons qu'en matière de sexe, je suis un peu comme vous, je consomme. Pour le reste, je n'ai besoin ni envie de personne.

En mon for intérieur, je sais que mes paroles ne sont qu'une pauvre expression de la réalité. Je suis interdite d'aimer.

Comment le pourrais-je ?

Qui accepterait d'entendre que je suis une tricheuse, une menteuse, une voleuse au service de la Société ?

Qui supporterait que j'aille jusqu'à baiser un autre pour le travail ?

Je chasse cette seule idée de mon esprit et, oui, je consomme les hommes et le sexe comme la cigarette ou l'alcool, par vice peut-être, par habitude, sûrement. En tout cas, il est exclu que je m'attache à quelqu'un de quelque manière que ce soit. Je suis condamnée à la solitude.

— Vous avez raison, tranche Anne d'un air qui en dit long sur sa façon de penser.

— Pourquoi m'avez-vous dit tout à l'heure que vous vous étiez trompée une fois ? je rebondis sur cette question qui m'a laissée sur ma faim.

— Oh, c'est une vieille histoire, mais qui explique bien des choses aujourd'hui, accepte-t-elle de répondre.

— S'agissait-il du père de votre fils ? j'insiste, la sentant prête à tout déballer.

Elle hoche la tête avant de s'accouder de manière plus intime face à moi.

— J'étais jeune et très naïve, à l'époque. J'ai cru stupidement que le monsieur allait se séparer de sa femme pour mes beaux yeux. Il n'en a rien été, même lorsque je lui ai annoncé que j'étais enceinte de ses œuvres.

— Il vous a quittée ?

— Non, c'est moi qui suis partie. J'ai pris, ce jour-là, la plus grande leçon de ma vie. J'ai découvert la véritable influence que peut avoir l'argent sur les personnalités. Cet homme qui prétendait m'aimer préférait davantage le confort et le pouvoir que lui conférait le beau patrimoine de son épouse. Il n'a pas eu à le regretter, ma foi ! Il ne serait pas aujourd'hui ce qu'il est sans cela.

— Quelqu'un de connu ?

— Je pense que vous avez déjà entendu parler de lui, en effet, estime-t-elle, un peu joueuse.

— Puis-je savoir de qui il s'agit ?

— Gérard Carnelière, lâche-t-elle un ton plus bas.

Ma petite cuillère reste en l'air, stoppée net par cette annonce.

— Le ministre ?

— Lui-même.

— Votre fils est-il au courant ?

— Gérard ne l'a pas officiellement reconnu, mais il s'est toujours montré responsable et généreux avec lui. Il a assuré son éducation et nous a constamment apporté son soutien financier, à défaut d'autre chose. Liam et son père entretiennent aujourd'hui d'excellents rapports. Mais bien sûr, tout cela reste un secret.

La lueur d'intelligence qui brille dans les beaux yeux d'Anne me permet de comprendre subitement pourquoi elle se sent si sereine malgré la menace que j'ai sciemment fait peser sur elle. Si le scandale de ses activités occultes éclatait, il éclabousserait jusqu'au sommet de l'État. Elle compte bien entendu sur cette puissante relation pour que cela n'arrive jamais. L'affaire se complique sensiblement pour nous. Ce n'est pas le moment de relâcher ma vigilance.

— Avez-vous des nouvelles de votre fils ? Il est au Japon, c'est ça ?

— C'est exact ! Il termine actuellement une tournée que nous avons organisée là-bas.

— Armelle m'a dit que vous étiez son agent.

— Par la force des choses, oui ! Ceci dit, Liam a vraiment beaucoup de talent, il aurait réussi sans moi, répond-elle avec des accents de fierté. Je l'ai élevé seule, en jonglant avec ma carrière. Dieu sait si les vedettes sont de grands enfants capricieux. Je leur ai donné plus de temps qu'à mon propre fils. Il a appris à se débrouiller très tôt par lui-même, et mon aide est finalement assez anecdotique. Je ne suis pas en droit de m'en plaindre, mais ce garnement me manque salement.

Je la regarde avec beaucoup d'indulgence. Je sais trop bien ce que signifie d'élever seule son enfant. Je suppose que son fils a éprouvé, un jour, la même rage de réussir que moi.

— Quel âge a-t-il ?

— Liam aura vingt-six ans la semaine prochaine, sourit-elle tendrement. J'espère d'ailleurs qu'il sera là pour son anniversaire. J'ai prévu une petite fête, et je lui en voudrais de me fausser compagnie ce jour-là.

— Il est si souvent parti ?

— Liam est un oiseau solitaire et indépendant, il ne songe pas toujours à me prévenir. Depuis qu'il culmine au sommet des hit-parades, je le vois encore moins qu'avant. Désormais, quand ce n'est pas moi qui suis occupée, c'est lui qui prend l'avion, se lamente-t-elle. J'ignore même quel jour il doit revenir, il ne m'en a rien dit. Je sais juste que sa tournée est terminée, mais je suppose qu'il s'offre là-bas quelques vacances grivoises.

— Telle mère, tel fils ?

— Il profite de sa jeunesse et de sa gloire, je ne suis pas en droit de le lui reprocher.

J'approuve d'un signe de tête en dégustant mon café, et notre pause déjeuner s'achève sur cette évidente constatation.

*
* *

Le reste de la semaine se passe presque normalement. Alertés par mes soins du fin mot de cette affaire, Alexis et Jacques ont préféré, d'un commun accord, me laisser en place au sein de l'agence afin de parfaire nos renseignements avant de prendre une décision. Je revois le visage fermé d'Alexis quand je lui ai fait état de mes découvertes. La situation mérite amplement que les Duivel, père et fils, y réfléchissent en compagnie de Paul. Pendant ce temps-là, je continue donc d'exercer mes fonctions de secrétaire très particulière auprès d'Anne Lenoir.

Il est 15 heures, ce vendredi, je mets de l'ordre dans mes affaires en prévision du week-end. Anne s'est enfermée à côté pour une séance téléphonique soutenue avec l'une de ses vedettes. Quelques éclats de sa voix plus haut perchée lorsqu'elle s'énerve parviennent à mes oreilles affûtées. J'en ai presque terminé quand un jeune homme pénètre sans s'annoncer dans mon bureau.

De ses chaussures de marque à son costume taillé sur mesure, il est d'une élégance remarquable qui n'a d'égale que sa beauté indéniable. S'il s'est apprêté pour l'occasion, il a eu raison, son ensemble gris s'accorde magnifiquement à sa longue et athlétique silhouette et à la coupe impeccable de ses cheveux très bruns. Le plus intimidant, dans tout ça, ce sont ses yeux d'un bleu étonnant dans lesquels on aimerait se noyer s'ils n'affichaient pas tant de froide suffisance. Ce garçon est sublime, et il ne le sait que trop bien.

Mon premier réflexe est de songer qu'il doit s'agir d'un mannequin, avant de me souvenir aussitôt qu'Anne n'a aucun rendez-vous professionnel programmé cet après-midi. Par ailleurs, les entretiens pour le calendrier ne sont pas prévus avant une semaine, ma patronne n'ayant pas fini l'audition de Monsieur avril.

La gravure de mode me toise en attendant que je me décide à réagir. Je lui adresse poliment un bonjour dont lui s'est dispensé, et je lui demande ce qu'il désire. Son regard s'illumine d'un éclat joueur.

— Je voudrais voir Anne Lenoir, répond-il un peu sèchement.

— Aviez-vous rendez-vous ?

— Non, mais je tiens à lui parler immédiatement.

Sa façon de m'adresser la parole en me soupesant de ses prunelles moqueuses m'insupporte. Il en faut cependant plus pour me déstabiliser.

— Mme Lenoir n'est pas disponible, je regrette. Je ne pense pas qu'elle puisse vous recevoir aujourd'hui.

Son sourire condescendant réfute mes propos et, sans crier gare, il contourne mon bureau pour se diriger vers celui de l'agent.

— Vous n'êtes pas autorisé à entrer ici, je l'arrête en m'interposant. Si vous tenez absolument à voir Anne Lenoir, prenez donc un rendez-vous. Je me ferai un plaisir de lui transmettre personnellement votre demande.

Mon ironie le stoppe net.

— C'est ça, me lance-t-il soudain, véhément. Et vous souhaitez peut-être connaître la taille de ma queue ?

Cette fois, j'en reste stupide une seconde avant de me ressaisir.

— Puisque vous êtes si bien au courant de ces modalités, nous pourrions commencer par le début, en effet. Que diriez-vous de remplir un dossier ? je lui suggère aussi calmement que possible.

— Vous êtes du genre obstiné, constate-t-il.

— Certainement plus que vous ne pouvez l'imaginer. Ne m'obligez pas à vous le prouver.

— Très bien, dans ce cas, remplissons donc ce fameux dossier, cède-t-il enfin devant ma menace.

Je pousse un petit soupir de soulagement et reprends place derrière mon bureau tandis qu'il s'assoit sagement devant moi. J'ouvre le fichier nécessaire et je commence innocemment mon interrogatoire.

— Votre nom, je vous prie !

— Liam Lenoir.

Ma main reste en suspens sur mon clavier d'ordinateur.

— J'habite chez ma mère, au 38, allée Verdi, à Neuilly sur Seine, je suis musicien, et mon pénis mesure très exactement dix-huit centimètres lorsqu'il est motivé et bien entretenu, continue-t-il sur un ton détaché.

Mon sang file à toute vitesse dans mes veines et la colère m'envahit.

— Pourquoi ne me l'avez-vous pas dit immédiatement ? je proteste vertement.

— Je ne tenais pas à ce que la taille de mon sexe vous effraie.

— Je ne parlais pas de ça et vous le savez !

— Je peux tout aussi bien vous reprocher de ne pas être physionomiste, ma photo trône en évidence sur le bureau de ma mère.

Entre le garçon débraillé et souriant du portrait que j'ai en mémoire, et l'élégant jeune homme en costume trois-pièces devant moi, il y a une très sensible différence. J'aurais dû être plus attentive, toutefois. J'ai manifestement commis une négligence dont il profite un peu trop largement à mon goût. Un point pour lui, donc.

— Pardonnez-moi de vous dire que vous ne vous ressemblez pas, monsieur Lenoir.

Il émet un ricanement et s'apprête à m'adresser une repartie cinglante quand Anne sort de son bureau avant de s'arrêter après quelques pas.

— Liam ? s'exclame-t-elle d'une voix dans laquelle pointent des accents aussi joyeux qu'étonnés.

Il se lève pour embrasser sa mère. Tous les deux s'étreignent avec un bonheur qui fait plaisir à voir.

— Enfin, tu es là ! soupire-t-elle. Je commençais à me demander si tu allais venir.

— Tu aurais été plus vite rassurée si ta redoutable secrétaire n'avait pas montré autant d'efficacité à m'en empêcher, balance-t-il en me jetant un regard de défi que je soutiens dignement.

— Je te déconseille en effet de prendre ses menaces à la légère, sourit-elle, égayée par notre confrontation silencieuse. Lisa pourrait bien te donner du fil à retordre, crois-moi !

Il lève un sourcil dubitatif en me dévisageant comme si je venais d'une autre planète. Anne se sent obligée de briser la glace en faisant elle-même les présentations puis en ajoutant :

— Avant que tu ne partes, j'avais évoqué la nécessité du remplacement d'Armelle pendant son congé maternité.

— Je m'en souviens. J'ignorais seulement que tu avais trouvé si rapidement un nouveau garde du corps qui sache se servir d'un ordinateur.

Je réprime une envie de mordre, mais ce serait lui faire trop plaisir que de céder à la tentation. Au petit jeu de la provocation, j'ai été à bonne école avec Alexis Duivel.

— Mon CV est à votre disposition, si vous avez des doutes ou si vous souhaitez des informations complémentaires sur mes compétences, je lui indique très courtoisement.

S'il fait mine d'ignorer superbement ma remarque, son regard pétille d'un amusement qu'il ne peut dissimuler entièrement. Aussi le reporte-t-il bien vite vers sa mère. Je gagne la partie en veillant à ne rien montrer de ma satisfaction.

— Que nous vaut cette élégance ? interroge Anne en détaillant son rejeton en connaisseuse.

— J'avais une séance photos avec Peter, tu ne te rappelles pas ?

— Ah bon sang, oui ! Je suis désolée, Liam, je n'ai pas songé à vérifier.

— Ton agenda déborde probablement, insinue-t-il avec indulgence. Un problème ?

— Nous en discuterons à la maison, si tu veux bien, élude-t-elle très vite. Sais-tu que tu es magnifique, j'aimerais te voir comme ça plus souvent.

— Là, tu rêves ! rigole-t-il.

Dans cet échange spontané, Liam Lenoir a délaissé son attitude bravache. Lorsqu'il cesse de jouer les durs à cuire, il est plus séduisant encore. J'en oublie de m'intéresser à leur conversation jusqu'à ce que ma patronne me tire de mes divagations.

— On ferme la boutique pour aujourd'hui, Lisa. La semaine prochaine, on s'attelle sérieusement à certains dossiers en instance, si vous êtes toujours d'accord, bien sûr !

Son regard insistant appuie ses paroles, et je saisis parfaitement de quoi il s'agit.

— Pas de problème, je suis toujours d'accord, je confirme en me réjouissant intérieurement d'accéder enfin à de plus amples informations.

À cet instant, je me demande brièvement si son fils se doute de quelque chose. Anne ne me laisse cependant pas le temps de m'attarder sur le sujet.

— Filez, me conseille-t-elle amicalement. J'ai encore deux ou trois choses à faire avant de partir, je fermerai. Liam, tu m'attends ?

Ce dernier acquiesce en me lorgnant sans scrupule tandis que je rassemble mes affaires. Je l'ignore jusqu'au moment de m'en aller pour de bon.

— Je vous souhaite de passer un bon week-end à tous les deux, je lance en m'adressant à Anne avant de me tourner vers son fils. Et si je ne m'abuse, un joyeux anniversaire, monsieur Lenoir !

Le même petit air narquois revient se peindre sur son beau visage. J'attends la flèche qu'il ne tarde pas à décocher.

— Merci, mademoiselle... comment déjà ? Bruce Lee ?

Anne secoue la tête, désapprobatrice, et je la salue une dernière fois avant de partir.

*

* *

Une grande effervescence agite la propriété des Lenoir dans la soirée. La surveillance discrète que j'exerce depuis le trottoir d'en face me permet de constater la popularité de Liam, dont l'anniversaire attire de nombreux invités. La plupart sont des jeunes gens, bon chic, bon genre, à l'image de ce qu'il est. Les grilles de la maison sont exceptionnellement ouvertes, j'en profite pour enregistrer certains détails.

Le va-et-vient se calme un peu. Vers 23 heures, j'assiste tout à coup au départ groupé de toute cette assemblée. Intriguée, je les suis à distance. La boîte de nuit dans laquelle je me retrouve quelques instants plus tard est déjà bondée. J'étais quasiment certaine qu'ils finiraient ici. Liam a commencé sa brillante carrière de DJ derrière les platines de cet établissement très prisé aujourd'hui. Je sais de la bouche de sa mère elle-même qu'il y revient encore certains soirs pour le plaisir, et par amitié pour le patron qui lui a fait faire ses premiers pas dans le milieu.

J'ai pris soin de modifier mon apparence dans les toilettes avant de m'aventurer vers le bar où je me pose, un peu à l'écart, afin de poursuivre ma petite filature. Sous la perruque blonde et le maquillage appuyé que j'arbore, il lui serait bien difficile de me reconnaître au premier coup d'œil si, par le plus grand des hasards, il venait à me croiser.

Je ne suis pas entièrement convaincue de l'utilité de ma démarche, ce soir. Anne n'a jamais évoqué l'implication de son fils dans ses affaires occultes, hormis dans le fait qu'il soit le principal propriétaire de la société qui gère l'immeuble où sont implantés les bureaux. Il peut d'ailleurs fort bien l'ignorer si sa mère s'est gardée de le lui dire.

Notre rencontre m'a cependant laissé une impression étrange dont je ne parviens pas à me défaire. Sa provocation inutile et sa façon de me détailler ont éveillé une alerte que je n'identifie pas. Aussi ai-je donc décidé de profiter de cette occasion où il ne se méfie pas pour l'espionner un peu plus à ma guise et voir quelles sont ses fréquentations.

Pour l'heure, il a pris place au milieu d'une assemblée bruyante avec laquelle il semble très ami. Ça rit, parle fort, ça boit abondamment, même si je note que le principal intéressé se montre très sage sur ses consommations. La musique assourdissante baisse tout à coup de volume, et le DJ se lance dans une annonce visiblement préméditée. Il salue la présence de son célèbre collègue tout en lui souhaitant un joyeux anniversaire et l'invite à le rejoindre. Liam ne joue pas les modestes, il se lève volontiers tandis que des cris hystériques s'élèvent déjà. Bien qu'il soit solidement escorté de deux de ses amis, il lui faut lutter pour gagner les platines sans y laisser sa chemise.

Dès qu'il s'empare du micro et de la table de mixage, l'ambiance monte d'un cran dans l'euphorie. Des dizaines de filles s'agglutinent devant lui, prêtes à tout pour attirer l'un de ses regards. Je dois admettre qu'il joue superbement de sa séduction pour les rendre complètement folles. Je ne l'imaginais pas tout à fait ainsi, et je comprends mieux le commentaire de sa mère à ce sujet. Qu'il profite avantageusement de sa notoriété et de son charme me semble évident, surtout quand j'observe la manière dont il s'attarde sur une sculpturale blonde au décolleté flatteur qui le dévore des yeux. Je gage que la fin de soirée sera nettement plus épicée, et je ne crois pas me tromper lorsque Liam cède les platines pour aller échanger quelques mots avec son admiratrice zélée. Elle savoure en rougissant un peu qu'il lui parle à l'oreille puis acquiesce de la tête à ce que je devine être une demande d'un genre particulier. Je les vois s'éloigner, main dans la main, vers l'arrière de la salle. Je quitte donc mon poste d'observation pour les suivre discrètement jusqu'à un petit couloir où Liam entraîne sa blonde et consentante victime.

— Vous cherchez quelque chose ?

Je manque de sursauter au son de la grosse voix qui m'interpelle. Je me retourne face à un géant à la mine pas aimable. Je n'ai pas tellement le choix, autant jouer les ingénues.

— DJL. Je... je l'ai vu entrer ici, je minaude en papillonnant de mes faux cils.

Un rire accueille ma réponse et le gaillard secoue la tête d'un air désapprobateur.

— Vous allez devoir attendre votre tour, je crois qu'il est déjà entre de bonnes mains, jeune fille, et je doute qu'il ait encore assez de temps et d'énergie à vous accorder après ça.

Je tente une moue absolument désolée et je m'excuse en faisant mine de vouloir partir.

— Il ne manque pas de beaux garçons qui seraient ravis de le remplacer, ce soir, si vous le souhaitez, me lance-t-il en me jetant un regard trop explicite à mon goût.

Je me contente de hausser les épaules sans chercher à placer une repartie qui me brûle cependant les lèvres et, cette fois, je prends le large. J'en ai assez vu, et cela n'a répondu à aucune de mes interrogations.

*
* *

Après un week-end entier à me reposer de ces sorties nocturnes éprouvantes, j'aborde la semaine avec l'heureuse certitude d'en apprendre davantage sans me ruiner la santé. Conformément à ce qui est convenu avec Anne Lenoir, le moment est enfin venu de voir comment se pratiquent les recrutements d'un genre spécial au sein d'*ALA*. Aussi, je trouve une belle motivation à prendre le chemin du travail le lundi matin.

Le bureau d'Anne est déjà ouvert quand j'arrive. Intriguée, je pousse la porte entrebâillée après avoir frappé sans recevoir de réponse et m'arrête net sur le seuil. Liam Lenoir a changé d'allure, mais le fait de porter un jean et un tee-shirt plutôt qu'un costume ne le rend pas moins séduisant. Il a l'air parfaitement remis de sa soirée d'anniversaire dont je parie qu'elle s'est pourtant prolongée jusqu'à point d'heure. En me voyant discipliner ma légitime surprise et me renfrogner, il me propose un café que j'accepte poliment.

— Ma mère a été appelée en urgence au chevet d'une de ses stars en mal de vivre, me dit-il enfin. Elle m'a chargé de venir t'aider.

Sans plus de formalités, il me fourre une tasse brûlante dans la main. Je ne m'en offusque pas, pas plus qu'en l'entendant me tutoyer sans vergogne. Liam Lenoir est du genre direct, à ce que j'ai pu comprendre.

— Pour quoi faire ? je me risque, soupçonneuse.

Il m'adresse un coup d'œil goguenard en avalant une gorgée de café avant de me répondre d'un ton savamment étudié pour me tester.

— Quelques candidatures en instance à examiner. Il semblerait que ton avis lui importe.

Je m'efforce de rester de marbre devant cette révélation des plus inattendues. Mon cerveau, lui, s'emploie à réfléchir aussi vite que possible. Ce n'est pas le moment de commettre une imprudence face à ce garçon que je devine tout disposé à vérifier par lui-même mon degré de dévouement. Peut-être a-t-il même orchestré ce prétendu empêchement pour s'assurer en personne de ma loyauté et de mes compétences. Peut-être me suis-je trompée en pensant qu'Anne était le cerveau de cette organisation. Je me trouve tout à coup devant un imprévu de taille. Je prends donc le temps de vider ma tasse avant de répliquer sobrement.

— J'ignorais que vous, vous étiez qualifié pour ce genre de travail.

Mon vouvoiement obstiné allume une étincelle joueuse dans son regard.

— Je dois l'être tout autant que toi. L'avis d'un homme n'est sans doute pas négligeable dans cette affaire.

— Je le conçois. Je suis seulement… surprise, vous me le pardonnerez.

— Tu m'obliges à te pardonner bien des choses depuis vendredi, s'amuse-t-il à mes dépens.

— Cela n'est dû qu'à mon ignorance de certains détails, mais rassurez-vous, j'apprends vite et je ne suis pas encline au masochisme. Je ne vous ferai donc pas le plaisir de vous réclamer davantage votre mansuétude.

— Tu tiens vraiment à ton rôle de grande dame ? s'agace-t-il de mon abord réfrigérant et de mon ton volontairement hautain.

— Vous semblez bien tenir à celui de « Monsieur je sais tout » !

Il émet un ricanement et me regarde avec cet air qui m'énerve avant de me tendre tout à coup une main cordiale que j'hésite à saisir.

— D'accord, dit-il. On n'arrivera à rien comme ça. On fait la paix ?

Sa proposition me plaît, elle offre tout au moins la possibilité d'avancer plus à l'aise dans mon enquête. Le sourire de Liam devient plus conciliant quand je glisse enfin ma main dans la sienne. Son contact est franc et agréablement chaud. Je me hâte cependant de reprendre mes doigts.

— On y va ? demande-t-il en retrouvant son sérieux.

J'acquiesce et je le suis en silence jusqu'à l'ascenseur. Quand les portes se referment sur nous, je me sens de nouveau sous le joug de son œil interrogateur.

— J'ai consulté ton CV, attaque-t-il très vite. Je suis impressionné.

— Vous n'aviez donc pas d'autres occupations plus divertissantes ce week-end ? je rétorque par défi.

Il réprime visiblement la réponse qu'il s'apprêtait à me faire et se contente d'un sourire moqueur. L'oiseau n'est pas facile à prendre au piège, le jeu s'avère tout aussi amusant que risqué. Il me cède le passage lorsque les portes de l'ascenseur nous libèrent et me précède, clés en main, jusqu'au bureau du premier étage. Il entre en connaisseur et se dirige droit vers le studio d'enregistrement. Je le regarde allumer le moniteur et partir à la recherche des vidéos qu'il compte me faire visionner. Les dossiers rouges sont prêts, eux aussi, à être complétés sur la table voisine. L'organisation est décidément parfaite, à ce que je constate.

— Puis-je vous poser une question indiscrète ? je réclame, un peu sur la réserve, tandis qu'il manipule des boutons auxquels je ne comprends rien pour le moment.

— Je t'écoute, accepte-t-il sans se détourner de sa tâche.

— Vous faites ça souvent ?

— Ça quoi ?

— Ces auditions.

La précaution avec laquelle j'ai lâché le mot le fait brusquement rire. Il se redresse et se retourne pour me considérer avec une visible bonne humeur.

— Les visionner ou les faire passer ? Tu veux savoir quoi au juste ?

— Les deux !

Sa gaieté s'efface et ses sourcils se froncent. Il est diablement séduisant ainsi, et je me sens obligée de faire marche arrière.

— Si ça vous ennuie de me répondre…

— Je te répondrai si tu consens enfin à abandonner ce stupide vouvoiement, m'interrompt-il. Tu n'as pas encore l'âge de ce genre de simagrées et, très honnêtement, ça me saoule.

Je concède un petit rire, il marque un point. J'accepte donc et il se détend pour me parler avec une apparente franchise.

— Pour tout te dire, je me suis risqué deux fois à faire passer ce que tu appelles des auditions quand Lorenzo n'était pas disponible.

— Et ?

Un ricanement accueille ma question, puis il se reprend.

— La première fille a manqué de me vomir dessus quand je lui ai gentiment proposé de me sucer. La seconde s'est mise à sangloter avant même que je la sodomise, raconte-t-il en m'observant comme s'il s'attendait à ce que je rougisse.

Cette fois, un éclat de rire m'échappe.

— Je suis navrée, je tente en vain de me ressaisir.

Il semble apprécier ma réaction, et son petit sourire en coin fait sa réapparition.

— Alors, vois-tu, je préfère laisser ça à Lorenzo. Je me contente désormais de faire les enregistrements, conclut-il.

— C'est toi qui les fais ? je réalise tout à coup.

— À qui voudrais-tu que ma mère demande ça sans prendre de risque ?

Puisqu'il paraît enclin aux confidences, je pousse avec prudence un autre pion sur l'échiquier.

— Tu es au courant depuis longtemps pour ta mère ?

— Elle ne s'en est jamais vraiment cachée. La vie lui aurait été impossible. Elle aurait eu bien du mal à m'expliquer la présence de mecs à peine plus vieux que moi dans son pieu ou à la table du petit déjeuner, le samedi matin.

— Ça ne te fait rien ?

— Que veux-tu que ça me fasse ? J'ai été élevé comme ça.

Le naturel avec lequel il me répond me désarme un peu. En y réfléchissant, il n'a pas tort. Après tout, n'ai-je pas très bien intégré, moi aussi, que ma mère puisse être une prostituée sans que cela me choque véritablement.

Il m'invite à m'asseoir près de lui et me tend un premier dossier rouge. Mon interrogatoire est terminé, je devine qu'il ne désire pas en dire davantage. Je m'exécute donc sans rechigner. Tandis que Liam lance la vidéo, je découvre, sur le papier, le pedigree de notre première artiste. Elle s'appelle Jessica. Elle est diplômée d'une école de commerce, parle anglais, espagnol, pratique la danse, et elle est une grande passionnée de cinéma.

— Du très classique, en somme, je commente pour moi-même entre mes dents.

J'entends un autre petit ricanement à mes côtés avant que les gémissements bruyants de la demoiselle envahissent le studio. J'en fais un bond sur mon siège.

— Tu as mis le volume à fond ou quoi ?

Liam s'empresse de baisser le son.

— Elle est du genre expressif, confirme-t-il, moqueur.

Bien que les images soient émoustillantes, je referme le dossier sans même prendre la peine d'en lire davantage.

— Suivante ! je réclame, sans appel.

— Elle est pourtant jolie et n'a pas craint Lorenzo, plaide mon voisin.

— Si c'est pour qu'elle ameute tout un immeuble, quelle publicité ! Mais je doute que ce soit dans les premiers objectifs de ta mère.

Liam me concède ce point et me donne le dossier suivant, que je lis à haute voix.

— Éva. Vingt-cinq ans, formation d'avocate, parle quatre langues, dont le russe. Pourquoi une avocate s'est-elle aventurée ici ?

— Pourquoi des filles brillantes préfèrent-elles devenir actrices de porno ? me réplique-t-il du tac au tac.

Le point est pour lui, et il démarre la vidéo, satisfait de m'avoir cloué le bec. La jeune femme est nettement moins bruyante que la précédente. Elle suce avec vigueur et application, mais son attitude me dérange. Elle guette en permanence la caméra, et ses gestes sont si peu naturels qu'ils finissent par m'énerver.

— Stop, suivante ! je décide très vite.

— Qu'est-ce que tu lui reproches à celle-là ?

— D'être une actrice, justement. Elle cherche visiblement la notoriété et ne vous attirerait que des ennuis. L'agence devrait lui proposer de tourner des films X plutôt que ça.

— Mmm... pas faux ! approuve-t-il sans lutter en me passant le dossier suivant.

— Violette. Vingt-quatre ans, diplômée en architecture. Grande voyageuse.

Je m'arrête aussitôt à la lecture du carnet de voyage qu'elle a détaillé dans son CV.

— Quoi ? réclame-t-il en me voyant tiquer.

— Celle-là ne sera jamais disponible au moment opportun. Il vous faudra sans arrêt composer avec ses envies de soleil et de plage exotique, et vous ne serez pas longs avant qu'elle vous oppose un horaire d'avion.

Liam me contemple avec un mélange de curiosité et d'admiration. Il ne fait cependant pas de commentaire et passe à la suivante. Une dizaine de dossiers se succèdent ainsi sans jamais me satisfaire. Un peu agacé, mon associé du jour finit par proposer une pause-café que j'accepte. Nous abandonnons l'écran quelques instants, et nous nous retrouvons tous les deux dans la pièce qui sert de bureau d'accueil.

— Je commence à comprendre pourquoi ma mère a pris la décision de te faire confiance, me déclare-t-il soudain.

— Ah… et pourquoi ?

— Tu as regardé ces filles se faire baiser comme si tu subissais un reportage animalier. Tu analyses tout si froidement. Ça ne te fait donc rien de voir ça ?

— Tu t'attendais à quoi ? À ce que je me pâme devant un spectacle aussi navrant ? je réponds avec un peu plus d'agressivité que je ne l'aurais voulu.

— Je te trouve particulièrement exigeante, réagit-il aussi sec.

— Comme le sont probablement les clients à qui vous allez réclamer une coquette somme d'argent pour user de ces filles.

— Certaines d'entre elles m'auraient fort bien convenu.

— Alors tu te contentes de peu et je préfère me fier à ma propre expérience, si tu le permets.

— Qu'est-ce que tu en sais ? aboie-t-il, fâché de mon attaque. Je voudrais bien te voir à leur place. Tu constaterais que ça n'a rien de très évident de passer ce que tu appelles une audition avec un parfait inconnu.

L'adrénaline fait monter la température. Décidément, il est bien difficile de ne pas s'emporter avec Liam Lenoir. Dans son genre, il vaut bien Alexis.

— Je te rappelle qu'elles postulent pour faire ça. Personne ne les y a obligées. Si elles acceptent de coucher avec des inconnus, c'est qu'elles le veulent bien. Elles y trouvent sans doute, d'une manière ou d'une autre, une satisfaction, ne serait-ce que financière, je lui objecte en maîtrisant ma voix, ce qui a pour effet de le faire sortir complètement de ses gonds.

Il me saisit vigoureusement le bras et m'entraîne jusqu'au seul endroit que je n'ai pas encore eu l'occasion de visiter. Il s'agit d'une chambre. Elle est équipée d'un grand lit et d'un chevet, sur lequel trône, bien en évidence, un flacon de lubrifiant. Une petite caméra est installée sur un trépied dans un coin, et deux autres sont fixées au mur de part et d'autre de la pièce. Une console en face du lit supporte un écran plat. Liam fait le tour et allume successivement chaque caméra et, d'un coup, je me vois, stupide et immobile sur cette maudite télé.

— Charmante ambiance, n'est-ce pas ? me nargue-t-il avec véhémence.

C'en est trop, mes nerfs lâchent face à ce garçon dont j'ignore encore les motivations exactes.

— Qu'est-ce que tu cherches à prouver ? je marmonne en retenant de justesse mes élans furieux.

— Je suis bien curieux de savoir si toi, la parfaite, froide et indifférente Lisa Morice, tu ferais aussi bien que ces filles que tu critiques si facilement.

Mon cœur cogne un petit coup contre mes côtes. Cette espèce de prétentieux me défie ouvertement. S'il imagine m'intimider, il se trompe. À ce jeu-là, je suis rompue depuis longtemps.

— Ah… et qui me proposes-tu de baiser ? je l'interroge sèchement.

— Moi, maintenant !

Devant le silence qui trahit ma réflexion, il me toise déjà d'un air entendu qui titille désagréablement mon orgueil.

Après tout, qu'est-ce que je risque à lui clouer le bec de la meilleure des façons ?

J'ai réuni suffisamment d'éléments pour compléter le rapport que je remettrai à Jacques. D'ici à quelques jours, tout au plus, Lisa Morice aura cessé d'être et je disparaîtrai de l'existence de ce jeune profiteur qui ignore à quoi il s'expose ainsi.

Je ne suis pas plus dupe que lui. Il abuse d'une situation insolite pour assouvir le désir que les vidéos ont éveillé chez lui tout autant que pour me régler mon compte sur un terrain plus intellectuel, où son ego se trouve agacé par mon comportement distant. Quant à moi, je n'ai rien contre le fait de remettre à jour une libido défaillante entre les bras d'un aussi séduisant partenaire.

Alors soit !

Sans dire un mot, je détache simplement la ceinture de ma robe et je défais un à un les quelques boutons qui la ferment. Les prunelles claires de Liam s'illuminent soudain d'un éclat différent. Je reconnais cette flamme quand il découvre la superbe lingerie que je porte sous le vêtement, que je laisse tomber négligemment à mes pieds. Je la reconnaîtrais entre toutes.

Mon sourire malicieux l'embarrasse. Pour se donner bonne contenance, il s'empare de la télécommande de la caméra avant de venir vers moi. Je peux alors m'admirer en gros plan sur l'écran, mais je n'en ai désormais que faire. Mon objectif n'est pas de jouer la starlette sur une vidéo, mais de priver ce présomptueux de tout argument et de le vider de la plus petite étincelle d'énergie. Il devine, au regard que je lui adresse, que la lutte est engagée.

— Suce-moi ! réclame-t-il d'une voix un peu plus nerveuse.

Toujours aussi silencieuse, je m'agenouille docilement devant lui tandis qu'il se déboutonne. Le sexe qu'il présente à ma bouche est conforme à ses prétentions, même si je n'ai pas les moyens techniques d'en vérifier l'exacte dimension. Cela m'amuse l'espace d'un très bref instant, avant que Liam s'enfonce entre mes lèvres avec un emportement que je soupçonne délibéré.

Je le laisse faire sans émettre la moindre objection. J'entends son souffle devenir plus court et, peu à peu, il finit par se calmer pour me rendre enfin la maîtrise de la chose. Dès lors, ma bouche se fait douce et ma langue caressante sur son sexe tendu à l'extrême. Une sorte de ronronnement me parvient très nettement, et je lève vers lui un regard vaguement moqueur. Piqué, Liam me relève brusquement et m'entraîne vers le lit, où il s'allonge après avoir ôté son tee-shirt et son pantalon. J'admire ainsi sans m'en cacher sa verge magnifiquement dressée.

— Elle est toute à toi, me lance-t-il avec un air de défi en me tendant un préservatif qu'il a récupéré dans le tiroir du chevet. Tu peux la chevaucher à ta guise.

Sans me faire prier une seconde fois, je cède à sa tentante invitation et me charge volontiers de parer ma monture d'un équipement qui me rassure par la même occasion. Il me regarde faire en silence. Je soutiens son examen attentif tout en prenant possession de ce qu'il m'offre si généreusement. Je descends lentement sur son sexe, savourant la divine sensation que cela me procure. Je réprime une féroce envie de gémir en me sentant enfin délicieusement remplie. Cela faisait si longtemps. Je reste un court moment immobile, à lutter déjà contre un plaisir trop rapide. Je veux tirer le maximum de cette occasion et je sais comment l'obtenir. Mon partenaire n'est cependant pas enclin à me faire de cadeau, côté provoc.

— Qu'est-ce que tu mouilles ! constate-t-il. En avais-tu tellement envie ?

— Ça t'excite tout autant, on dirait, je lui réplique aussi calmement que possible.

— À ton avis ? concède-t-il à demi-mot avec une apparente sincérité.

— Combien de filles as-tu collectionné de la sorte ?

— Je n'ai jamais tenu les comptes. Ce n'est pas ce qui m'intéresse.

— Et tu es sûr qu'elles ont toutes apprécié l'expérience ? je lui demande perfidement.

— J'en suis certain, ne serait-ce que pour se vanter d'avoir eu cet honneur.

J'esquisse un sourire qui fouette son ego de jeune mâle. Il me larde alors de coups de reins vengeurs qui me font un bien fou.

— Tu ne serais pas un peu en train de profiter de moi ? devine-t-il en me voyant me redresser au-dessus de lui pour mieux les savourer.

— Comme ça, on est quittes, non ? je suggère innocemment.

— OK, dans ce cas, je veux te sentir jouir, réclame-t-il d'une voix sourde.

Toute disposée à lui accorder ce privilège, j'entame un lent va-et-vient sur sa queue parfaitement raide. Je déploie tout mon savoir-faire pour m'offrir l'orgasme que j'espère. Les mains de Liam guident mes hanches, son souffle accompagne le mien et, quand une violente décharge d'électricité me parcourt les reins, il m'encourage à continuer ma chevauchée. Il grogne néanmoins un juron de surprise lorsque ma jouissance se déverse sur lui.

Je soutiens son regard enflammé jusqu'à ce qu'il réagisse tout à coup. Sans crier gare, il me désarçonne brusquement pour me mettre fermement à genoux devant lui. L'excitation poussée au maximum rend ses ruades sauvages et brutales. Je me soumets, conquise, à cette levrette impitoyable qui comble mes désirs. Relevant la tête, j'aperçois soudain sur l'écran devant moi les images de son sexe qui me pénètre sans relâche.

— Oui, regarde ! ordonne-t-il. Ça te plaît ?

Je ne réponds pas suffisamment vite à son goût, il s'enfonce profondément et réitère sa question sur un ton plus autoritaire. Je dois piteusement admettre que oui. Il écarte mes fesses et s'admire tout autant que moi.

— Tu mouilles encore plus, se réjouit-il en passant une main caressante sur ma chatte avide et trempée de mon précédent orgasme.

Ses doigts humides s'aventurent ensuite vers mon anus et s'y introduisent sans me demander mon avis. Je ne suis guère habituée à ça. D'ordinaire, c'est moi qui invite, qui réclame. D'un coup, je me sens dépourvue. Liam prend sans vergogne, se promène en terrain conquis. Il aurait tort de s'en priver, il est sans conteste le meilleur amant que j'ai eu jusqu'ici. Chacun de ses coups de reins m'emporte un peu plus loin dans le plaisir. Ses doigts audacieux me fouillent comme une promesse de délices à venir.

— On va rajouter quelques effets spéciaux, s'amuse-t-il en s'emparant du lubrifiant dont il asperge copieusement ma croupe offerte.

Le contact froid du gel me fait d'abord frissonner avant de diffuser dans ma chatte une exquise et piquante chaleur qui déchaîne mon désir.

— Que se passe-t-il, Lisa ? Un problème ? ironise-t-il.

Je ne veux pas lui faire le plaisir de répondre. Alors Liam se fait attendre, ne me donne que ses doigts pour me soulager. Il contemple sur l'écran mes fesses luisantes qu'il sait acquises à sa volonté. Entre mes cuisses, je sens couler le liquide chaud d'un désir inassouvi. C'est tout bonnement hallucinant. J'ai envie, une envie bestiale qui m'oblige finalement à le supplier de me prendre. Il joue rapidement avec le zoom de la caméra et à la sensation déchirante que je ressens se joint l'image saisissante de son sexe forçant mon orifice. Cette fois, il peut jubiler, je ne sais pas retenir un cri en me soumettant complètement à lui.

— Regarde comme c'est beau, chuchote-t-il en se penchant à mon oreille.

Nous admirons tous les deux ce troublant spectacle jusqu'à ce que je m'impatiente.

— Plus fort ! j'exige dans un souffle en ondulant nerveusement.

— Je ne t'imaginais pas si gourmande, admet-il sans pour autant accéder à ma requête. Mais je ne suis pas Superman, si j'accélère, je jouis. C'est ce que tu veux tout de suite ?

Je soupire un « non » résigné qui le ravit.

— Alors ne bouge pas et laisse-moi faire, recommande-t-il.

Je suis bien contrainte de lui céder totalement les commandes. Cette situation inédite, inconcevable même, m'expédie au nirvana. Je suis vulnérable et, curieusement, j'aime ça. Je reste les yeux fixés sur la télé, où je regarde son sexe superbe me labourer sans relâche. Je le vois, je le sens. Il me possède entièrement. Mes entrailles sont parcourues d'une onde que je redoute tout autant que je l'appelle. Liam est en train de réussir l'impensable, ce qu'aucun homme n'est jamais parvenu à me donner, il me fait jouir de partout. Je perds le contrôle, je sombre sans lutter dans une petite mort.

Liam me retient de force contre lui et s'immobilise un instant avant de reprendre un va-et-vient qui le mène enfin à l'extase. Il se contient suffisamment toutefois pour mettre en scène son éjaculation, qu'il veut, de toute évidence, aussi spectaculaire que le reste. Il retire prestement le préservatif, et c'est sur mes fesses qu'il dépose son offrande abondante et nacrée.

Il me garde soumise sous l'œil de la caméra jusqu'à ce qu'il se soit suffisamment régalé de la vue de son sperme dégoulinant sur ma peau. Il m'attire ensuite à lui, et son regard clair plonge dans le mien avec un étonnement mêlé de joie. Je ne sais pas pourquoi, mais il me vient une envie de rigoler que je ne peux pas plus maîtriser que mes orgasmes. Je ne suis pas la seule, Liam éclate d'un rire sonore en me serrant dans ses bras. Nous nous esclaffons comme deux enfants fiers d'avoir commis une bêtise, et il nous faut plusieurs minutes avant de nous en remettre.

— Oh… c'était trop bon ! soupire-t-il en s'étalant confortablement dans le lit.

Moi, je suis encore sous le charme, l'ivresse me tourne la tête et je n'ai pas atterri. Inquiet de ne pas m'entendre, il se redresse sur un coude.

— Et toi ? me demande-t-il d'une voix dont la tendresse me surprend.

J'aimerais lui avouer qu'il a réussi son coup, qu'il a prouvé qu'il est un amant exceptionnel et que jamais je n'ai eu un tel plaisir, mais j'appréhende qu'il s'en moque, qu'il crie victoire avec cet air suffisant que je lui connais depuis notre rencontre, gâchant ainsi mon bonheur. J'ai envie de garder ce souvenir intact pour l'avenir, alors je refrène mes élans passionnés.

— C'était… bien, je concède simplement.

Sa main se lève vers ma joue et la caresse doucement. Son regard se fait soudain plus grave.

— Je te dois des excuses, dit-il contre toute attente. Je pensais sincèrement te rabattre le caquet et je suis maintenant sur le point de réclamer ton indulgence, Lisa.

— Mon indulgence ?

— Je n'ai jamais baisé personne de cette façon, si tu veux tout savoir.

— Tu m'as pourtant raconté que…

— Je ne retire rien de ce que j'ai dit, coupe-t-il en posant ses doigts sur ma bouche. Je t'explique seulement que je viens de vivre avec toi le moment le plus dingue de ma vie, de ce point de vue-là.

Je le dévisage sans émettre une parole. Il se penche sur moi et ses lèvres chaudes s'emparent des miennes. Sa langue sollicite timidement mon accord et mon cœur s'envole. Son baiser me fait chavirer définitivement. Ses mains glissent sur ma peau et je m'abandonne, languissante, à ses caresses qui me rendent progressivement un nouveau désir. Je m'efforce de ne rien montrer, de ne pas bouger, profitant pleinement de ce moment de pur bonheur.

— Je crois que j'ai encore envie de toi, avoue-t-il d'une voix de velours à mon oreille.

S'il ne l'avait dit, sa splendide érection l'aurait trahi, de toute manière. Pour seule réponse, je l'attire à moi.

*

* *

Quand Anne pointe son nez à la porte du studio d'enregistrement, elle nous trouve en plein travail. Nous sommes sagement en train d'admirer la redoutable technique de fellation d'une dénommée Jennifer qui, jusque-là, est la seule à nous avoir séduits unanimement. Anne observe d'un air étonné notre soudaine belle entente, mais se garde de faire un commentaire. Elle paraît fatiguée sans que je sache si c'est de son week-end ou de sa vedette récalcitrante. Elle prend rapidement connaissance du maigre résultat de nos recherches et nous encourage à poursuivre avant de repartir vers son bureau. Son fils et moi ne pouvons nous empêcher d'en sourire en songeant à la journée insolite que nous avons passée.

Liam a abandonné son rôle de garçon narquois et trop sûr de lui. En plus d'être irrésistiblement séduisant et particulièrement doué au lit, il est remarquablement cultivé et brillant. Bien que la musique soit sa première, voire sa seule préoccupation, je découvre qu'il est récemment diplômé d'une grande école de commerce et, à en juger par le nombre d'appels reçus sur son portable, qu'il possède, comme je le pensais déjà, un relationnel nombreux et actif.

Les heures près de lui s'écoulent comme des minutes, et c'est presque à regret que je vois le moment de nous séparer arriver. Liam ne cherche pas à me retenir, il me souhaite simplement de me reposer avec un air rieur. J'acquiesce et je le quitte sans rien dire. Je m'apprête à franchir le seuil du bureau lorsque son bras s'enroule autour de ma taille pour me ramener contre lui. Ses lèvres s'emparent une dernière fois des miennes. J'ai besoin d'une seconde pour m'en remettre quand il consent à me relâcher.

— À demain, me murmure-t-il.

Je le dévisage, dubitative, en songeant qu'Anne reprendrait logiquement la suite de son fils après cette journée particulière.

— Ça ne te semblait pas évident ? s'inquiète-t-il de ma stupeur.

— Non.

Un petit air narquois revient égayer son visage. Je me dégage de son étreinte et il me regarde partir en fourrant ses mains dans les poches de son jean. Son image souriante m'accompagne jusque chez moi, et j'ai bien du mal à m'endormir, la nuit venue. J'ai la tête emplie de lui. Sa façon de me faire l'amour la seconde fois, plus tendre, plus caressante que la première, ses paroles suaves murmurées à mon oreille, ses baisers renversants m'empêchent de sombrer dans un sommeil que mon corps réclame pourtant.

J'ai peine à me reconnaître. Je me sens fébrile. En me révélant sa participation aux activités occultes de sa mère, Liam Lenoir est devenu ma cible, lui aussi, et je crains de n'avoir finalement commis une erreur en cédant à sa provocation. Je suis tout à la fois convaincue que je devrais le fuir dès à présent et si peu déterminée à le faire. Je m'objecte que je n'ai toujours pas la clé de l'énigme et c'est l'unique raison qui me pousse à reprendre le chemin de l'agence, le lendemain.

*

* *

Malgré ma bonne résolution, je ne peux m'empêcher d'être déçue en trouvant le bureau fermé. Stupidement, je m'étais imaginé qu'il serait aujourd'hui encore à m'attendre avec un café. Cela me permet au moins de revenir sur terre et d'assurer de nouveau ma volonté inhabituellement ébranlée. Anne fait son entrée comme une tornade, une demi-heure plus tard. Au programme, elle a plusieurs rendez-vous importants, notamment avec un célèbre réalisateur. Elle affiche une mine contrariée et hausse un sourcil étonné en me voyant assise à mon poste de secrétaire.

— Que faites-vous ici ? m'interroge-t-elle en reprenant sa course vers son bureau. Vous n'avez pas rencontré Liam ?

— Je ne savais pas qu'il était arrivé, je réponds en luttant intérieurement contre une joie trop vive qui commence à m'envahir l'esprit.

— Il doit vous attendre en bas depuis plus d'un quart d'heure au moins, si j'en crois l'empressement qu'il avait à quitter la maison ce matin.

Je fais semblant d'ignorer cette allusion et je me lève tranquillement pour m'apprêter à descendre. Devinant que je n'apporterai pas la lumière sur le sujet, Anne se résigne et va s'enfermer chez elle.

L'ascenseur me paraît d'une lenteur agaçante, et je trépigne jusqu'à ce qu'il me libère deux étages en dessous. La porte du bureau est ouverte, ainsi que celle du studio. Je franchis à peine le seuil de ce dernier que les bras de Liam se referment sur moi et que sa langue forçant ma bouche m'ôte tout moyen de protestation. Ses mains m'emprisonnent, me soulèvent, s'emparent de moi sans que je pense à me défendre. Je cherche désespérément le courage de le repousser avant qu'il soit trop tard.

— Je peux savoir ce qui t'arrive ? j'articule en reprenant mon souffle dont il a réussi à me priver.

— Je commençais à m'impatienter, susurre-t-il en flirtant avec mes lèvres.

— C'est ce que je constate.

Mon ton détaché le fait hésiter, tout à coup, il s'écarte un peu pour sonder mon regard.

— Si je te dis que j'ai pensé à toi toute la nuit et qu'il me tardait de te retrouver, me croirais-tu ? m'interroge-t-il avec une voix qui me colle des frissons.

— Je ne suis pas certaine d'avoir envie de croire à de belles paroles. Tu n'es pas le genre d'homme à s'attacher à une conquête plus que le temps nécessaire à la baiser.

— Tu fais chier, Lisa ! Je t'assure, réagit-il sans pour autant s'emporter sous l'attaque que je viens de lui infliger.

— N'attends pas d'excuses de ma part, je t'ai dit que cela n'arriverait plus.

— Je n'attends pas d'excuses, j'essaie de t'expliquer.

— M'expliquer quoi ?

— Que tu as raison. J'enfile les filles comme des perles sans jamais prendre le temps de m'intéresser à elles. J'ignore parfois jusqu'à leur prénom. Contrairement à ce que tu as dit, hier, je ne suis pas un collectionneur puisque je n'en garde aucune. Je suis un simple consommateur et je n'ai qu'à choisir parmi toutes celles qui s'offrent spontanément à moi. Quel mec normalement constitué pourrait résister à pareille tentation, dis-moi ?

— Je ne te blâmais pas non plus et tu n'as pas à te justifier de quoi que ce soit.

— Ce n'est pas du tout mon intention. Ce que je veux seulement que tu entendes, c'est qu'aujourd'hui, je me trouve dans la situation où j'éprouve pour la toute première fois une furieuse envie de posséder encore la même femme.

Ses beaux yeux me fascinent, ses paroles s'insinuent dans mon cerveau comme un poison qui anéantirait, une à une, toutes les défenses que je me suis acharnée à dresser contre lui. De chasseuse, je deviens gibier et je me sens dangereusement cernée.

— Tu ne me crois pas, n'est-ce pas ? m'interroge-t-il.

Je le dévisage sans savoir quoi répliquer à des propos qui paraissent sincères. Mentir ou lui dire la vérité reviendrait pareillement à le blesser. Je risquerais de tout compromettre. Liam attend visiblement une réponse que j'hésite à lui donner.

— Tu peux bien jouer les ingénues, je sais mieux que personne ce que tu caches sous ton air si digne, insiste-t-il.

Sa voix grave et basse a des accents hypnotiques. Un simple geste de ma part permettrait de me libérer de sa contrainte, mais ce que je lis dans son regard me prive de volonté de rébellion. Pour seul salut, je ne sais faire qu'une chose : reprendre l'initiative d'un combat que je refuse de perdre. Dans un fougueux élan, c'est moi qui me hisse à ses lèvres et qui force sa bouche trop perspicace. Surpris autant que charmé par mon comportement, Liam lâche mes mains pour m'enlacer, me rendant ainsi la maîtrise d'une situation qui commençait grandement à m'échapper.

Il pousse un petit grognement approbateur quand ma poigne s'abat sur son entrejambe, qui ne fait pas mystère de ses intentions. Je viens consciemment d'appuyer sur le détonateur, et le feu qui couvait dans le regard de Liam se transforme en un incendie d'une violence extraordinaire. J'éprouve une seconde de panique lorsque mon dos rencontre brutalement le mur, mais les flammes qui dansent dans ses prunelles me consument en une fois.

Je le veux, là, maintenant, tant pis pour les conséquences !

Je me soumets à son étreinte, j'y réponds avec un empressement qui, pour une fois, n'est pas feint. J'éprouve un vertige, une griserie sans pareille quand, écartant simplement mon string sous ma jupe, il me pénètre avec autant d'emportement que de rage qu'il ne contient plus. Je m'accroche à ses épaules, je m'en remets à sa force qui me soutient. Il me semble même que je quitte la terre sous les assauts de son sexe qui me conduit irrémédiablement vers une jouissance à laquelle j'aspire plus que tout.

Liam me serre, ses coups de reins sont brusques, comme guidés par un instinct inassouvi. Il ne cesse pourtant de sonder mon regard, d'observer sur mon visage l'expression du plaisir qu'il me donne, de guetter le moment où je vais atteindre un orgasme dont il se veut l'artisan. Je crois même surprendre un sourire satisfait de m'entendre gémir quand il s'enfonce sans pitié au fond de moi.

Mon corps ne répond plus qu'à ce que lui commande celui qui en a pris possession. Je me sens hagarde, réduite à une nature purement animale qui me pousse à m'offrir davantage au sexe qui me cloue littéralement contre le mur. Les yeux de Liam ne me quittent pas, m'en détourner m'est impossible et je crains qu'ils ne lisent dans les miens à quel point je me livre à lui.

Je soutiens son regard torride alors même que mon ventre se déchire sous l'effet d'un plaisir fulgurant.

Liam s'immobilise et contemple sur mes traits le spectacle de mon orgasme, tout comme il l'a fait la veille, par l'intermédiaire de l'écran de télé. Par orgueil, je ne cède pas à la tentation de fermer les paupières, et cet effort rend ma jouissance plus intense. Je n'ai plus conscience de mes jambes qu'il a amarrées à ses hanches, de mes bras, noués autour de son cou, je jouis encore, à en hurler. Mes lèvres ne font pourtant que s'entrouvrir pour laisser passer le peu d'air qu'il me reste. Liam ne bouge toujours pas, attentif et silencieux.

Tandis que la vague reflue, que mon corps commence à s'apaiser, je demeure tendue, soumise au bon vouloir de ce traître qui savoure de m'infliger une telle défaite. Un léger sourire se dessine sur son beau visage, et le coup de reins qu'il m'assène m'arrache un cri. Alors sa bouche s'écrase sur la mienne, sa langue me fait taire en même temps qu'il se déchaîne en moi. Son souffle erratique se mêle au mien, ses doigts se crispent sur ma cuisse, qu'il maintient fermement contre son bassin.

Le feu se ranime et me parcourt de nouveau. Je deviens folle, vraiment folle. Je suffoque sous son baiser aussi autoritaire que son regard tout à l'heure, je voudrais m'y soustraire, me débattre, mais ça n'a pour effet que de le rendre plus déterminé à m'anéantir. Sa rage m'emporte et me terrasse dans un orgasme hallucinant.

Je manque d'air, je veux crier, presque m'enfuir. Liam quitte ma bouche pour se réfugier dans mon cou, m'accordant enfin la possibilité de respirer. Ses bras deviennent des étaux autour de moi, il cesse brusquement de bouger. Je l'entends contenir un gémissement sur ma peau tandis que je ressens au plus profond de mon ventre les soubresauts de son sexe dont je suis emplie. Nous restons ainsi soudés, incapables du moindre geste, du moindre mot, sonnés. Le temps s'arrête, j'ignore combien de minutes il nous faut pour seulement nous reconnecter à la réalité.

C'est moi qui réagis la première en laissant échapper un soupir, comme si mes poumons se remettaient seulement en marche. Liam se redresse et son regard, plus perplexe encore que celui qu'il avait la veille, interroge le mien.

— J'aimerais te dire que je suis désolé, mais j'ai bien peur de ne pas l'être, déclare-il d'une voix sourde où je perçois une inquiétude.

Alors je réalise d'un coup en sentant couler, le long de ma cuisse droite, le résultat humide de nos ébats. Emportés l'un et l'autre par un élan dévastateur, nous en avons oublié les règles élémentaires de prudence que nous avions jusque-là respectées.

Si, de mon côté, je suis sûre de moi, comment l'être de ce collectionneur impénitent ?

Mon cœur a un raté et je réprime un frisson. Liam s'en aperçoit, ses sourcils se froncent et ses doigts viennent retenir les mots de reproche que je pourrais lui adresser.

— Ça ne m'est jamais arrivé, s'empresse-t-il de me rassurer d'un ton dont la tendresse me trouble. Jamais, crois-moi, Lisa !

Le nœud dans ma gorge devient si oppressant que je peine à articuler d'une voix normale :

— Pas plus qu'à moi.

En remerciement de ces paroles réconfortantes, je reçois un autre baiser, plus câlin. C'est une caresse d'une douceur infinie qui me désarme, qui me fait frissonner de la tête aux pieds. À lui seul, ce baiser est plus dangereux encore que l'acte déraisonnable que nous venons d'accomplir. On ne m'a jamais embrassée de cette façon.

Entre ses bras, sous le délicat tourment de sa langue, je me découvre différente, presque étrangère à celle que je suis depuis si longtemps. Dans ma tête, c'est le grand chambardement. Mes paupières picotent sous l'effet des larmes que je tente de refouler. Je m'efforce de revenir à la réalité, au but qui m'a été assigné, au fait que je ne suis pas celle que Liam espère. L'amertume me donne la force de m'écarter de lui et d'afficher une contenance et une sérénité que je n'éprouve pourtant pas.

— Tu es en train de me rendre dingue, confesse-t-il.

— Peut-être vaudrait-il mieux garder tes distances, dans ce cas.

— Au contraire, je veux savoir jusqu'où tu es capable de me conduire.

— Tu aimes le danger, je préviens malgré moi.

— Je suis prêt à affronter celui-là. Plus tu cherches à m'échapper, plus ça m'excite. C'est à toi de voir.

Ses doigts s'emparent de mon menton. Je suis bien contrainte de supporter son regard aussi lumineux que déterminé. Alors, bien que je prenne le risque délibéré d'en souffrir, je m'incline et j'accepte le défi.

— Qu'attends-tu de moi exactement ?

— J'ai obtenu de ma mère qu'elle me laisse terminer le boulot que nous avons entrepris depuis hier. Nous avons donc toute la semaine pour découvrir nos limites en même temps que la perle rare que nous cherchons.

Son insinuation provoque un frisson le long de ma colonne vertébrale. Dire que je n'ai pas envie de céder à de si belles sirènes serait un mensonge. Ce garçon n'est pas le seul à éprouver le désir irrésistible de goûter encore à ces délices. C'est inédit pour moi, comme pour lui. Inédit, mais dangereux !

Si mon esprit s'efforce de rester aussi lucide que possible, mon corps, au contact du sien, attend désormais d'être emporté, conquis, soulagé d'un manque que je ne soupçonnais pas jusque-là. Je dois tenir quatre jours. Quatre jours pendant lesquels ma raison doit dominer mes sens, quatre jours à l'issue desquels je devrai avoir accompli ma tâche et je fuirai ce redoutable piège dans lequel je ne suis pas autorisée à tomber.

— Et si on se remettait au travail, maintenant que tu as repoussé un peu tes limites ? je suggère sur un ton espiègle qui allume un éclat joueur dans les prunelles d'azur fixées sur moi.

— Tu ne désarmes jamais ? s'esclaffe-t-il en s'approchant tout près de ma bouche.

— Rarement, je murmure en luttant contre le trouble que provoque son souffle chaud sur mes lèvres.

— Je suis d'un tempérament obstiné, j'obtiens toujours ce que je veux, chuchote-t-il en me bécotant d'une manière si sensuelle.

— Sais-tu au moins ce que tu veux ? je réussis à articuler entre deux baisers.

— J'ai le sentiment que tu caches quelque chose, que tu refuses de te livrer complètement. C'est comme s'il y avait deux personnes en toi, la sage et très sérieuse Lisa, et une autre que tu t'efforces de dissimuler, qui n'apparaît que lorsque tu prends du plaisir. C'est un spectacle fascinant à observer. Tu attises ma curiosité plus qu'aucune femme ne l'a jamais fait. Tu es devenue mon obsession, j'ai besoin de savoir qui tu es vraiment.

Je me sens perdue, presque démasquée, il s'en faut d'un rien pour que je m'effondre. Je suis heureusement secourue par la sonnerie de son portable dans la poche de son pantalon. Il me relâche pour vérifier l'origine de l'appel sur l'écran. Il pousse un soupir et s'excuse auprès de moi pour prendre la communication dans la pièce voisine tout en me promettant de revenir à notre conversation sitôt qu'il aura fini.

Je profite de ce sursis pour me rafraîchir dans le petit cabinet de toilette à côté et tenter de me ressaisir du mieux que je peux. En me regardant dans le miroir au-dessus du lavabo, je dois reconnaître que j'ai le plus grand mal à ne pas me réjouir de son étonnant aveu. L'insensée journée d'hier a donc eu plus de conséquences que je ne le prévoyais. Les torts sont partagés, match nul et balle au centre.

Mais que faire à présent ?

Je n'en sais strictement rien.

Ai-je le choix, au fond ?

Peut-être que je tiens là le meilleur moyen d'en apprendre davantage sur son rôle dans les activités occultes de sa mère.

Dans la pièce voisine, Liam s'attarde dans une conversation sérieuse au sujet de son travail dont je n'entends que des bribes. Pour tromper ma nervosité et ne pas lui donner l'impression d'être troublée, je commence à étudier seule les dossiers qui sont déjà prêts sur la table et je lance la vidéo qu'il a calée. Quand il revient vers moi, il a le petit sourire en coin que je lui connais bien, maintenant.

— Tu es insatiable, ma parole ! me taquine-t-il en avisant la fellation torride que subit Lorenzo sur l'écran.

— Je pourrais te retourner le compliment, je lui fais remarquer, aussi narquoise que je l'aurais été la veille.

Son portable résonne encore. Cette fois, il refuse l'appel et dépose l'appareil sur la table.

— Tu ne m'as pas répondu, insiste-t-il, visiblement déterminé à conclure notre discussion.

— Parce que c'était une question ? j'ironise pour cacher ma confusion.

— Pas vraiment, tu as raison. Je veux simplement mettre à profit le temps que nous allons passer ensemble pour faire enfin la connaissance de celle que tu es en vérité. Est-ce que tu penses pouvoir m'accorder ce privilège ?

— Ce n'est pas impossible, je mens en étouffant mes scrupules. Mais je réclame de bénéficier de la même faveur à ton égard.

Je saisis dans son regard un éclat d'inquiétude, qu'il maîtrise cependant très vite pour me répondre avec un grand sang-froid :

— Je ne cache rien de ce que je suis.

— Et que dire de tout ça ? je réplique en désignant l'écran, où Lorenzo s'est lancé à l'assaut de l'intimité de la zélée prétendante.

— Je crois que tu confonds certaines choses, Lisa. Je ne suis pas différent selon que je bosse ici ou dans un studio d'enregistrement. Par contre, il me semble que celle que je devine sous la surface n'a rien à voir avec l'image que tu m'opposes en permanence.

— Ne t'a-t-on pas expliqué que toutes les femmes étaient ainsi ?

— OK, alors considère que je tiens à en faire l'expérience avec toi.

— C'est moi que tu traitais d'obstinée, la semaine dernière ?

Pour toute réponse, il se penche sur moi et m'embrasse comme si ce baiser scellait à lui seul le contrat moral que nous venons de conclure.

*

* *

— Tu as quelque chose de prévu, ce soir ?

Je relève le nez du dossier que je suis en train d'examiner.

— Pourquoi cette question ?

— Est-ce qu'une fois seulement, tu pourrais cesser de répondre à une question par une autre question ? C'est agaçant au possible.

— Non, je n'ai rien de prévu.

Mon ton est sobre, détaché, bien qu'une impitoyable curiosité agite mon esprit.

— Il est 19 heures, Lisa, ajoute-t-il en remarquant que je n'en ai pas fait le constat.

Par réflexe, je consulte ma montre pour voir qu'il dit vrai. Je referme le dossier qui pourra attendre demain et m'apprête à prendre congé.

— Je suis désolée, je t'ai retenu, je m'excuse auprès d'un Liam qui m'observe d'un air moqueur.

— J'ai cru un moment que tu allais encore me demander de te pardonner.

Je concède un petit rire qui le réjouit.

— Alors, si tu n'as rien de prévu, je t'invite à dîner.

— Quoi, ce soir ?

— As-tu une raison de refuser ?

— Non, aucune.

J'embarque mes affaires et me fais escorter jusqu'à la porte d'entrée, qu'il prend soin de verrouiller après avoir enclenché l'alarme. Encore un détail qu'il me faudra connaître en cas de besoin. Je note ça dans un coin de ma tête. Le bras de Liam s'enroule autour de ma taille comme s'il craignait que je change d'avis.

— Comment viens-tu à l'agence ? m'interroge-t-il en quittant le petit hall de l'immeuble.

— Ma voiture est garée tout près.

C'est la pure vérité. Pour les besoins de mon rôle, j'ai jugé qu'il serait plus approprié d'user de ce moyen de locomotion plutôt que de la moto, qui m'obligerait à me changer. En termes d'automobile, je suis nettement plus sage. Je me sers toujours de la Mini Cooper que m'a offerte Jacques lorsque j'ai décroché mon permis de conduire. Je l'ai un peu négligée depuis l'acquisition de mon bolide à deux roues, mais j'apprécie de la retrouver à cette occasion. Les robes ou les jupes courtes et la moto ne sont pas compatibles. Liam enregistre l'information avec un air qui me rend dubitative.

— Pourquoi me demandes-tu ça ?

— Par curiosité. Je ne t'emmène pas très loin, explique-t-il en m'entraînant en direction du boulevard voisin.

Je me laisse guider sans avoir la moindre idée de ce qui va suivre. Nous marchons sans nous presser. Les jours rallongent en ce début de printemps, et il fait doux. Je réalise d'un coup que je n'ai rien vu passer de ces dernières semaines et qu'il se peut fort bien que celle-ci file également comme de l'eau entre les doigts. La présence de Liam à mes côtés et son bras autour de moi sont pourtant tellement agréables. J'ai envie de profiter simplement de chaque minute en sa compagnie. Dans quatre jours, ce sera déjà terminé.

Je chasse ces pensées moroses en réprimant un soupir et je me blottis un peu plus contre mon compagnon. Un petit sourire satisfait vient s'accrocher à ses lèvres qui me tentent terriblement, et son étreinte se resserre autour de moi. Il finit par arrêter nos pas devant une pizzeria confidentielle dans une ruelle dont je n'ai pas noté le nom. Avant que j'ouvre la bouche pour l'interroger, celle de Liam s'en empare. Je suis séduite par cet élan sensuel auquel je n'essaie même pas de résister, pire que ça, j'y réponds avec un emportement que mon assaillant apprécie.

— J'ignorais que tu avais faim à ce point-là, me taquine-t-il tout bas en s'arrachant à ce baiser torride.

— Ce n'est pas moi qui me suis jetée sur la nourriture, je te signale.

— Tu ne perds rien pour attendre si c'est ce que tu souhaites absolument.

Sur ces mots, il ouvre la porte du restaurant et me cède galamment le passage. À l'intérieur de cet établissement miniature, il règne une chaleur au parfum d'Italie. Ça sent la sauce tomate fraîche, le basilic, le pain chaud tout juste sorti du four. Mon estomac fait des bonds de cabri. Je ne me souviens pas d'avoir éprouvé une telle sensation de faim depuis très longtemps. Je me contente souvent d'un tout-venant industriel, et je prends très rarement le temps de fréquenter des restaurants dignes de ce nom.

— Liam, *amico mio, come stai* ? retentit soudain une voix de ténor derrière moi.

Je me retourne pour tomber nez à nez avec la caricature parfaite du cuisinier comme on peut la voir sur les cartons de pizzas à emporter. Outre une toque excentrique et portée bizarrement sur le crâne, l'homme arbore une splendide moustache noire sur une rangée de dents d'un blanc éclatant. Son tablier immaculé en ce début de service camoufle mal un ventre rebondi. Sa jovialité ne paraît pas feinte en tout cas ; il enlace son visiteur avec un visible contentement de le voir.

— Je vais bien, Emilio, merci, répond Liam, amusé par cet accueil enthousiaste. Toi aussi, on dirait !

— *Bene, bene,* mais que vois-je là ? ajoute l'impressionnant chef en me couvant d'un regard approbateur.

— Mon dessert.

Je manque de m'étrangler tandis que Liam, très heureux de sa repartie, conserve un semblant de sérieux qui ne me dupe pas. Emilio éclate alors d'un rire sonore et gratifie mon audacieux convive d'une bourrade sur l'épaule qu'il encaisse sans broncher. Puis il nous désigne une petite table dans un coin discret où nous allons nous installer, l'un en face de l'autre. Le patron revient aussitôt, une bouteille de vin rosé à la main. Sans nous demander notre avis, il remplit nos verres et se hâte ensuite de regagner sa cuisine.

— Tu viens souvent ici ? j'interroge enfin mon voisin qui m'observe sans relâche.

— Assez pour m'y sentir comme chez moi.

— C'est ce que j'ai cru comprendre, en effet.

Mon sous-entendu ne lui échappe pas. Il ne daigne pas me répondre pour autant, il lève son verre et sollicite le mien.

— À notre premier rendez-vous, trinque-t-il.

— C'est ainsi que tu envisages les choses ?

— Dans un certain sens, oui.

J'opine et j'accepte son invitation. Dès lors, notre conversation prend un tour captivant. Quelques clients passent la porte du restaurant, un peu plus tard, mais Emilio les attable à distance, préservant ainsi l'intimité dans laquelle nous bavardons en confiance.

Tout en savourant une excellente pizza, j'écoute Liam me parler de sa passion pour la musique, de son dernier concert au Japon, dont il a découvert la culture avec ravissement. Il s'avère être un jeune homme curieux de tout malgré l'air blasé qu'il affiche volontiers. Je bois ses confidences comme du petit-lait.

En échange, je ne livre pas grand-chose de personnel, préférant amplement le relancer sur ce qui le concerne. Il ne fait pas mine de s'en apercevoir jusqu'au moment du dessert. Il repousse son assiette vide et s'accoude en face de moi. Son regard se fait joueur, provocant, comme le jour où il a surgi dans mon bureau.

— Ne t'imagine pas que je suis entièrement satisfait, ce soir, me dit-il d'une voix plus sourde.

Je me retiens de le soumettre à une autre question et je me contente de hausser les épaules d'un air impuissant. Liam se lève brusquement et me tend la main.

— Viens, me lance-t-il sans me laisser le choix.

Il abandonne quelques billets sur la table et salue furtivement Emilio tout en me poussant vers la sortie. Je constate qu'il nous fait prendre le chemin du bureau d'un pas plus rapide que celui que nous avions à l'aller. Après la conversation débordante qui nous a animés durant tout le repas, le silence de Liam m'inquiète un peu. Son beau visage ne laisse rien paraître de ce qu'il cogite. Je respecte sa réflexion, serrée contre lui. Je suis à peine étonnée de me retrouver, quelques minutes plus tard, devant la porte cochère de l'immeuble qui abrite l'agence.

Je lutte contre la curiosité qui me commande de savoir ce que nous faisons là et ce qui va se passer. Ce combat contre moi-même est toutefois de courte durée. La main de Liam se lève vers mon visage, ses doigts soulignent l'ourlet de mes lèvres. Comme chaque fois qu'il me touche, la magie opère. Je me fige, fascinée par le regard dont il me dévore. Ma respiration devient plus saccadée lorsqu'il approche. Ce traître a bien conscience de l'effet qu'il produit sur moi. Il jubile de m'amener lentement jusqu'au stade ultime où c'est moi qui finis par supplier ou par prendre ce qu'il ne fait que me proposer. Je crève d'envie de ce baiser qu'il refuse de me donner entièrement. Par orgueil, je décide cette fois de ne pas céder si facilement.

— Encore faim ? je le taquine dans un souffle.

— Au cas où tu ne l'aurais pas remarqué, je n'ai pas commandé de dessert.

Sa réponse effleure mes lèvres, qu'il butine à me rendre folle. Il m'a repoussée contre la lourde porte en bois, ses mains se sont glissées sous la tunique légère que m'a autorisée la douceur printanière. Son contact caressant et chaud me rend fébrile, tout autant que ses paroles chargées d'une signification que je saisis parfaitement.

— Si j'ai bien compris, il n'était pas à consommer sur place, je chuchote en me laissant griser par les divines sensations qu'il éveille.

Ses mains remontent le long de mon dos et se faufilent jusqu'à mes seins, dont elles s'emparent sans vergogne. Bien que la nuit soit tombée et la rue discrète à cette heure tardive où les bureaux sont fermés, l'audace de Liam excite dangereusement mes sens. Je plonge irrémédiablement dans le piège qu'il a patiemment tendu. J'en suis consciente, mais si peu désireuse de m'y soustraire. Jamais je n'ai rencontré un homme aussi sensuel que ce trop séduisant tentateur, jamais je n'ai connu pareille exaltation à faire ce qu'on attend de moi, qu'il s'agisse de Liam ou de Jacques. D'un côté comme d'un autre, je suis en droit de céder au plaisir pour obtenir ce que je souhaite.

Au diable les scrupules !

Je m'offre aux mains qui me conquièrent, aux lèvres qui m'enivrent. Je m'entends le prier de prendre tout ce qui lui plaira, de la manière qui lui plaira. C'est à peine si je reconnais ma voix dans les accents d'avide impatience qui ont jailli de ma bouche. C'est à peine si je me reconnais, moi, dans celle qui se donne sans pudeur, à l'abri d'une simple porte cochère. Liam compose le code d'accès dans mon dos et m'attire à l'intérieur de l'immeuble désert. Ma mine perplexe le fait rire tout à coup.

— Je commence à croire que la sage Lisa Morice a des penchants franchement exhibitionnistes, me déclare-t-il en me gardant prisonnière de ses bras.

Sa manière de parler de moi comme d'une autre me ramène à la réalité. Je devrais reprendre le contrôle tant qu'il en est encore temps, mais Liam, perspicace, ne m'en laisse pas l'occasion. Sa langue m'étourdit, me prive de mes facultés de raisonnement.

— Dommage que le lit se trouve au premier étage, je t'aurais prise dans l'ascenseur, roucoule ce démon en me guidant vers les locaux que nous avons quittés quelques heures plus tôt.

— Ça n'est pas très grave, l'ascenseur ne fait pas partie de mes fantasmes, je lui rétorque tandis qu'il désactive l'alarme sans me relâcher.

— Je l'aurais pourtant parié.

Sa bouche picore la mienne, m'amène à le suivre encore vers cette chambre où il a bien l'intention de déguster son dessert tout à loisir.

— Trop commun, on lit ça dans tous les bouquins, désormais.

Il réprime un petit rire. Ses mains habiles entreprennent à présent de me déshabiller.

— Dans ce cas, quel est ton fantasme absolu ? continue-t-il sur sa lancée.

— Jusqu'ici, je ne me suis pas posé la question, j'avoue en toute sincérité.

— Mais... ?

J'hésite à lui répondre. Je le sais trop clairvoyant à déchiffrer mes réactions. Mon soutien-gorge ne lui oppose pas plus de difficulté que moi. Ses doigts dessinent lentement le galbe de mes seins, remontent jusqu'à mes tétons qui pointent irrésistiblement sous cette caresse insistante. Mon cœur bat fort. Je remarque l'éclat plus dur qui brille dans ses prunelles claires. Il atteint la limite. Je n'ai qu'à pousser un pion supplémentaire pour me sortir de l'ornière.

— Tu sembles m'en inspirer de nouveaux, je murmure en invitant ses mains à se faire plus autoritaires sur ma poitrine.

Il me dévisage quelques secondes qui suffisent à ce que je me ressaisisse. Les boutons de son jean sautent les uns après les autres sous mes doigts aussi doués que les siens pour se défaire des embûches. Il serre les dents quand je me saisis de son sexe gonflé de désir et garde le silence en me voyant descendre devant sa verge superbement dressée.

C'est Éléonore qui m'a tout révélé, en théorie, de l'art raffiné de la fellation. Par la suite, j'ai amélioré mes compétences par quelques exercices pratiques qui me valent désormais d'être pointue sur le sujet. Les femmes ont souvent le tort de ne s'intéresser qu'au membre actif de ces messieurs. Or, ses discrètes voisines sont aussi le siège de véritables ravissements. Liam ne fait pas exception à cette règle, il me contemple ardemment quand ma bouche va embrasser délicatement ses testicules plutôt que d'engloutir sa queue magnifique. Un doute furtif passe sur son visage, puis il se cambre brusquement en émettant un gémissement rauque lorsque je gobe l'une de ces petites boules avec lesquelles j'ai décidé de jouer un peu.

Prisonnier de mes lèvres, il ne peut faire autrement que de se soumettre à ma langue qui le lèche. Je l'entends râler, supplier mon prénom sans même savoir si c'est pour que je mette un terme à ce supplice ou si c'est pour le subir davantage. Je le relâche avec précaution mais, dans le regard sauvage qu'il m'adresse, je lis une sorte d'émerveillement qui m'incite à poursuivre l'expérience. Je ne me suis pas trompée, il souffle un « oui » quand mes lèvres se posent sur le second testicule.

Son sexe n'a jamais été si dur dans ma main qui le maintient contre son ventre. J'imagine vaguement la douce souffrance qu'il peut ressentir à cet instant. Il contient pourtant ses rugissements, n'ose même pas bouger. Mon emprise est totale, impitoyable, grisante. Il finit par implorer que je le délivre de cette insupportable attente.

Le premier coup de langue que je donne à son membre tétanisé par le désir lui arrache un soupir de soulagement qui se transforme en un gémissement quand mes lèvres se referment enfin autour de lui. Ses mains se posent sur ma tête, accompagnent mon va-et-vient, le forcent peu à peu à se faire plus violent. Incapable de contenir ses élans, Liam ondule, pénètre plus loin, jusqu'à la limite de l'écœurement pour moi. Je le laisse faire un moment avant de reprendre une initiative qui m'appartient.

Je goûte un plaisir féroce à le rendre fou, je savoure ça comme une victoire, jusqu'à ce qu'il s'énerve. Il me relève alors brusquement et me jette sur le lit voisin avant de s'abattre sur moi. J'aime sentir son corps peser sur le mien, j'aime qu'il écarte mes jambes avec cette fermeté que lui confère l'envie, j'aime qu'il force enfin mon sexe qui n'attendait que ça. Mon dos se creuse, mes cuisses s'ouvrent autant que possible, mes mains se plaquent sur ses fesses pour l'attirer au plus profond de moi.

— Tu apprécies tout autant les gourmandises du matin que celles du soir, constate-t-il en ralentissant pour mieux profiter du spectacle que je lui offre.

— Je suis très portée sur les desserts, je réplique en me soudant de moi-même à sa queue sublime, dont il use comme d'une arme au service de sa curiosité.

— Je vois.

Je me redresse pour m'accouder devant lui. Nos regards s'accrochent, se toisent, s'interrogent. Je garde un silence provocateur qui l'amuse.

— Je t'en offrirai d'autres, autant que tu voudras, si tu m'accordes tout ton temps cette semaine.

— N'as-tu donc rien de plus important à faire ?

— J'ai choisi de m'octroyer un peu de repos après la tournée, je suis ainsi à ton entière disposition.

Joignant le geste à la parole, il s'enfonce délicieusement jusqu'à me faire gémir.

— Alors ? insiste-t-il.

— Tu disposes déjà de mes journées, je lui objecte en luttant contre le plaisir qui m'envahit progressivement.

— Cela me paraît insuffisant au regard de ce que tu me caches et de ce que je pourrais obtenir de toi.

Il hausse un sourcil évocateur en me poignardant d'un coup de reins qui me repousse, anéantie, sur le lit.

— Il ne fallait pas me tenter, m'assène-t-il en se coulant sur moi.

Il guette avec attention mes réactions à chaque coup de boutoir qu'il donne. Sa bouche se fait sa meilleure avocate en venant soutirer à la mienne le consentement qu'il attendait. L'une de ses mains emprisonne mon sein droit tandis que l'autre m'oblige à soutenir ses prunelles incandescentes.

Il va et vient sans se presser, à un rythme régulier qui me conduit à la folie. Il savoure à haute voix de constater à quel point l'humidité de ma chatte lui rend la chose plus délicieuse. Ses paroles indécentes ajoutent à mon excitation, et il le sait. Mon ventre est parcouru de décharges électriques plus intenses chaque fois qu'il me remplit. Je résiste jusqu'à l'insoutenable, puis je lâche prise, submergée par la déferlante d'un plaisir si puissant qu'il me fait crier.

Sans perdre une seconde, Liam profite de mon affolement pour conquérir le seul territoire qu'il n'a pas encore exploré aujourd'hui. Comme la veille, il ne sollicite pas, il prend, usant de ma jouissance comme d'un sésame qui ouvre la voie à d'autres voluptés. Je ne peux pas lutter, je suis écartelée, soumise aux assauts d'un sexe qui s'enfonce sans pitié au plus profond de mes entrailles. Cet homme est le diable en personne et je suis livrée aux enfers. Je brûle, je suffoque tandis que lui atteint enfin le but qu'il convoitait.

— Tu peux crier, susurre-t-il en se penchant sur moi. Il n'y a personne.

— Ça te ferait trop plaisir, n'est-ce pas ? j'articule, à bout de souffle.

— Tu es toi lorsque tu jouis, affirme-t-il en se retirant de moi avec une lenteur sadique.

Mes doigts se crispent sur le drap auquel je suis accrochée comme à une bouée de sauvetage. J'attends, fiévreuse, haletante, qu'il revienne, je m'en impatiente comme si ce vide en moi était devenu insupportable. Lui se retient, se fait spectateur du supplice qu'il m'inflige. Il joue avec moi comme un chat avec une souris. Je ne suis guère habituée à cela. Je n'ai connu que des relations brèves, dénuées de passion et destinées uniquement à la satisfaction d'un besoin, une mécanique bien rodée qui se résumait à du très ordinaire et qui n'a jamais dépassé le stade de quelques heures. J'y trouvais mon compte et préservais ma liberté. Je ne pensais pas éprouver un jour ce que je ressens à cet instant.

On prétend que certaines drogues rendent accro dès la première fois, je crois bien que je suis tombée sur la plus addictive qui soit. En m'obligeant ainsi à me soumettre à son jeu, Liam me rend dépendante de lui, du plaisir qu'il sait me donner mieux que personne. J'en veux encore, j'en veux davantage. Je me relève d'un coup. Tirant parti de la surprise, je désarçonne mon cavalier trop joueur pour le plaquer sur le lit et inverser les rôles. Il ne cherche pas à résister, ses mains prisonnières des miennes au-dessus de sa tête ne luttent pas pour se défaire de ma prise. Un sourire éloquent se dessine sur ses lèvres.

— Il suffisait de demander, n'est-ce pas ? insinue-t-il.

— Si c'est ce que tu voulais savoir, en effet.

— J'avoue.

— J'aurais pu tout aussi bien te faire une démonstration dans d'autres circonstances.

— Je ne le crois pas, il faut te conduire à des extrêmes pour que tu te dévoiles.

— Tu tiens ça de ta mère ?

— Elle m'a raconté tes exploits, oui. J'admets que j'étais sceptique.

— Et maintenant ?

— Baise-moi !

Ces deux petits mots fouettent mon sang d'une singulière façon.

Comment résister à cela ?

Je relâche ma victime pour me dresser, victorieuse, au-dessus de son sexe si tendu qu'il en paraît douloureux. Je n'éprouve cependant pas plus de pitié qu'il n'en a eu à mon égard. C'est son tour d'émettre un juron lorsque, d'un geste brutal et déterminé, je m'empale sur lui. Sourde à ses supplications qui me préviennent pourtant de son orgasme imminent, je le chevauche au rythme qui me convient. Liam mord son poing pour s'empêcher de gémir, ses muscles sont plus saillants sous sa peau veloutée. Je me sens reine, à le posséder ainsi.

Si quelqu'un m'avait dit avant cela que j'apprécierais autant la sodomie, je l'aurais probablement traité de grand malade. Depuis hier, mon opinion a radicalement changé. Non seulement j'aime ça, mais je réalise en écoutant mon corps que je suis capable d'en jouir. J'ondule plus nerveusement au fur et à mesure que mes reins sont gagnés par une frénésie que je ne maîtrise plus. Liam se cambre entre mes cuisses, son regard lance des éclairs de panique. Une sensation brûlante me cisaille le ventre et m'arrête net dans mon élan. Je me fige sans pouvoir émettre un son. Liam s'empare alors de mes hanches pour me souder brutalement à lui. Je retrouve subitement assez d'air pour me remettre à respirer et un cri m'échappe, l'expression d'un plaisir que je croyais impossible. Je ne suis pas la seule. Prisonnier de mon corps en transe, Liam ne sait plus résister. Je perçois les contractions de son membre atrocement dur. Je le regarde souffrir délicieusement en même temps que moi.

Je reste immobile au-dessus de lui durant un long moment, sans vraiment réfléchir. D'ailleurs, j'en suis incapable, encore. Il faut que les bras de Liam m'enlacent et m'attirent à lui pour que je réagisse. Je m'allonge, frissonnante, contre son corps chaud. Il a alors un geste sublime qui achève de me bouleverser, il remonte le drap sur mes épaules et me serre plus fort.

Cette tendresse inédite me trouble plus que de raison. J'ai toutes les peines du monde à contenir les larmes qui affleurent à mes paupières. Je conserve prudemment les yeux fermés pour éviter qu'elles me trahissent.

Je ne sais pas trop combien de temps s'écoule ainsi. Liam respire très doucement, on dirait qu'il s'est endormi. Il est magnifique à contempler. Ses traits fins sont détendus, son corps de rêve à disposition de mes mains. Je me garde bien cependant de le réveiller. Avec d'infinies précautions, je me défais de son étreinte et m'écarte de lui.

Lorsque je m'apprête à quitter la chambre quelques minutes plus tard, il n'a pas bougé, abîmé dans un sommeil dont il semble avoir le plus grand besoin. Je m'éloigne sur la pointe des pieds, referme soigneusement la porte de l'agence derrière moi et rejoins ma voiture. Il est presque 4 heures du matin quand je m'écroule dans mon lit.

*

* *

Je ne suis même pas en retard au bureau le lendemain. Anne paraît étonnée de me voir à mon poste, occupée à mettre de l'ordre dans les affaires courantes avant de descendre au premier étage.

— Je ne pensais pas vous trouver ici à cette heure si matinale, admet-elle quand je fais mine de ne pas comprendre sa surprise.

— Pourquoi cela ? je demande innocemment.

— Parce que mon fils n'est rentré que très tôt ce matin, répond-elle en me gratifiant d'un regard qui en dit long.

Je me pince les lèvres et hausse les sourcils d'un air impuissant à confirmer quoi que ce soit.

— Il m'a chargée de vous remettre ceci, ajoute-t-elle en me tendant un trousseau de clés. Celle-ci ouvre la porte du bureau, la seconde, celle du studio d'enregistrement et la petite, celle de l'armoire. Le code de l'alarme est le 7835, ensuite vous validez deux fois par le bouton de gauche.

Je maîtrise un accès de joie pour acquiescer sobrement à ces consignes qu'Anne me donne sans méfiance. Elle avise son agenda, que j'étais en train de compléter au vu des messages reçus.

— Laissez cela, me dit-elle. Angélique s'en occupera durant quelques jours, vous avez plus urgent à faire.

— Urgent ? je relève en sourcillant.

— Des « clients » me pressent pour obtenir des rendez-vous que je ne suis pas en mesure de satisfaire. Nous avons absolument besoin de deux ou trois filles supplémentaires. Liam m'a expliqué que vous n'aviez retenu qu'une seule candidature. Il nous en faut d'autres, et je compte sur vous pour me trouver ça, Lisa.

Des accents d'inquiétude percent derrière le ton gentil qu'elle a employé. Je ne me vois pas lui refuser un service qu'il me plaît de lui rendre. Je me demande cependant si elle est entièrement au courant de ce qui se passe entre son fils et moi. Je me garde bien de creuser la question, à ce stade, cela ne me paraît pas opportun.

— Très bien, j'y vais, j'accepte en affectant un grand sérieux. J'ai déposé une note sur votre bureau de la part d'un certain Xavier, à Lyon. Il souhaite que vous le rappeliez de toute urgence.

Anne pousse un soupir et opine avant de s'éloigner. Je range rapidement les quelques papiers qui traînent sur ma table et, les clés en main, je descends au premier. Je ne peux m'empêcher de jubiler en composant le code de l'alarme qui m'est tombé tout cuit dans le bec. La relation que je noue avec Liam me conduit très exactement là où je le souhaite, mais il ne me reste pas beaucoup de temps pour réunir les derniers éléments de l'enquête.

Ce matin, je tiens toutefois l'occasion idéale d'opérer une fouille en règle de cette armoire aux dossiers rouges. Par précaution, je me hâte de refermer la porte de l'agence à clé, puis je fais le tour des pièces. Dans la chambre, le lit a été soigneusement refait. Il ne subsiste aucune trace de nos ébats nocturnes. Lorsque j'ouvre le studio d'enregistrement, je tombe immédiatement sur une feuille placée en évidence sur la console.

L'écriture de Liam est fine et serrée. Ses mots sur le papier sont aussi directs que son langage. En trois lignes, il m'informe qu'il a calé les vidéos, je n'ai qu'à les lancer, que les dossiers sont prêts sur la table. Il me dit enfin que je dois le rejoindre à une adresse qu'il m'indique, à 16 h 30 très précises.

Intriguée, je sors mon portable sur lequel je pianote l'adresse en question. Le moteur de recherche me renvoie le nom d'un cinéma de quartier. Étrange, mais soit ! Je verrai bien. Il semblerait que ce cher Liam ait décidé de me faire languir aujourd'hui. Cela convient parfaitement à mes projets.

Seule à bord du vaisseau mère, j'ai les coudées franches pour agir. Pour commencer, je me lance à l'assaut de l'armoire. Un à un, je consulte les dossiers, j'en prends une photo pour mémoire en songeant au rapport que je vais devoir écrire. Au bout d'une bonne heure, je referme la dernière chemise en grognant.

Aucune trace de Lorenzo Liamas !

Armelle m'a pourtant confié avoir vu passer sa fiche. Mes soupçons deviennent des certitudes, Anne Lenoir doit sûrement conserver certains documents chez elle. J'en suis là de mes réflexions quand le téléphone du studio se met à sonner. La voix de Liam me tire un sourire.

— Je savais que tu serais à l'heure, me dit-il d'un ton moqueur.

— Cela fait partie de mes fonctions, ce dont toi, tu es dispensé, je lui fais sournoisement remarquer.

— Très juste.

— Bien dormi ?

— Jusqu'à ce que je me réveille seul au petit jour, oui.

— Tu ne comptais tout de même pas que je reste ?

— Non, j'étais certain que tu me ferais ce coup-là. J'aurais presque été déçu si je t'avais retrouvée au lit, ce matin, même si c'est horriblement agaçant.

— Agaçant ?

— Toutes les filles que j'ai connues auraient fait n'importe quoi pour passer une nuit entière avec moi, et toi, tu t'enfuis dès que tu en as l'occasion. Permets-moi de me poser des questions, Lisa.

— Tu t'en poses beaucoup trop. J'avais simplement envie de prendre une douche et de me changer avant de revenir au bureau.

— J'admire ton détachement par rapport aux événements.

— C'est un compliment ?

— Non, une interrogation de ma part.

— Encore ?

— Tu ne fais rien comme tout le monde.

— Peut-être que c'est toi qui as des relations trop faciles.

— Tu ne t'en sortiras pas en rejetant la faute sur moi.

— Loin de moi cette intention, mais ce débat ne nous mènera nulle part.

— Je te l'accorde, pour le moment. As-tu trouvé mon message ?

— Oui.

Ma réponse laconique provoque un rire à l'autre bout du fil.

— Je refuse de croire que cela ne t'intrigue pas, s'esclaffe-t-il.

— Je n'ai pas dit le contraire, je suppose simplement que tu as de bonnes raisons de m'attirer là-bas.

— Tu as cherché, n'est-ce pas ?

— Oui.

— Je le savais.

— Tu vois que je ne suis pas un si grand mystère, j'ironise.

— Détrompe-toi. Je n'en ai pas terminé avec ton cas.

— Oh, dois-je m'inquiéter ?

— Qui sait ? Depuis hier, j'ai tendance à penser que tu peux être bien pire que ce que je n'ai vu.

— Pire ?

— Tu comprends parfaitement ce que je veux dire, Lisa.

— En aucune façon, je mens en refrénant les accents joyeux de ma voix.

— Très bien, nous verrons cela tout à l'heure.

— C'est une menace ?

— T'en as pas marre de poser des questions ?

— C'est toi qui m'y pousses, je te signale. Tu aurais pu te dispenser de m'appeler, puisque tu étais si sûr que je serais là au point de charger ta mère de me donner les clés de l'agence.

— J'avais envie d'entendre ta voix.

— Alors tu pouvais tout aussi bien venir me délivrer le message en personne.

— Non.

Cette fois, son ton est bref, sérieux, m'obligeant une nouvelle fois à l'interroger.

— Pour quelle raison ?

— Parce que je n'aurais pas su résister au besoin de te prendre immédiatement.

Un petit frisson électrise ma peau. Je reste muette au téléphone. J'entends comme un soupir amusé.

— Je t'attends tout à l'heure, sois ponctuelle, ajoute-t-il avant de raccrocher sans autre forme de courtoisie.

*

* *

Le quartier est presque désert, je n'ai aucune difficulté à garer ma voiture à proximité de l'adresse que Liam m'a indiquée. En passant devant, j'ai constaté que ma recherche avait abouti au résultat exact, il s'agit bel et bien d'un cinéma, mais à l'ancienne, au nom évocateur de « Cinemania ». Tout un programme !

J'arrête mes pas pour observer les affiches qui ornent la façade. J'en demeure stupéfaite un moment. Il n'est question que de rediffusions de vieux films. En l'occurrence, ceux de cette semaine rendent hommage à l'œuvre de Polanski. Le jaune éclatant de *Chinatown* ne peut échapper à personne.

— Pile à l'heure !

La voix de Liam s'est coulée, douce et chaude, à mon oreille. Un petit frisson parcourt ma peau.

— À l'heure pour quoi ? je demande sans me retourner, de crainte de céder trop facilement à l'élan qui me commande de me jeter dans ses bras.

— La prochaine séance.

Cette fois, je m'écarte de lui pour le dévisager comme s'il venait de dire une énormité.

— Ici ?

— Oui, ici.

Son beau visage affiche un calme et une sérénité que je ne lui ai encore jamais vus, sauf peut-être lorsqu'il dormait, quelques heures plus tôt. Il me regarde avec une tendresse qui me trouble un peu trop. J'ai besoin d'une pirouette pour m'y soustraire. Je m'intéresse donc au programme du jour.

— Fan de Polanski ?

— À vrai dire, c'est l'ambiance de cette salle que j'adore. La diffusion de ces vieux films sur grand écran leur rend un charme qu'ils perdent à la télé.

— J'ignorais que le cinéma faisait aussi partie de tes passions.

— Tu ignores beaucoup de choses à mon sujet.

— Je m'en rends compte. C'est pour combler mes lacunes que je suis là ?

— En partie. Viens, nous allons être en retard !

Contrairement aux jours précédents, il ne m'a pas embrassée, il ne m'a même pas touchée, se tenant prudemment à une distance suffisante pour éviter tout contact physique. Intriguée par ses propos aussi énigmatiques que son comportement, je le suis jusqu'aux abords d'une petite salle. Je crois bien n'en avoir plus vu de telle depuis mon enfance, avec ses fauteuils au rouge délavé et sa cabine de projection qui dépasse dans le fond. Elle doit compter au maximum une centaine de places dont à peine dix sont occupées, par des hommes, principalement. D'un coup, j'ai le sentiment de faire un bond en arrière dans une époque où je n'étais même pas née.

Liam se dirige vers le milieu du dernier rang avant de me faire asseoir à ses côtés. Un jeune couple fait son entrée, main dans la main, et va s'installer cinq rangs plus bas. Ils n'attendent pas trois secondes avant de se jeter l'un sur l'autre et de s'embrasser goulûment.

— À en juger par ton expression, je ne saurais dire si tu les désapprouves ou si tu les envies, remarque Liam tandis que je les regarde se dévorer.

— Je ne les désapprouve pas.

Ma réponse nette et franche le fait sourire. La lumière s'éteint et le son emplit l'espace. Naïvement, je reporte mon attention sur l'écran où Jean Mineur présente ses publicités comme au temps jadis. Petite fille, j'ai vécu comme des moments magiques les rares fois où je suis allée au cinéma. Le seul fait de revoir ce bonhomme avec son pique et d'entendre cette voix d'un autre âge annoncer « Balzac 0001 » me captive déjà. C'est alors que la main chaude et ferme de Liam se pose sur ma cuisse.

Dans l'obscurité, ses beaux yeux clairs n'ont rien perdu de leur intensité. Ils me révèlent ce que Liam ne dit pas. Le générique du film a démarré, je m'en moque. Fascinée par cette conversation muette, je reste immobile, soumise à l'unique initiative de ce garçon, dont j'ignore les véritables intentions à cet instant.

Les battements de mon cœur se précipitent lorsqu'il se penche vers moi et que sa bouche apprivoise la mienne d'un tendre baiser auquel je n'ose pas répondre. Sa main droite se faufile sous ma robe courte, s'arrête sur la jarretière de mon bas. Liam pousse un léger soupir sur mes lèvres.

— Ne bouge pas, ne dis rien ! murmure-t-il d'une voix à peine audible.

Avant même que je saisisse le sens de ses paroles, sa main écarte légèrement ma jambe et continue son lent et caressant voyage. Je cesse brutalement de respirer, tétanisée par ce que j'imagine déjà. Le sang file à toute allure dans mes veines, j'ai chaud. Pour une fois, je ne pose aucune question et je ferme les yeux.

— Tu vas rater le film, se moque-t-il tout bas. Regarde !

J'obéis sans réfléchir. Je fixe l'écran sans vraiment voir ce qui s'y passe. Je suis concentrée sur les seuls doigts de Liam qui se sont infiltrés sous la dentelle de mon string. Je me raidis quand ils s'immiscent dans la fente très humide de mon sexe.

— Tu mouilles, Lisa, constate-t-il avec bonne humeur.

Je l'assassine d'un regard qui me vaut un haussement de sourcil évocateur de la part de ce traître qui se joue de moi.

Bravo, l'artiste !

Que puis-je faire d'autre si ce n'est subir ce divin supplice ?

Du bout de son index, il titille mon clitoris en douceur. Je retiens ma respiration et m'accroche aux accoudoirs. Lui jubile de ma réaction. Il m'observe inlassablement tandis que je tente vainement de ne pas sombrer dans un fantasme absolu. Les images du film défilent sans que je les imprime. Mon cerveau a déconnecté. Liam a gagné. La salle de cinéma serait-elle emplie de spectateurs que je me livrerais pareillement à cette déraisonnable gourmandise. Sûr de lui, il me pénètre de son doigt impudent. Je serre les dents pour ne pas émettre un bruit.

— Tu vas devoir jouir en silence, Lisa, me prévient-il.

Dès lors, je comprends qu'il compte mener l'expérience jusqu'à son terme. Je devrais m'y refuser, repousser sa main tentatrice et sauver ce qu'il me reste de dignité mais, comme toujours, je m'adapte, j'assume. Je me cambre sur le fauteuil pour m'offrir entièrement aux doigts qui fouillent mon sexe sans scrupule. Liam semble parfaitement savoir ce qu'il peut exiger de moi. C'en est presque effrayant. Son index va et vient dans ma chatte consentante, il s'égare, joueur, jusqu'à un orifice plus intime qu'il force sans plus de galanterie que le reste. Je pousse un faible gémissement, heureusement couvert par la bande-son du film. Il n'a cependant pas échappé à l'ouïe fine de mon tortionnaire.

— Je sais combien tu aimes ça, s'amuse-t-il. N'aie crainte, je comblerai tes désirs à la première occasion.

Mon imagination s'enflamme sous ces paroles torrides. Les images de notre première fois me reviennent en mémoire, les sensations aussi. Je ne peux lutter contre le besoin de fermer les paupières. Liam ne m'en empêche plus, sa bouche se colle à mon oreille tandis qu'il sollicite impitoyablement mon clitoris palpitant.

— Tu es trempée, souffle-t-il d'un ton suave qui me conduit plus loin encore dans le fantasme.

— Je t'en prie, je réussis à articuler, à l'agonie.

— Serais-tu tellement pressée d'en finir ?

Par provocation, il suspend son geste jusqu'à ce que je l'implore de continuer. Il reprend alors, passant de l'un à l'autre des endroits où le plaisir se niche. J'ondule de plus en plus, je crois m'entendre respirer plus fort. Mes jambes s'ouvrent davantage, dédaignant les règles les plus élémentaires de pudeur.

— Gourmande ! me taquine la voix grave de Liam.

— Plus fort ! je réclame, haletante.

Faisant fi de mes supplications, il poursuit en prenant son temps. Il effleure, il caresse, il vagabonde alors que je voudrais qu'il se fasse plus brutal. Je m'agace, je trépigne, je remue.

— Souhaites-tu donc avoir des spectateurs ? me gronde-t-il avec humour.

— Tu me rends folle. S'il te plaît !

— S'il te plaît, quoi ?

— Fais-moi jouir !

— Tu es dans une salle de cinéma, il y a du monde, Lisa, me rappelle-t-il sournoisement.

— Je m'en moque !

— Comme tu voudras, mais à une condition.

— Laquelle ?

— Je veux que tu me fasses devenir dingue à mon tour, juste après.

— Oui.

Ma réponse a fusé malgré moi, je n'ai pas réfléchi une seconde à ce qu'il vient de m'imposer. D'ailleurs, je n'ai pas les moyens de penser, son doigt a repris son lancinant travail sur mon clitoris en feu. Je parviens irrémédiablement au moment insoutenable. Je me tends comme un arc. Mon ventre se tord, et je suis obligée de poser ma main sur ma bouche pour éviter de crier sous l'assaut d'un plaisir fulgurant. Liam continue néanmoins de me soumettre à ses caresses qui me font me contorsionner contre lui. Il a enfin pitié de moi et cesse la torture, son index enfoui au fond de mon vagin trempé.

— Jolie qualité d'orgasme ! commente-t-il. Tu n'as jamais autant mouillé.

Pour m'en donner la preuve irréfutable, il retire lentement sa main et la porte à mon visage. Son doigt glisse entre mes lèvres entrouvertes et m'oblige à le sucer.

— Tu me fais bander à un point que tu n'imagines pas, continue-t-il tout bas.

Sa voix accuse des accents plus rauques, je le crois bien volontiers. L'invitation est claire, et le regard qu'il m'adresse l'est tout autant. Je reprends ma respiration, puis je me tourne vers lui. Liam me laisse l'entière initiative. Il se cale dans le siège, les mains posées sur les accoudoirs, comme moi quelques minutes plus tôt. Je m'efforce de ne pas lui faire mal en extrayant sa verge extrêmement dure de son pantalon. Il n'a pas plaisanté, son érection est superbe. Sans doute vit-il cette inconvenante situation de la même manière que moi. Le danger d'être surpris ajoute à l'excitation.

Je me penche sur lui et mes lèvres se ferment sur son membre vigoureusement dressé. Ma main gauche se fait un tendre berceau pour ses testicules. Liam approuve et me le fait connaître en écartant les jambes pour me faciliter la prise.

Lentement, je descends, aussi loin que le permet mon estomac. Je le conserve un moment captif de ma bouche, je remonte ensuite au même rythme. De temps à autre, ma langue va caresser son gland lisse et doux, en fait le tour en s'immisçant sous le prépuce, souligne sa couronne avec plus d'insistance. Liam retient sa respiration, je le sens sous ma tête posée contre son ventre.

Contrairement à lui, je n'ai pas le moyen de lui murmurer des horreurs à l'oreille, je tiens là ma seule vengeance et je ne m'en prive pas. Je m'applique à lui rendre la chose aussi insoutenable que possible. Très vite, ses mains quittent les accoudoirs où elles étaient accrochées pour accompagner mon va-et-vient. Elles finissent par m'imprimer un mouvement plus brusque.

M. Lenoir n'y tient plus. Je détecte bientôt les signes annonciateurs de sa jouissance imminente. Celle-ci ne tarde pas à jaillir jusque dans ma gorge. La poigne de Liam me maintient fermement soudée à son sexe qui déverse dans ma bouche un flot abondant et amer. Je n'ai pas d'alternative que de l'avaler. Cela ne me déplaît pas, au contraire. De manière tout à fait inédite, je trouve ça évident, naturel. Je le garde prisonnier jusqu'à ce qu'il s'apaise un peu. Ensuite, je le libère en faisant courir ma langue le long de sa verge déjà plus souple.

Liam me dévore d'un regard où je crois lire de l'émerveillement. Il attire mon visage vers le sien, et le baiser qu'il me donne est bouleversant de tendre gratitude. Le film est largement entamé, je n'en ai pas suivi une seule image. À peine ai-je aperçu Faille Dunaway, magnifique en femme fatale. Il me faudrait une autre séance pour y comprendre quelque chose, même si je crains que mon esprit ne s'égare inévitablement vers ce qui restera un troublant souvenir. Je suis déjà en train de faire du rangement dans mon crâne, ça me fait mal inutilement. Alors que Liam savoure le calme après la tempête, je me tourmente.

— Pourrait-on partir ?

Ma requête le surprend, mais il y consent sans poser de questions et nous quittons discrètement la salle de cinéma. Je respire de me retrouver dehors, ce qui suscite une nouvelle fois l'étonnement de mon compagnon.

— Tu n'as pas aimé cette petite récréation ?

Son visage est sérieux, presque inquiet. Je souris pour le rassurer.

— Si.

Ma réponse laconique ne lui suffit pas, malgré mon ton chargé de sous-entendus flatteurs. Le temps d'un battement de cils, je suis prise au piège de ses bras. Sa détermination à me cuisiner paraît tout aussi évidente que celle qu'il affichait précédemment à me faire jouir.

— Tu es content de toi, n'est-ce pas ? je l'accuse, un peu moqueuse.

— Je constate que je ne me suis pas trompé à ton sujet, et oui, ça m'amuse autant que ça m'excite.

— La démonstration a-t-elle suffi ?

Il se pince les lèvres d'un air désapprobateur.

— Que veux-tu d'autre ? je m'exclame, provocatrice jusqu'au bout.

— Je viens de te révéler une facette de moi que personne ne connaît, même pas ma chère mère, répond-il en tournant le regard vers la façade du cinéma. Tu es à présent la seule à savoir où je me cache quand j'ai besoin de solitude et de tranquillité. J'attends que tu fasses la même chose, que tu me livres l'un de tes secrets, que tu me surprennes.

Sa confidence m'atteint en plein cœur. Je ne mérite pas une telle confiance. Liam se trompe à mon sujet, et je ne peux rien faire pour le préserver de cette erreur. Pour la toute première fois de mon existence, les scrupules me font mal. Ce n'est pourtant pas le moment de flancher. Je réfléchis vite avant d'acquiescer en souriant timidement.

— Très bien. Je te donne rendez-vous demain matin, 9 heures, à l'agence.

— Ce n'est pas un rendez-vous, c'était prévu de toute façon, proteste-t-il.

— Tout le monde n'a pas ton talent pour brouiller les pistes et organiser des rencontres clandestines, je lui fais remarquer.

— Je suis certain que tu peux faire aussi bien.

— Prétentieux, va !

Ignorant du débat qui agite ma conscience, Liam retrouve toute sa bonne humeur. Ma taquinerie le fait rire. Il n'entend pas me libérer pour autant. Je dois insister longuement pour qu'il renonce à monopoliser une nouvelle fois ma soirée. Il me raccompagne de mauvaise grâce jusqu'à ma voiture.

— Ne te plains pas, je te conserve un peu d'énergie pour demain, je réplique à sa visible bouderie.

L'éclat joueur de ses prunelles me rassure sur son état d'esprit. Il ne dit rien, se contente de refermer la portière du véhicule sur moi et s'écarte très vite lorsque je démarre. Dans le rétroviseur, je le vois, songeur, sur le trottoir, les mains dans les poches de son pantalon. Je donnerais ma fortune pour connaître ses pensées en cette minute, mais je redoute qu'elles me filent davantage le cafard. J'accélère en détournant mon attention de sa silhouette immobile et je rentre chez moi. En vérité, je fuis.

*

* *

Mon acharnement à vouloir chasser Liam de ma tête ne suffit pas. Il me hante, inlassablement. 2 h 10 au réveil, et je ne sais toujours pas m'en défaire. Je ressasse, encore et encore, cette hallucinante séance de cinéma, tout comme chacun de nos ébats, depuis le premier jour. À ce moment-là, déjà, je me doutais que je prenais le risque de trop apprécier. Je n'imaginais cependant pas que cela me mènerait aussi loin.

Je songe à sa requête de cet après-midi. Je cherche en vain ce qui pourrait suffire à le satisfaire sans mettre en lumière le rôle que je joue dans cette affaire. Lisa Morice n'est pas vraiment moi.

Qu'attend-il donc de ce personnage qu'il semble aimer ?

« Aimer »...

Ce mot éclate comme un coup de tonnerre dans mon cerveau en ébullition. Je me retourne dans mon lit. J'enfouis ma tête sous mon oreiller comme si ça pouvait y changer quoi que ce soit. Sous mes paupières closes, Liam envahit l'espace, s'empare de moi. Je repousse avec agacement la couette qui me tient trop chaud. Même à distance, cet homme me contraint à vouloir un plaisir dont il est passé maître dans l'art de le prodiguer.

Presque inconsciemment, ma main descend le long de mon corps et s'insinue entre mes cuisses. Le contact de mon doigt sur mon clitoris me ramène quelques heures en arrière. Je revis tout, de sa troublante et indécente caresse à l'orgasme humide et si intense qu'il m'a soutiré sans même me posséder.

Je n'ai jamais eu honte de me masturber, considérant cette pratique comme un agréable substitut au sexe, mais cette fois a le goût amer de la frustration. J'ai envie de Liam, une envie tenace et lancinante qui me prive de repos. Aussi, je m'applique à y trouver remède. Je me donne seule la jouissance que mon corps réclame malgré moi. Alors seulement, je m'apaise, essoufflée, mais suffisamment détendue pour m'endormir.

*

* *

Je me regarde longuement dans le miroir de l'entrée. Ma nuit agitée a laissé quelques traces qu'un maquillage léger m'a permis d'atténuer. Mais ce n'est pas ce qui m'angoisse le plus. Ce que j'appréhende, c'est l'accueil que me réservera M. Lenoir. Conformément à sa demande, il me verra aujourd'hui telle que je suis en réalité. J'ai délaissé la jupe courte et le sage chemisier de la secrétaire modèle pour le cuir d'un pantalon fuselé et d'un blouson noir. J'ai devant moi Lou-Anne Mesnil, la vraie, celle que je m'évertue à dissimuler depuis des semaines derrière une façade parfaite.

Cette seule concession n'est pas sans risque, mais elle devrait suffire, peut-être le surprendre. J'ignore cependant s'il aimera. C'est idiot de me préoccuper de ce qui n'est qu'un détail, au fond, mais je me sens nerveuse comme au jour d'un premier rendez-vous. Les jeux de filles n'ont jamais été pour moi, je découvre subitement que je ne suis pas si différente des autres nanas. Tout en lorgnant ma tenue d'un air dubitatif, je me demande si elles ressentent aussi, dans ces cas-là, ce petit stress, cette boule à l'estomac, cette impatience et ce doute. Éléonore ne m'a pas tout enseigné. Je secoue la tête, je me sens stupide.

Est-il donc plus facile d'interpréter un rôle que d'être soi ?

Résolue, je remonte la fermeture Éclair de mon blouson et j'empoigne mon casque. Je retrouve toutes mes sensations en démarrant mon bolide que j'avais soigneusement remisé au garage. Les premiers mètres dans les rues de Paris me rendent à moi-même.

Il est un tout petit peu moins de 9 heures lorsque j'arrive devant l'agence. Je m'arrête à l'écart, sur le trottoir d'en face. Je connais la ponctualité de Liam, cela m'étonnerait beaucoup qu'il m'ait précédée. Mes suppositions sont confirmées aussitôt, quand son coupé sport gris apparaît à l'angle du boulevard voisin. J'attends qu'il parvienne à ma hauteur pour redémarrer et le suivre dans le parking au sous-sol de l'immeuble. Je sais où il a l'habitude de stationner, le plus au fond possible, non loin de l'emplacement où sa mère se gare également.

Il coupe le contact et paraît intrigué de constater près de lui la présence d'un motard, tout de noir vêtu. Je jubile intérieurement en voyant ses sourcils se froncer dans une légitime interrogation. Il me semble néanmoins inutile de faire durer indéfiniment le suspense. À mon tour, j'arrête le moteur de mon engin, puis je me redresse avant d'ôter mon casque. D'un geste qui m'est habituel, je détache mes cheveux tournicotés sur mon crâne et je les laisse dégringoler sur mes épaules.

Un sourire aussi soulagé qu'appréciateur vient alors se peindre sur le beau visage de Liam, qui se décide à descendre de voiture. Son regard m'enveloppe en silence tandis que je le rejoins lentement. Je m'immobilise à quelques centimètres de lui. Nos yeux s'accrochent pour ne plus se lâcher. La main de Liam se lève vers ma joue, m'attire plus près, m'obligeant ainsi à faire le dernier pas.

J'avais préparé quelques mots de circonstance, je ne me souviens plus d'aucun. Ils seraient de toute façon inutiles. Ce seul contact, tendre et doux, vaut toutes les déclarations. Il me guide à sa bouche, me livre à ses lèvres. Et moi, je chavire. D'un coup, le brûlant désir que je pensais calmé se ranime, parcourt mes veines et me jette sans défense dans les bras de cet homme auquel je ne sais décidément pas résister. Une fois encore, c'est moi qui provoque les choses en enflammant le baiser trop sage qu'il me donne. Liam y répond aussitôt en retrouvant la fougue que j'aime tellement chez lui.

Il me plaque contre la portière de sa voiture. Sa langue domine la mienne jusqu'à ce que je rende les armes et pousse un gémissement de plaisir. Il ne me libère que d'une main, profitant de mon asservissement total à son baiser pour ouvrir mon blouson et aller traquer l'un de mes seins sous le tee-shirt que je porte.

La limite est franchie, faire marche arrière m'est impensable. Je ressens l'envie comme une morsure dans mes entrailles. Ma soumission enthousiaste à ses caresses le conforte dans ses visibles intentions.

— T'aurais-je manqué cette nuit ? me nargue-t-il d'une voix malicieuse en s'arrachant à mes lèvres gourmandes.

— Oui.

— Il ne tenait pourtant qu'à toi de rester près de moi.

— Je n'aurais pas pu répondre à ta demande dans de telles conditions.

— Est-ce que c'est bien là le seul motif de ta fuite ?

— Oui, je mens éhontément.

— Alors je reconnais que cela aurait été dommage. Tu es encore plus bandante comme ça, Lisa.

— Ah oui ?

Mon insinuation espiègle est un véritable coup de fouet pour Liam. Je fonds littéralement de plaisir sous le baiser sauvage qu'il me donne. Sa main devient plus fiévreuse sur mon sein, qu'il a extrait de mon soutien-gorge. Ses lèvres quittent les miennes, descendent dans mon cou tandis qu'il me défait de mon blouson et remonte mon tee-shirt. Elles poursuivent leur voyage vers mon téton, dont elles s'emparent avidement. Je renverse la tête, je m'offre sans retenue à sa bouche friande. Il me tète ainsi jusqu'à la limite de la souffrance. Mon ventre réclame. J'ai envie, j'ai besoin de lui, maintenant.

Il ne s'étonne pas de m'entendre le supplier. Il revient alors à mes lèvres et, pendant qu'il m'embrasse, il déboutonne mon pantalon. D'un geste déterminé, il me retourne contre le capot de son coupé et s'enfonce en moi d'un coup de reins brutal qui me tire un petit cri vite étouffé. J'aime son emportement à me baiser de cette façon cavalière, dans la semi-pénombre d'un parking où quelqu'un pourrait nous surprendre. J'aime sa force quand il me soude à lui avec une brusquerie que je peux comprendre et que je partage en cette minute affolante.

Ses mains sont accrochées à mes hanches, tandis qu'il va et vient sans relâche. Je lutte de plus en plus difficilement contre les gémissements qu'il provoque chaque fois qu'il me remplit de son sexe gonflé. Je finis par m'effondrer sur le capot, mes seins nus plaqués sur la carrosserie encore tiède. Ma position plus soumise semble soudain éveiller d'autres envies chez mon séduisant assaillant. Ses doigts m'indiquent très vite quel est le nouvel objet de sa convoitise. Un frisson parcourt mon échine quand ils s'enfoncent dans mon intimité en même temps que lui s'immobilise au fond de mon ventre.

— Ne t'ai-je pas promis hier de combler tous tes désirs quand l'occasion s'en présenterait ? m'interroge-t-il d'un ton dangereusement léger.

Captive de ses doigts et de son sexe, j'ai du mal à répondre. Je suis déjà au bord de l'extase. Il suffirait d'un rien pour que je jouisse. Liam s'en rend compte aux réactions de mon corps, dans lequel il prend ses aises. Il se retire alors lentement. Je reste immobile sur le capot, hagarde, fébrilement suspendue à ce qui va suivre. Contrairement à ce que j'attendais, ce n'est pas son membre dur et raide qui se présente à mon orifice abandonné par ses doigts, mais sa langue, terriblement douce et chaude.

J'émets un long gémissement de plaisir quand il écarte fermement mes fesses pour me lécher plus à loisir. Une nouvelle fois, Liam me surprend, me donne ce qu'aucun homme avant lui n'a su ou n'a voulu m'offrir. Il me déguste à coups de langue précis et audacieux. Ma croupe se tend pour recevoir cet hommage qui me conduit irrémédiablement au paradis. Mes jambes en tremblent et je me recroqueville sur le capot de la voiture en étouffant un cri dans mon poing serré.

Je n'ai pas fini de jouir que Liam se relève et prend ce qu'il estime lui être dû. Je réprime une plainte quand son sexe vigoureux force mon anus que sa bouche a si savoureusement attendri. Alerté par ma réaction, il refrène ses ardeurs et me laisse le temps de m'habituer à son envahissante présence. Ce n'est que lorsque je commence à répondre à ses prudentes ondulations qu'il lâche la bride et s'enfonce au plus profond de moi.

Son va-et-vient rapide et rugueux m'emporte au-delà de tout ce que j'ai pu connaître. Je me soumets avec le désir insensé qu'il se montre plus violent encore. Je voudrais souffrir de plaisir si cela se pouvait. Je ne retiens pas mes gémissements, plus rauques au fur et à mesure qu'il devient lui-même plus sauvage. Nos corps se répondent, nos voix s'unissent. L'orgasme ne monte pas lentement, il me cisaille les reins d'un coup. Liam me pénètre une dernière fois avant de s'arrêter. Au plus profond de mes entrailles, je perçois les soubresauts de sa propre jouissance.

Il ne m'accorde pas une seconde pour m'en remettre, il me relève, m'emprisonne entre ses bras et m'embrasse comme lui seul sait le faire. Je me sens grisée, étourdie. Liam quitte mes lèvres pour me contempler avec cet air de tendresse qui me trouble tellement. Il caresse ma joue, souligne l'ovale de mon visage. Je m'attends à ce qu'il sourie, à ce qu'il plaisante comme il le fait d'ordinaire, au lieu de quoi, il conserve un masque sérieux. Je pressens qu'il va dire quelque chose que je redoute déjà d'entendre. Par précaution, je m'empresse de poser mes doigts sur sa bouche, mais il capture ma main et s'en libère.

Son « merci » est ému, sincère ; il me poignarde le cœur. La boule qui entrave ma gorge m'empêche de prononcer un mot, d'ailleurs, aucun ne pourrait justifier ce que je suis en train de faire. Liam ne mérite pas que l'on se joue ainsi de ses sentiments.

Un vent de panique envahit mon esprit quand je me devine prête à renoncer à mon enquête, à lui révéler qui je suis vraiment, puisque c'est ce qu'il souhaite tant. Son regard d'azur me dévore, j'y lis si clairement son désir de m'entendre enfin livrer la clé de tout ce mystère. En plein naufrage, je prends une courte inspiration avant de tenter ce qui ressemble à une explication.

Le bruit d'un moteur puissant m'interrompt juste à temps. Liam me pousse en hâte contre le mur du garage alors que la lumière de phares balaie l'espace. Je retiens mon souffle. L'adrénaline monte à mon cerveau et me redonne suffisamment de la lucidité que j'avais perdue à trop goûter aux talents de mon partenaire.

La voiture est allée stationner plus loin, l'obscurité est revenue, mon calme aussi. Je me rajuste en me libérant de l'étreinte de Liam. Ce petit incident semble beaucoup l'amuser.

— C'était moins une, commente-t-il en me rendant le blouson de cuir dont il m'a si vite délestée.

J'approuve d'un haussement de sourcils qui le fait ricaner.

— Je ne te demande même pas si tu as aimé, j'en ai eu la preuve, ajoute-t-il de son air narquois habituel.

— Si tu me le demandais, je te répondrais en toute franchise.

— C'est inutile, Lisa, je crois que j'ai fort bien compris.

Sa voix a des accents redoutablement séduisants. J'ai peur soudain qu'il ait raison.

— J'ai rempli ma part de contrat, je pense. Si nous montions nous mettre au travail ?

Le rire de Liam retentit, amplifié par l'écho du garage. Il secoue la tête, désapprobateur, mais me tend une main conciliante. L'épisode est clos. C'était moins une, en effet, et bien plus qu'il ne l'imagine.

*
* *

Le sexe de bon matin doit relever du dopage. Cela nous a donné du courage et de l'énergie à tous les deux, à moins que ce ne soit le café que Liam nous a préparé pour nous remettre de nos émotions. En tout cas, les dossiers rouges sont empilés sur la table. M'absorber dans le travail me permet de revenir au but initial de ma mission sans m'égarer dans de trop dangereuses considérations que Jacques ne me pardonnerait pas.

La fin de matinée s'annonce et nous n'avons toujours rien dégoté de très convaincant. Les candidates sont certes très jolies, mais, forte de mon expérience au sein de la Société, je n'en vois aucune qui soit de taille à satisfaire entièrement une clientèle qui s'apparente beaucoup à la nôtre, et pour cause. Entre celles qui se prennent pour des stars du porno et les autres qui se contentent d'écarter les jambes en regardant le plafond ou en poussant des hurlements, je désespère d'en trouver seulement une qui soit acceptable. Je réalise que c'est un vrai coup de main que je donne à la concurrence, et cela me fait sourire malgré moi.

— À quoi penses-tu ? me questionne Liam, qui a surpris ma mine réjouie.

Je me ressaisis en vitesse pour me tourner vers l'écran où Lorenzo enchaîne les positions à une allure de forçat. L'occasion est peut-être la bonne de vérifier enfin mes soupçons, voire de m'ôter d'un doute qui m'obsède au sujet de Liam.

— À lui ! Tu le connais bien ? je me risque à demander.

— Lorenzo ? Non. Il vient, il baise, il repart. Nos relations se limitent à « bonjour, bonsoir, à la prochaine ».

— Ha ? Je pensais que vous étiez en liens plus étroits que ça.

— Ma mère, oui, pas moi.

Je conçois de sa réponse un soulagement dont j'essaie de contenir l'expression afin de poursuivre utilement cet interrogatoire auquel il se livre sans méfiance apparente.

— Elle m'a dit qu'ils étaient associés, en effet. J'ai cru un moment qu'il était son amant.

— Non, ma mère les préfère plus jeunes, s'esclaffe-t-il. S'ils ne sont pas moins animés par le fric que lui, ils sont en tout cas plus malléables à leur âge, et puis surtout, ils se sentent entièrement redevables envers elle.

— Il s'agit donc d'une relation d'argent ?

— Rien de moins.

— Il est célibataire ?

— Il t'intéresse tant que ça ?

Son ton est taquin, son regard joueur, je n'ai rien à craindre de sa question.

— C'est juste de la curiosité un peu malsaine, je l'avoue.

— Elle te sera pardonnée, dans ce cas. Je ne sais pas si on peut véritablement le considérer comme célibataire, il vit pour le moment aux crochets d'une amie de ma mère.

— Une croqueuse d'hommes, elle aussi ?

— D'une manière différente. D'ailleurs, je ne comprends pas très bien leur relation.

— Comment cela ? j'insiste, intriguée.

— Catherine aime le luxe et l'argent. Elle est plutôt du genre à se faire entretenir par un mari plein de tunes qu'à gracieusement héberger, nourrir et chouchouter un mec comme lui.

Le nom que Liam vient de me livrer m'évoque bigrement quelque chose. Si mes souvenirs sont exacts, et je suis convaincue qu'ils le sont, Mme Frécourt se prénomme ainsi. Ma curiosité se déchaîne.

— Peut-être la comble-t-il autrement ? je suggère en admirant les solides attributs du monsieur.

— Je vois, en nature, ricane Liam avant de réfuter d'un signe de tête. Catherine est beaucoup trop imbue d'elle-même et n'a jamais négligé sa respectabilité. Elle doit avoir un motif supplémentaire pour supporter la présence de ce gigolo sous son toit.

— Elle est mariée, tu dis ?

— Du moins, elle l'était.

— Divorce ?

— Ça ne devrait pas tarder, à ce que j'ai pu entendre.

— Pas étonnant !

— Si, très, au contraire. Une femme comme elle qui s'offre des amants sous le nez même de son mari, qui s'en réjouit ouvertement, n'a aucune raison de se priver d'une telle aubaine, explique-t-il devant ma mine dubitative.

— Sauf à vouloir quelque chose que son mari ne lui donne pas ou à être vraiment amoureuse d'un autre.

— De Lorenzo ? s'exclame-t-il, moqueur. Non... je ne crois pas.

— Tu as l'air bien renseigné, je lui fais remarquer.

— Ma mère et elle entretiennent d'excellentes relations d'amitié depuis de nombreuses années. Elles ont été voisines et très intimes jusqu'à ce que Catherine quitte récemment le domicile conjugal. J'ai eu souvent l'occasion d'être au courant de leurs conversations.

Me voilà donc définitivement fixée sur le cas de Liam. J'en sais suffisamment pour orienter mes recherches dans une direction à laquelle je n'avais pas songé immédiatement. Je sens par ailleurs que le moment est venu de mettre un terme à mon interrogatoire trop indiscret.

*
* *

Lorenzo a quitté son appartement. J'en ai la confirmation en fin de journée, auprès du concierge de l'immeuble où je pensais le trouver comme à l'époque de mon enquête préliminaire. Le bellâtre a déménagé depuis quatre mois déjà. Liam disait donc vrai. Dubitative, je consulte les fichiers secrets de la Société. Ceux-ci sont systématiquement et scrupuleusement mis à jour. Que celui de Lorenzo n'indique aucun changement m'apparaît étonnant, surtout après un tel délai.

Par ailleurs, ni l'adresse personnelle ni l'intitulé des comptes bancaires de Catherine Frécourt n'ont été modifiés malgré son départ du domicile conjugal.

Dans la soirée, je me rends chez Alexis pour lui faire part de ma découverte et en avoir le cœur net.

— Catherine n'a pas fait usage de son badge depuis plusieurs mois, m'explique-t-il. Elle n'a communiqué aucun renseignement sur une éventuelle nouvelle adresse. Officiellement, les époux Frécourt font toujours toit et comptes communs. Quant à Liamas, il se montre tout aussi discret depuis des semaines. Je pensais que cela était simplement dû à l'absence de réjouissances chez son généreux parrain.

— As-tu entendu parler d'une liaison entre Catherine Frécourt et Lorenzo ?

— Une véritable liaison ?

— Du plus sérieux qu'une partie de jambes en l'air au sein du salon familial, si tu préfères.

— Pas à ma connaissance. Renaud Frécourt n'a pas fait grand étalage sur leur séparation. Je l'ai moi-même apprise de manière tout à fait fortuite.

— Par Bertrand ?

Un rire accueille ma question, et je comprends immédiatement que j'ai deviné juste.

— Il n'a pas son pareil pour recueillir certaines informations, confirme-t-il à demi-mot.

— Sais-tu qui le lui a dit ?

— Un familier des Frécourt et habitué de leurs soirées mondaines. Visiblement, le manque d'animations de ce genre a fini par susciter l'étonnement, puis la curiosité, et enfin par délier les langues. Bertrand m'en a aussitôt averti, il se doutait que la nouvelle ne nous était pas encore parvenue aux oreilles.

— As-tu interrogé le juge Frécourt à ce sujet ?

— En lui remettant les photos que tu as prises, oui. Il a été véritablement choqué d'avoir été ainsi surpris en pleins ébats, et c'est à ce moment-là qu'il m'a avoué que le départ de sa femme le rendait dépendant d'autres formes de plaisirs. Savais-tu qu'il était complètement masochiste ?

— Cela ne m'étonne pas.

— Catherine exerçait sur lui un pouvoir dont la privation le rend fou aujourd'hui.

— J'imagine très bien la belle Mme Frécourt en dominatrice perverse et cruelle, je plaisante innocemment.

— Mais tu ne crois pas si bien dire, sourit Alexis d'un air d'en connaître beaucoup plus long que ça.

— Balance l'info ! je réclame, amusée.

La mine malicieuse de mon cher camarade promet du croustillant. Il prend ses aises dans le canapé avant d'entamer des confidences dont il savoure d'avance l'effet qu'elles produiront.

— N'as-tu jamais assisté à l'une de leurs orgies ? me demande-t-il au préalable.

— De loin, tu le sais bien.

— Dans ce cas, tu auras pu remarquer que seule Mme Frécourt profitait tout son saoul des forces en présence, et que son mari se contentait d'admirer ses ébats durant toute la soirée.

Je sourcille en fouillant dans ma mémoire. Mon enquête remonte à de nombreuses années, et ma surveillance n'a pas excédé deux de ces petites sauteries sans même que je me rappelle être restée jusqu'à leur terme.

— Peut-être, j'admets sans conviction. Mais encore ?

— Aucune idée de ce qui se passait après que tout ce beau monde eut pris congé de leurs hôtes ?

— Alex, je n'ai pas envie de m'essayer aux devinettes, je rouspète pour la forme.

Il est satisfait de me faire languir. Alexis vieillit, mais il demeure un incorrigible provocateur. L'espace d'une seconde, je fais la comparaison avec Liam, dont le caractère se plaît pareillement à se jouer de ses pauvres victimes. Je me ressaisis très vite pour insister du regard.

— Soit, consent-il. Mais je suis certain que tu pourrais en avoir une vague idée.

— Elle lui donnait un orteil à sucer pour le consoler ? j'ironise en songeant à la prestation d'Odile Vanestre sous l'œil indiscret de mon appareil photo.

— Presque ! Catherine Frécourt est cependant d'un caractère plus autoritaire que cela. Figure-toi que ce très cher juge, excité par les préliminaires festifs auxquels il assistait en spectateur, adorait ensuite s'humilier aux pieds de son épouse, qui le maltraitait avec un sadisme très abouti. Hélas pour lui, il ne retrouve pas l'équivalent ailleurs.

— Je l'ai vu en effet se faire piétiner allègrement.

— D'après ce que j'ai cru comprendre de ses aveux, ce n'est rien comparé aux sévices que sa femme lui infligeait et dont il est douloureusement privé désormais.

Je hausse un sourcil moqueur. Alexis affiche une mine gourmande qui manque de me faire rire.

— Pour un peu, on dirait que tu l'envies, je le taquine.

Il esquisse un sourire entendu, mais son regard sombre redevient vite sérieux.

— Il y a dans ce que tu supposes au sujet de Catherine Frécourt quelque chose qui ne colle pas, reprend-il d'un ton plus posé. Un couple qui va aussi loin dans la dépendance, la soumission et la mise en scène permanente de leurs pulsions sexuelles ne vole pas en éclats de cette façon. Cela implique de la confiance, de l'amour.

La conviction avec laquelle Alexis s'est exprimé me laisse perplexe. Sans être grand devin, je perçois dans cette affirmation quelque chose de très personnel, comme une intime évidence pour lui. Je me garde cependant de lui en faire la remarque. Toujours est-il qu'il rejoint le sentiment de Liam concernant la principale intéressée.

— Sauf à ce que l'un d'eux ait menti sur ses propres aspirations ou se soit lassé, je suggère tranquillement. Les Frécourt sont mariés depuis longtemps et, à ma connaissance, ils ont toujours vécu de cette manière libertine et exhibitionniste. Je comprends finalement qu'ils n'aient jamais souhaité avoir d'enfant.

Je lis une vague inquiétude dans le coup d'œil que m'adresse Alexis tout à coup. Il prend le temps d'une réflexion silencieuse, avant d'acquiescer à ma supposition d'un air résigné auquel il ne m'a pas habituée.

— Tu ne partages pas mon avis ? je l'interroge, soucieuse.

— Si, soupire-t-il. Tu as très probablement raison.

Ne le sentant pas enclin à s'appesantir sur ce sujet, j'opère un rapide détour.

— Bref, cela n'apporte pas d'eau à mon moulin. Je ne sais toujours pas où trouver nos nouveaux tourtereaux.

— Hélas, je n'ai aucune information supplémentaire, Lou. Tu vas devoir faire preuve de ton seul talent.

J'ai noté le retour de l'ironie dans ces derniers mots. Je réprime un petit rire.

— Merci de ta confiance ! je ronchonne, soulagée de le retrouver fidèle à lui-même.

— As-tu une idée de la manière dont tu comptes t'y prendre ?

— J'en ai une, oui.

C'est mon tour de perdre ma bonne humeur à l'évocation de mes projets. Ma voix plus sourde éveille ses soupçons.

— Pas de risques, Lou, me rappelle-t-il gentiment.

— Non... non, tout va bien se passer, mais ça peut exiger un peu plus de temps que je ne l'avais prévu, je m'empresse de le rassurer, alors qu'au fond de moi, j'appréhende déjà la suite des événements.

— Si tu me disais ?

— Je n'ai jamais révélé mes méthodes, sauf à ton père, ce n'est pas aujourd'hui que je vais commencer, je plaisante pour éluder cette interrogation qui m'embarrasse.

Alexis comprend qu'il n'obtiendra rien de plus, il n'insiste pas et me souhaite bonne chance avant de me raccompagner sur le perron. Je n'ai pas songé à lui demander des nouvelles de Mickaëlla, que je n'ai pas revue depuis la réunion chez Paul Peyriac. Je sais qu'il se montre toujours avare de confidences au sujet de sa femme, même pour de simples questions de courtoisie. Elle est son jardin secret, il la protège plus jalousement que tout le reste. Je n'aurais jamais cru Alex capable d'aimer de cette façon avant de les avoir admirés au jour de leurs noces. Depuis, le garçon sauvage, presque agressif qu'il était, s'est mué en un homme serein et sûr de lui. Aussi, sa brève hésitation tout à l'heure continue-t-elle de m'intriguer. Sa manière de m'observer tandis que je m'apprête à reprendre ma moto m'indique qu'il n'est pas dupe de mon interrogation, mais qu'il m'interdit d'y revenir. Je me contente donc de hocher la tête, puis je démarre mon engin. Alexis reste au sommet de l'escalier jusqu'à ce que je passe la grille de sa propriété.

Quelque chose cloche, mais quoi ?

*

* *

Le temps a filé aussi vite que je le craignais. Quand la radio me réveille en annonçant qu'on est vendredi, je pousse un soupir avant de l'éteindre d'un geste rageur. J'ai mal dormi. L'image d'Alexis inquiet s'est mêlée à celle de Liam, boudeur, à qui j'ai encore refusé d'accorder ma soirée, la veille, pour pister Lorenzo. Je me lève de mauvaise humeur. Je n'ai pas la solution complète de l'énigme, et c'est surtout le dernier jour que je vais passer en compagnie de Liam.

Lundi prochain, il retournera à ses occupations musicales, et moi, je serai censée reprendre mes fonctions de secrétaire particulière auprès de sa mère.

Combien de temps devrais-je tenir ?

Liam et moi devons remettre les conclusions de nos recherches d'ici à quelques heures. Après cela, le réseau d'*ALA* sera de nouveau opérationnel et les « artistes » d'Anne recommenceront leurs offensives en direction des membres de la Société. Je doute que mes patrons supportent cela encore très longtemps.

Pendant le trajet jusqu'au bureau, j'échafaude différents scénarios. Hélas, je peine à me concentrer. Mes pensées sont plus enclines à se porter sur Liam lui-même que sur les manœuvres dont je voudrais le rendre victime pour obtenir le dossier de Lorenzo. Ma faiblesse m'agace, et c'est un véhicule trop lent à réagir au feu devenu vert qui en fait les frais. Je retrouve aisément un vocabulaire que les nombreuses leçons de Jacques se sont pourtant employées à corriger. Ce dernier me gronderait de me voir m'emporter ainsi. La maîtrise des nerfs est l'une des choses essentielles qu'il m'a enseignées et que j'ai toujours su appliquer sans forcer mon caractère.

Pourquoi ai-je autant de mal à me reconnaître ces temps-ci ?

Pourquoi la seule évocation de Liam m'amène-t-elle à me sentir aussi malheureuse que coupable ?

Je n'ai jamais eu à me frotter si intimement aux hommes sur lesquels j'ai enquêté. Pour une première du genre, le constat est navrant. Certes, ce garçon récolte à lui seul tous les lauriers au palmarès de mes amants, mais je réalise que je me laisse surtout aller à des sentiments qui me sont interdits. Je suis confrontée au plus grand défi de mon existence : lutter contre moi.

Avant de descendre de voiture, un rapide coup d'œil dans le rétroviseur me permet de vérifier que rien des doutes qui m'assaillent ne subsiste sur mon visage. Lisa Morice est fidèle à elle-même, froide et tranquille. Quant à Lou, après l'épisode d'hier, elle s'est vite retranchée derrière cette façade impeccablement maquillée pour ne pas s'exposer davantage. Si l'enquête se prolonge, je vais finir par souffrir d'un dédoublement de personnalité.

Je suis surprise de trouver la porte de l'agence déjà ouverte. Une bonne odeur de café frais flotte dans l'air. Je m'arrête sur le seuil du studio. Sur l'écran de télé que Liam regarde avec beaucoup d'attention, je nous vois, le premier jour. Un coup de chaud m'envahit tandis que je me contemple en train de le chevaucher avec ardeur. J'ignorais qu'il avait conservé cet enregistrement.

— Je ne suis pas candidate pour ce casting, je déclare avec un brin d'humour un peu forcé.

— Tu es pourtant de loin la plus douée, me réplique-t-il en haussant un sourcil évocateur.

— Ça ressemble à un compliment.

Il réprime un éclat de rire en secouant la tête, puis il se lève pour venir à ma rencontre. Il stoppe ses pas à quelques centimètres de moi, m'observe en silence comme s'il regrettait de me voir redevenue telle que je l'étais avant-hier. Il ne m'embrasse pas, ne me touche pas, alors que moi, j'en crève d'envie, même si le moindre de ses gestes me conduit à des folies.

— Sais-tu ce qui me ferait plaisir ? me demande-t-il tout à coup.

— Dis-moi !

— De réaliser une autre vidéo de toi.

— Tu n'es pas sérieux ?

— Si, très !

Avant que je proteste, il s'empare de ma main et m'entraîne vers la chambre voisine. Il m'abandonne au milieu de la pièce pour attraper la caméra posée sur un trépied et commencer quelques réglages en visant ma petite personne, raide, bêtement statufiée devant lui.

— Liam, nous avons encore plusieurs dossiers à consulter et nous devons rendre le tout à ta mère d'ici à ce soir. Et puis si Anne arrive...

— Aucun risque ! m'interrompt-il vivement. Elle est partie pour Lyon hier en me recommandant simplement de finir le travail. Elle ne sera pas de retour avant dimanche.

Il me jette un coup d'œil complice par-dessus la caméra. Mon étonnement le ravit.

— Personne ne viendra nous déranger. Je t'en prie, Lisa, déshabille-toi !

— C'est un effeuillage dans les règles de l'art que tu veux ? je ricane malgré moi.

— Ma foi, je n'ai rien contre.

Les accents joyeux de sa voix me détendent. J'aime quand il est coquin de cette manière. Il est lui, tout à fait lui, oubliant à son tour de jouer le rôle de l'artiste populaire à qui tout est dû. Liam Lenoir se livre à moi sans méfiance, sans retenue, et moi...

— Qu'est-ce qu'il y a ? s'inquiète-t-il en me voyant subitement songeuse.

— Rien, je rétorque en me ressaisissant très vite. Tu es prêt ?

— Je n'attends que ça depuis tout à l'heure.

Je prends une courte inspiration, puis lentement, je défais les boutons de mon chemisier. Pour avoir assisté à quelques représentations de ce genre, j'ai une vague idée de la façon de procéder. Je joue donc l'effeuilleuse, usant d'une certaine provocation à lui tourner le dos pour soustraire à sa vue ce qu'il convoite déjà.

À chaque élément que j'enlève, les prunelles de Liam deviennent plus dures. Il ne souffle pas un mot cependant. Il se contente de filmer à distance, se servant de son seul zoom pour m'approcher. Si j'esquisse un pas vers lui, il recule aussitôt prudemment, se mettant hors d'atteinte. Je réalise que cette vidéo est plus qu'un jeu érotique auquel il me soumet, il y tient pour une raison que j'ignore.

Il ne reste bientôt plus que mon string à offrir en pâture à son objectif insistant. Je m'arrange pour faire durer le suspense, mais Liam a de la suite dans les idées.

— Assieds-toi sur le lit ! m'ordonne-t-il avant même que j'aie fini de me mettre à nu.

Obéissante, je m'exécute sans rechigner. Il me fait face, toujours aussi concentré sur son film.

— Écarte les jambes !

Son timbre se fait plus rauque sur ces derniers mots. Je ne peux m'empêcher d'en sourire.

— S'il te plaît, ajoute-t-il plus légèrement en réfutant ma taquinerie d'un signe de tête désapprobateur, mais qui ne cache pas son amusement.

Dans une posture éminemment étudiée pour lui plaire, mes jambes s'ouvrent, ma main souligne le galbe de mes seins, descend sur mon ventre jusque sur la dentelle de ma lingerie. Aguicheuse, je m'offre sans pudeur à son regard. Moi qui ai tant critiqué ces filles qui se prenaient pour des actrices pornos, j'en viens à les imiter pour le seul plaisir de cet homme. Si c'est une leçon qu'il souhaite me donner, c'est réussi, mais je doute que ce soit son but. Il profite simplement de l'instant.

— J'en veux davantage, Lisa, me dit-il en approchant un peu.

Qu'à cela ne tienne, j'ôte le plus dignement possible le dernier rempart de ma vertu. Je n'en éprouve cependant pas de honte puisque c'est pour lui. Je m'allonge ensuite sur le lit comme il le réclame. L'œil de la caméra glisse sur moi comme une caresse. Le silence est chargé d'électricité. Je le sens plus fébrile encore que moi.

Repoussant mes propres limites, je lui livre un spectacle inédit pour ce qui me concerne. Jamais je n'aurais pensé me masturber un jour devant quelqu'un, et pourtant, lui m'y conduit irrésistiblement, sans me contraindre. Mes doigts prennent de l'assurance au fil des secondes qui s'écoulent. Ils vont et viennent d'abord sur mon sexe glabre, puis s'immiscent délicatement dans sa fente pour en ressortir humides du désir incroyable que suscite ce garçon.

— Encore, souffle-t-il d'une voix tendue, sans quitter l'écran des yeux.

Que puis-je faire d'autre, à présent qu'il a pris le contrôle de mes sens ?

Je sombre dans un plaisir indécent. La caméra qui me filme n'est bientôt plus qu'un vague souvenir. Seul Liam compte, seule sa volonté m'importe et celle-ci me commande de jouir. Mon dos se creuse sous la caresse que je m'inflige. Mon souffle devient plus court, mes gestes plus nerveux. Je succombe au délicieux tourment de mes doigts fouillant sans complexes mon intimité ouvertement exposée.

Au premier de mes gémissements, Liam m'encourage à poursuivre, désireux visiblement d'associer le son à l'image. Je cède volontiers à ses exhortations. Ma respiration profonde accompagne désormais la lente montée de la jouissance. Celle-ci s'empare d'abord de mes reins, m'obligeant à me cambrer sur le lit, puis déferle sans pitié dans le bas de mon ventre qui se tord. J'arrête aussitôt ma caresse, ne supportant plus mon propre contact.

La main de Liam se pose sur ma joue. J'ouvre les yeux, étonnée de le sentir près de moi. Son corps nu et chaud se coule sur le mien et en prend possession avec une tendresse inouïe. Son sexe dur s'enfonce inexorablement dans ma chatte encore palpitante et tellement mouillée que c'en est meilleur. Je pousse un long soupir. Mes mains se plaquent sur ses fesses pour l'empêcher de bouger. Je profite de sa force, de sa présence au fond de mon ventre. Je me sens entière. C'est une sensation étrange et enivrante, le sentiment que Liam me complète idéalement, que son corps est fait pour être uni au mien.

Il reste immobile, fière statue sublime. Il m'accorde ce sursis avant la tempête que je pressens. Le feu qui couvait sous la cendre du premier orgasme reprend de plus belle, et c'est moi qui souffle sur les braises. J'ondule sur son membre qui me remplit si divinement. Il me laisse aller et venir au gré de mon excitation grandissante. Ses beaux yeux d'azur me contemplent avec un éclat surprenant, comme s'il n'osait croire à ce qui se passe.

Je finis par atteindre la limite. Son attitude hiératique propulse mon désir à son paroxysme. Je donne un ultime coup de reins qui me soude à lui en suppliant qu'il me prenne enfin.

Il se retire de moi avec une lenteur sadique qui me fait gémir. Sans lui, je me sens vide, tout à coup. Je réprime un frisson. Il attend, le sourire aux lèvres, satisfait de me voir éperdue.

— Tu veux quoi ? je l'interroge, haletante. Que je t'implore ?

— J'adore quand tu t'énerves de cette façon, répond-il, apparemment très sérieux.

Je réalise que c'est bien là tout ce qu'il désire, faire tomber le masque, que mon caractère jaillisse malgré la cuirasse derrière laquelle je me protège. Emportée par la colère que je ressens subitement, je cherche à me libérer de son corps pesant sur le mien. Mais cette fois, Liam s'y attendait. Avant même que j'esquisse un mouvement, ses mains s'emparent de mes poignets pour les maintenir au-dessus de ma tête. Sa prise est suffisamment efficace pour me priver de tout moyen de lui échapper.

— Tu y tiens tant que ça, à ce job à New York ? me demande-t-il contre toute attente.

Sa question me désarme et je cesse tout net de résister. Il me faut quelques secondes pour y trouver une juste réponse.

— On ne refuse pas une pareille opportunité, je marmonne finalement.

— Rien ne pourrait te faire changer d'avis ?

Son beau visage est grave, ses sourcils froncés. Ses mains sur mes poignets ne relâchent pas leur pression. Je me sens subitement inquiète, et contre ça, j'emploie l'arme qui m'a toujours aidée : la dérision.

— Tu comptes me convaincre de cette façon ?

— Je n'ai pas envie de te voir partir. Je voudrais que tu restes à Paris, à l'agence, dans mes bras, avoue-t-il en m'hypnotisant de ses prunelles attentives.

— Et où caseras-tu tes autres conquêtes ? je lui rétorque en feignant un humour qui cache à peine l'émoi que me causent ses paroles trop séduisantes.

— Que m'importent les autres femmes quand je n'en désire plus qu'une seule ?

— Qu'est-ce que tu veux dire exactement ?

— Tu m'as très bien compris.

— Tu voudrais vraiment que je renonce à un projet professionnel pour que tu puisses profiter à loisir de mes fesses ? je m'insurge pour de faux.

— Ne t'emploie pas à déformer mes propos, Lisa !

Des accents d'agacement teintent sa voix plus grave, mais je ne me laisse pas intimider.

— C'est pourtant ce que j'ai entendu.

— Alors, je vais être plus clair, ouvre bien tes oreilles ! Je t'aime, espèce de tête de mule, et je veux que tu restes ici, avec moi.

Je me fige d'un coup. Les mots de Liam résonnent à mes tympans, éclatent dans mon crâne, me font atrocement mal. Son regard sonde le mien qui se noie. Ma gorge est trop nouée pour laisser échapper un son, mais Liam ne semble pas attendre de réponse immédiate. Ses mains libèrent mes poignets, descendent, caressantes, à mon visage. Je suis anéantie, sans plus aucune force pour me débattre et m'enfuir de ce piège qui se referme sur moi.

La bouche de Liam vient apprivoiser la mienne, qui reste muette. Son baiser envoûtant me grise, anesthésie la douleur. Son corps se fait plus lourd sur le mien. Son sexe, qui n'a rien perdu de sa vigueur, se glisse en moi avec une redoutable douceur. Je perds définitivement pied, j'oublie tout, mon passé, mon enquête, jusqu'à mon propre nom. Je ne me souviens que d'une chose.

« Je t'aime. »

Ces trois petits mots me bouleversent, je les emporte avec moi dans le prodigieux vertige que je ressens. Vaincue, je ferme les yeux. Une larme m'échappe et roule sur ma joue.

— Reste, répète la voix chaude de Liam à mon oreille.

C'est une autre blessure dans mon cœur. L'amertume et la tristesse me donnent alors le courage de réagir. Je m'accroche à ses hanches pour m'offrir plus facilement à lui. Fouetté par mon comportement, Liam retrouve toute l'audace dont il est coutumier. Ses coups de reins deviennent brutaux, ils m'expédient aux confins d'un plaisir qui me prive de conscience. Là, je n'ai plus mal, au contraire, je jouis. Mon compagnon savoure ce moment avec une gourmandise remarquable qui le rend plus fougueux encore à me posséder.

Je sais ce qu'il voudra obtenir également. Depuis le premier jour, Liam a toujours convoité et conquis sans vergogne le plus intime de mes orifices. Il prend à me sodomiser un plaisir sauvage, et pratiquement tous nos ébats se sont terminés de cette même façon, violente et spectaculaire. Là, je le précède. J'ai envie de m'étourdir, envie de ça pour oublier le reste. Il me dévisage un bref instant quand je me soustrais à lui pour orienter d'une main déterminée son membre dur vers une voie plus étroite. Pour l'heure, ni ses doigts, ni sa langue, ni le gel ne viendront à mon aide, je le sais. Sans doute est-ce cela qui le fait hésiter aussi.

— Lisa, je…

Je ne le laisse pas finir sa phrase dont je devine la teneur. D'un mouvement auquel il ne s'attendait pas, je m'empale résolument sur lui. Mes jambes nouées autour de sa taille empêchent son geste de recul. Ses yeux clairs me foudroient, mais il ne dit rien.

— Viens ! j'ordonne d'une voix un peu éraillée par la douleur.

Ses traits se ferment, ses mâchoires se serrent, mais il consent à faire ce que je lui demande. Malgré sa douceur, sa progression déchire mes entrailles. Un voile de sueur couvre mon front, mes doigts se crispent sur ses bras solides. Je n'émets toutefois pas une plainte. Il s'immobilise enfin au plus profond de moi et sollicite mon regard, comme s'il cherchait à se rassurer. Il se retire très lentement tout en guettant la moindre lueur dans mes yeux, qu'il ne libère pas de son emprise. J'arrête de respirer jusqu'à ce qu'il revienne prendre sa place au fond de mon ventre.

La douleur s'estompe, mon corps se détend. Liam entame un va-et-vient prudent qui me conquiert entièrement. Un éclat de joie passe dans l'azur braqué sur moi. J'ai alors envie de me donner à lui de la manière qu'il préfère. Il ne tente pas un geste pour me retenir lorsque je m'éloigne de lui. Il sait. Un sourire furtif étire ses lèvres quand je me tourne pour lui tendre ma croupe provocante.

Libéré du doute, il prend nettement moins de précautions à s'enfoncer entre mes fesses, qu'il écarte pour mieux profiter du spectacle. Je le soupçonne d'y trouver une dose supplémentaire de volupté tout comme il se plaisait à revoir l'enregistrement, ce matin. Je me demande si la caméra posée près du lit continue de filmer ou non. Toute à ma distrayante masturbation, tout à l'heure, je n'ai pas accordé d'attention à ce détail.

Mon esprit n'a toutefois pas l'occasion de creuser la question, il s'égare dans des visions autrement plus troublantes. Le sexe qui plonge en moi avec vigueur me soumet à rude épreuve. Solidement ancré à mes hanches, Liam s'enfonce durement jusqu'à me faire plier. Mes épaules s'abattent sur le lit, me livrant ainsi davantage à ses ruades passionnées.

Cette situation affolante ne semble néanmoins pas lui suffire, il se penche sur moi pour aller récupérer ma main. D'un geste résolu, il la guide à mon entrejambe et l'oblige à rendre un nouvel hommage à mon clitoris gonflé et sensible. Il ne la quitte que lorsqu'il est convaincu que j'obéis et que je me caresse comme il le souhaite. Les gémissements que je ne tarde pas à laisser échapper reçoivent un encouragement.

— Encore, Lisa, je veux te sentir jouir sur ma queue, me susurre-t-il d'une voix suave qui enflamme mon sang.

Il me conduit aux frontières de ma personnalité, me fait descendre aux enfers, et le pire, c'est que j'y vais sans lutter, le sourire aux lèvres, avec l'envie d'y rester à tout jamais. À cet instant, plus rien n'a d'importance que le plaisir auquel j'attends avidement de succomber.

Ce sont mes doigts qui donnent le coup de grâce. L'orgasme me saisit, violent, presque douloureux. J'étouffe un cri dans l'oreiller que j'ai empoigné de toutes mes forces. La jouissance parcourt mon corps à une vitesse hallucinante pour gagner mes reins. Prisonnier volontaire des secousses qui m'agitent, Liam savoure en vainqueur. Il ne tient pas longtemps avant d'émettre lui-même un grondement rauque. Il se retire rapidement et, comme la première fois, mes fesses recueillent le fruit nacré de ses efforts.

Je l'entends pousser un profond soupir, puis il se laisse couler contre moi. Ses bras m'attirent à lui, m'enferment dans leur chaleur, contre son cœur qui bat fort. J'ai la tête vide, le corps brisé. Je ne souhaite rien d'autre que de rester ainsi.

Surtout ne pas réfléchir, ne pas penser à plus tard !

Je ferme les yeux, je m'abandonne.

*

* *

Un petit frisson me réveille. Liam a déserté le lit. Sa place est tiède, je suppose qu'il n'est pas levé depuis très longtemps. Il a eu la délicate attention de me couvrir du drap, mais cela n'a pas été suffisant à me tenir chaud durablement. Un peu groggy, je m'extirpe de là et, enroulée dans la mince couverture, je gagne le studio d'enregistrement d'où me parviennent des voix.

Liam est penché sur le moniteur, il n'a revêtu que son boxer afin de se livrer plus vite à sa nouvelle occupation. Sur la vidéo, je constate en grimaçant que la caméra a fonctionné jusqu'au bout. Un éclat de rire me fait sursauter. Ma mine ahurie devant ce spectacle troublant l'amuse visiblement beaucoup.

— Je me demande ce qui te plaît autant, je ronchonne en le rejoignant.

Il enlace ma taille et me fait asseoir sur son genou. Son souffle chaud chatouille mon épaule nue.

— Tu es la première à m'accorder ça, avec autant de bonheur à le subir que j'en ai à te prendre. J'ignore pourquoi j'aime tellement ça, mais ce que je sais, c'est qu'avec toi, c'est pire que tout.

— Pire ?

— Depuis le jour où je t'ai vue, à l'agence là-haut, tu ne cesses de m'exciter prodigieusement. À la minute où tu as levé les yeux, j'ai eu envie de toi. Je ne t'ai pas menti, ça ne m'est jamais arrivé à ce point. Si je m'écoutais, Lisa, je te baiserais tout le temps comme ça, avoue-t-il en désignant l'écran.

— Je n'ai pourtant rien fait pour t'y encourager, je me défends piteusement.

— Tu as tout fait pour, au contraire, m'objecte-t-il avec beaucoup de perspicacité. Tu t'es pliée à tous mes désirs avec la même folie. En quelques jours, tu as satisfait à toi seule des fantasmes qu'aucune autre n'a provoqués en moi aussi intensément. J'ai le sentiment que je pourrais tout exiger de toi, tu le ferais.

Une petite décharge électrique parcourt ma colonne vertébrale.

— New York n'a pas besoin de toi, moi, si ! ajoute-t-il comme je le redoutais.

— Tu ne te demandes jamais ce que j'en pense ?

Ma question a jailli. Je la regrette aussitôt, mais c'est trop tard. Je n'ose pas me tourner, de crainte d'affronter ses yeux trop clairvoyants. Je m'efforce de respirer normalement. Les bras de Liam se resserrent autour de moi comme s'il prévoyait ma fuite.

— À qui dois-je m'adresser pour avoir la réponse que je souhaite ?

Son insinuation m'atteint de plein fouet. Comme il l'avait envisagé, ma réaction est canalisée par son étreinte.

— Je ne vois pas ce que tu veux dire, je me défends avec acharnement.

— Si je pose cette question à la parfaite secrétaire de ma mère, je suis bien certain qu'elle m'opposera un refus poli et argumenté, quitte à me mentir, quitte à mentir aussi à celle que je vois sur ces images.

Une véritable chair de poule couvre ma peau. Alors Liam me retourne de force face à lui. Son regard capture le mien avec une farouche volonté d'en découdre.

— Si je te le demande maintenant, Lisa, oseras-tu prétendre que tu n'éprouves rien pour moi ?

Tout mon être se raidit. Dans mon esprit, le cœur et la raison se livrent une lutte acharnée.

En quelques secondes, je dois analyser les conséquences des réponses que je pourrais lui faire, même si, au fond de moi, il n'y en a qu'une qui vaille. Liam se trompe néanmoins sur un point : qu'il s'agisse de Lisa Morice ou Lou-Anne Mesnil, mes sentiments sont les mêmes. Poussée dans mes retranchements, je dois le reconnaître, j'aime cet homme au-delà du raisonnable. Là où il voit juste, c'est que je ne peux pas me le permettre. L'état de mon enquête me contraint à jouer ce jeu cruel jusqu'au bout.

— Oseras-tu le prétendre ? répète-t-il en s'impatientant devant mes tergiversations.

— Non !

Ma réponse a fusé, sincère, tandis que je soutiens son regard ardent. Liam fond alors sur ma bouche. Sa langue s'empare de la mienne, ses mains me défont du drap pudique que j'ai enroulé autour de moi. À cette seconde-là, j'ai pleinement conscience du danger. Oui, Liam pourrait me demander n'importe quoi, je le ferais. N'importe quoi, sauf trahir Jacques Duivel.

*

* *

Liam a délaissé la caméra, il a rangé soigneusement la carte mémoire portant la vidéo de ma prestation dans un petit tiroir sous le bureau. Après avoir reconstitué nos forces sérieusement entamées par une matinée riche en émotions et jouissance, nous avons enfin ouvert les dossiers restants. Anne sera rassurée, ils contenaient une perle dont les compétences au lit valent bien le CV impressionnant dont elle se targue. À en juger par l'attitude de Lorenzo lui-même, la demoiselle se taillera très vite une solide réputation au sein de la clientèle exigeante de Mme Lenoir.

L'espace d'un instant, je me mets à la place de Catherine Frécourt et je me demande comment elle supporte de voir son amant baiser ainsi ces jolies filles, surtout quand l'une d'elles aiguise à ce point son appétit. La jalousie ne fait pas partie de mes défauts, et pour cause, je n'ai jamais eu le motif d'en éprouver, mais la curiosité me chatouille bizarrement. La sonnerie du portable de Liam interrompt ma réflexion. Il s'éloigne pour répondre en toute intimité, mais revient très vite, un sourire aux lèvres.

— As-tu quelque chose de prévu demain soir ? me demande-t-il sans attendre.

— Non, rien, pourquoi ?

— J'aimerais que tu m'accompagnes quelque part.

— Puis-je savoir où ?

— Dans une boîte où j'ai mes petites habitudes.

— Une boîte ? je relève, comme si j'ignorais tout de ses occupations.

— Je te rappelle, au cas où tu l'aurais oublié, que je suis DJ et qu'il m'arrive de bosser autrement que pour ma charmante maman.

— Oui, je sais.

— Alors ?

— N'as-tu donc pas peur de t'encombrer de moi ?

— Arrête de dire des conneries, Lisa ! Si je te le demande, c'est parce que j'en ai très envie, répond-il en m'attirant contre lui. Je voudrais que tu m'accordes le droit de profiter de toi une nuit tout entière. Nous ne serons pas dérangés, ma mère s'éclate à Lyon.

— Tu veux dire, chez toi ? je hoquette, stupéfaite.

— Bien sûr, chez moi.

Mon sang ne fait qu'un tour. Sans le savoir, Liam m'oppose le seul argument contre lequel je ne peux lutter. Irrésolue jusque-là, comment pourrais-je renoncer à une pareille opportunité d'aller fouiller la maison des Lenoir ?

— Ta mère est-elle au courant de tes projets ? je m'assure avec prudence.

— Je viens effectivement de l'en informer.

Je le repousse pour juger de son sérieux.

— Quoi ? s'esclaffe-t-il. En quoi ça t'étonne ? Ma mère n'est pas née de la dernière pluie. Si tu espères qu'elle ne se doutait de rien, tu te goures gravement. Faut-il que je te supplie pour que tu acceptes ?

Ses lèvres se font ses meilleures avocates en taquinant les miennes, mais je n'avais pas l'intention de résister. Mon accord enthousiaste me vaut un baiser renversant qui n'étouffe cependant pas mes scrupules.

— Je viendrai te chercher chez toi.

Cette petite précision murmurée tendrement me refroidit aussi vite.

— J'ai ton adresse, elle est indiquée sur ton CV, explique-t-il en se méprenant sur ma consternation.

Ma mémoire m'alerte sur le fait que l'adresse que j'ai mentionnée sur ce dossier est celle de mon ancien appartement. Ne voulant pas profiter indéfiniment des largesses de Jacques, je me suis empressée, quand mes moyens financiers me l'ont permis, de lui restituer le studio qu'il avait mis à ma disposition. J'ai emménagé à quelques rues seulement de là, dans un logement plus grand et surtout à moi, même s'il en possède une clé, au cas où.

— Ce n'est pas la peine, je préfère te rejoindre, je bats aussitôt en retraite.

Les sourcils de Liam se froncent, et une lueur soucieuse traverse l'azur de son regard.

— Je me demande ce qu'il y a bien pu avoir dans ton existence pour que tu te méfies autant des autres. Je te fais peur à ce point-là ?

— Il ne s'agit pas de ça.

— Alors quoi ?

— Si tu tiens vraiment à ce que je passe la nuit chez toi, j'aime autant prendre certaines petites précautions, j'improvise en direct.

— Des précautions ?

— Disons, pour être tout à fait claire, que ma... coquetterie... supporterait mal que je sois dépourvue de mes affaires de toilette.

— Tu peux tout aussi bien les emmener dans ma voiture. Tu déconnes là ? ricane-t-il.

— Non, pas du tout, j'aime mieux faire comme ça, je proteste en luttant toutefois contre une légère hilarité.

Mon amusement désamorce la situation explosive, et Liam, heureusement enclin à la bonne humeur, prend le parti d'en rire.

— Très bien, comme tu voudras. Je patienterai chez moi puisque tu me prives d'une visite de l'endroit où tu te caches par pure coquetterie féminine, se moque-t-il de moi. Mais tu ne perds rien pour attendre, j'aurai ma revanche.

— Chacun son tour, la galanterie m'offre la préséance, je le taquine. À quelle heure souhaites-tu me voir apparaître ?

— Suis-je autorisé à t'emmener dîner, Cendrillon ?

— Je passe de Bruce Lee à Cendrillon... mais je ne sais pas si c'est plus flatteur, j'ironise.

— Tu ne peux t'en prendre qu'à toi-même ! Quand je saurai enfin à qui j'ai affaire, j'opterai sans doute pour un qualificatif plus adapté.

Je me contente de sourire, Liam marque indéniablement un point.

— Tu remarqueras que je n'exige pas ton numéro de portable, insinue-t-il finement.

— Il est aussi noté sur mon CV, je lui rétorque sur le même ton joueur.

Son haussement de sourcil est suffisamment évocateur pour que je comprenne qu'il l'a également relevé. Sur ce point, je n'ai aucune crainte, le numéro que j'ai communiqué est celui d'un téléphone dédié à mes activités occultes.

— Dois-je m'attendre à être convoquée par SMS au bal de Votre Majesté ?

— Je t'attends à 20 heures, conclut-il avant de m'embrasser aussitôt pour me réduire définitivement au silence.

*

* *

Je passe une nuit très agitée. Les séduisantes paroles de Liam se sont infiltrées dans mon cerveau et en font désormais le siège. Si ses belles déclarations ne m'ôtent pas tout à fait la lucidité nécessaire à mon enquête, elles pèsent si lourd dans la balance de ma conscience.

Pourquoi fallait-il que ce garçon sublime devienne ma cible ?

Pourquoi fallait-il que j'en tombe aussi désespérément amoureuse ?

Trois petits mots me torturent.

Incapable de dormir, j'allume et je me redresse dans mon lit en désordre. Sur la table de chevet, je jette un œil noir sur le sachet posé en évidence. Il ne m'a pas été difficile de l'obtenir. Moyennant une jolie petite liasse de billets, on peut tout s'offrir dans certains quartiers de Paris, les produits et les conseils qui vont avec, même lorsque c'est une femme qui les sollicite.

Je pousse un soupir, je cache mon visage dans mes mains. Je me sens tellement mal qu'une nausée me lève le cœur. D'un bond, je gagne la salle de bains. L'eau froide me fait du bien, du moins physiquement.

— Pauvre idiote ! je lance à mon reflet pâle dans le miroir au-dessus du lavabo.

Celui-ci ne me renvoie rien d'autre qu'une image bien triste. J'aime autant ne plus me voir. Je rejoins mon lit pour les quelques heures qui me restent à dormir. Rien ne presse au fond, et surtout pas ce que je m'apprête à faire.

*

* *

Le portail de la propriété des Lenoir est ouvert quand je m'y présente en moto sur le coup des 20 heures. J'avance au pas, prudemment. Le bruit du moteur puissant de ma Ninja a dû alerter Liam, la porte s'ouvre presque aussitôt et il fait son apparition sur le perron. Sans doute s'attendait-il à ce que je vienne en voiture, affublée d'une tenue de soirée sexy en diable. J'en ai une, mais elle est, pour le moment, rangée dans le fond du sac à dos que je porte. Je coupe le contact et je retire mon casque sous l'œil amusé de mon hôte qui patiente à distance. Une fois descendue de mon engin, j'ouvre les bras en signe d'excuse.

— Marraine la fée a oublié la formule, je suis désolée pour la robe.

— Ça ne fait rien, cet emballage-là me convient fort bien, tu le sais.

— Je crois m'en souvenir.

Il esquisse son petit sourire narquois que j'adore à présent et attend que je monte les quelques marches qui me séparent de lui. Sa main se lève vers moi et détache la pince qui retient encore mes cheveux. Elle m'attire ensuite à ses lèvres. Je perçois comme un soupir d'aise de sa part à ce doux contact. Il ne s'y attarde cependant pas et me débarrasse de mon bagage.

— As-tu pensé à tout ce que ta coquetterie nécessite ?

— Dans le cas contraire, tu auras une surprise demain matin, je plaisante en réprimant toutefois une vague d'amertume à l'idée du lendemain.

— Viens, je te fais les honneurs du palais !

Son bras enlace ma taille et m'entraîne à l'intérieur de cette maison où je tenais tellement à entrer d'une manière ou d'une autre. Celle-ci m'offre l'avantage indéniable d'y être invitée au lieu de prendre un risque trop élevé pour moi, mais elle me coûte énormément. Je chasse ces idées moroses pour m'intéresser attentivement à la géographie de l'endroit.

La bâtisse est vaste et comporte trois étages. J'apprends très vite que le dernier sert occasionnellement, pour les amis de passage. Le vestibule du rez-de-chaussée dessert un petit salon sur la gauche et une grande salle de séjour sur la droite. Plus loin se trouve la cuisine ainsi qu'une buanderie juste derrière. Liam ne s'attarde pas aux communs et me guide dans l'escalier. Il ne fait que désigner l'aile gauche en l'attribuant à sa mère et me tire par la main vers l'autre côté dont il a la jouissance pleine et entière.

— Ta mère et toi ne vous dérangez jamais de cette façon ? je me risque à remarquer immédiatement afin d'obtenir le renseignement que je souhaite.

— Il arrive qu'elle me reproche d'être un peu bruyant malgré tout, admet-il en souriant.

— Elle travaille ici également ?

— La vie de ma mère n'est consacrée qu'à son travail. Elle n'a que ça en tête, elle ne débranche jamais. Je l'ai toujours connue comme ça.

— Même la nuit ? Elle a pourtant quelques loisirs, j'insinue en songeant à son précieux calendrier.

— Si tu considères qu'elle évalue le talent de ces types pour éventuellement leur donner une chance, ça fait aussi partie de son travail, objecte-t-il. Quoi qu'il en soit, aucun d'eux, si doué soit-il ne fait le poids quand il s'agit de boulot. Elle n'hésite pas à les virer en pleine nuit pour courir au chevet d'une de ses vedettes.

— Où travaille-t-elle quand elle n'est pas à l'agence ? j'ose carrément en constatant que cette information ne me viendra pas toute seule.

— Elle s'est aménagé un bureau tout au bout du couloir, le plus loin de moi possible, répond-il en désignant vaguement l'aile gauche. Je te fais visiter le reste.

J'acquiesce sans insister, j'en sais déjà assez et je le suis dans son royaume. Liam dispose ici d'un petit studio d'enregistrement privatif. Il contient un tas d'instruments soigneusement rangés. Mon compagnon accueille mon émerveillement avec satisfaction et curiosité.

Il me demande si je pratique la musique et je dois confesser l'une des rares lacunes dans mon cursus exemplaire. Non pas que je sois hermétique à cet art noble, mais je n'ai jamais eu la patience de m'intéresser aux œuvres classiques, au grand désespoir de Jacques, qui a pourtant tout fait pour que Mozart et Beethoven fassent partie de ma culture générale. À titre personnel, je leur préfère largement quelques groupes de rock beaucoup moins consensuels. Je me souviens de sa mine désolée lorsqu'il a découvert que j'avais également contaminé Alexis, qui prenait tout autant de plaisir que moi à entendre la voix exceptionnelle de Freddy Mercury et la guitare magique de Brian May, sans oublier un Bono auquel je voue un véritable culte. Quant à mes propres compétences, elles sont un supplice pour les oreilles qui s'aventureraient à m'écouter. Je chante faux et je ne sais jouer de rien. La seule chose dont je puisse me vanter, c'est de siffler. Liam éclate d'un rire sonore quand je fais aveu de mon ignorance et de mes défauts.

— C'est la première fois que tu concèdes une faille dans ton armure, me fait-il remarquer. Lisa Morice n'est donc pas si parfaite ?

Je secoue la tête, faussement désapprobatrice, mais Liam n'a pas l'intention de me lâcher si facilement.

— À moins que tu ne sois enfin décidée à me donner un aperçu de ta véritable personnalité, continue-t-il sur le même ton provocateur.

Je me rends compte subitement qu'il a raison, je n'ai pas grimé la vérité. Depuis que je suis ici, je n'ai joué aucun rôle, je suis moi. Mais qu'importe au fond, puisque cette nuit, tout sera fini.

— Eh bien, on n'a qu'à dire ça, je lui lance, espiègle.

En un clin d'œil, je me retrouve dans ses bras. Son sourire est empreint de cette tendresse à laquelle je ne m'habitue pas.

— J'aime mille fois mieux te voir ainsi que de devoir encore me battre contre une beauté froide, me dit-il tout bas.

— Cet affrontement ne t'a pas toujours déplu, je lui rappelle sournoisement.

— J'en conviens, mais maintenant, je veux l'autre fille, celle qui rit d'un rien, qui mange sa pizza avec les doigts, celle qui pratique la moto, les portes cochères mais pas les ascenseurs, celle qui aime le cinéma intimiste et le rock, qui se ressemble davantage en cuir qu'en tailleur sobre, celle qui jouit d'une manière insensée et qui me fait bander du matin au soir.

Je me sens stupidement rougir sous ce portrait qui me correspond si bien. Les doigts de Liam effleurent ma joue chaude, comme pour faire le constat de mon émotion. Je reste muette, à la fois séduite et douloureusement frappée de découvrir à quel point j'ai si peu de mystère pour lui. Je pensais m'être bien protégée. J'éprouve soudain la crainte qu'il ne se doute d'autre chose. Mon stress doit se lire dans le regard que je lui adresse, car il fronce les sourcils et redevient sérieux.

— Crois-tu pouvoir me faire suffisamment confiance pour m'accorder ça ? me demande-t-il doucement.

— N'as-tu pas toujours obtenu de moi ce que tu voulais ?

— Et voilà que tu réponds de nouveau à ma question par une autre question !

Je souris pour seule excuse. Liam souligne l'ourlet de mes lèvres du bout de son pouce. J'ai le cœur qui bat trop fort, j'en entends chaque pulsation.

— Je te signale que tu m'as refusé des tas de choses, précise-t-il très gentiment. Je pourrais aussi me plaindre d'avoir été abandonné à plusieurs reprises alors que tu avais accepté que je dispose de ton temps. Tu te planques, tu t'enfuis, tu contournes les obstacles et tu éludes la moindre de mes questions.

— Peut-être que je te mens également, je réplique presque malgré moi.

Les beaux yeux de Liam deviennent plus durs et sondent les miens quelques secondes avant qu'il reprenne la parole.

— Peut-être que tu me mens parfois, en effet, mais je sais quand, et je sais aussi quand tu es sincère.

Je le dévisage avec un peu d'inquiétude. Ses lèvres s'étirent malicieusement.

— Le sexe a chez toi les mêmes vertus qu'un sérum de vérité, déclare-t-il alors.

Je ne peux m'empêcher d'éclater de rire en lui balançant une tape sur l'épaule, dont il se moque éperdument. Il capture ma main, me ramène à lui, et le baiser qu'il me donne scelle la fin de cette conversation quelque peu troublante.

*
* *

Liam refuse que je me change avant de sortir. Il prétend me trouver plus excitante ainsi. Je ne me désole que très peu de ne pas faire usage de la jolie robe que j'ai emmenée pour l'occasion, ma tenue est plus confortable. Il m'accorde le droit de parfaire mon maquillage même s'il ne m'octroie pour cela que cinq malheureuses minutes. Je découvre alors la salle de bains jouxtant sa chambre et digne d'un palace. M. Lenoir baigne dans un luxe certain et je comprends qu'il ne soit pas pressé de quitter le domicile familial. Entre son mode de vie et les avantages indéniables qu'il a à rester dans le giron de sa mère, il ne prendra pas son envol du nid avant la quarantaine sonnée.

Ma réflexion me tire une grimace tandis que je me regarde dans le miroir. Quand je songe à moi, lâchée trop tôt dans un univers si différent de celui-là, je réalise que nous n'avons absolument rien en commun. Le seul détail qui nous rapproche, c'est l'absence d'un père, encore que lui n'a pas à rougir du sien. Moi, j'ignore jusqu'au nom de mon cher géniteur, ma mère n'étant pas sûre elle-même de son identité exacte. Je suppose qu'il devait avoir les yeux noisette dont j'ai hérité et qui me contemplent avec cette tristesse qui ne me quitte plus ces derniers jours chaque fois que mes pensées reviennent à Liam.

— Tu es prête ?

Je me ressaisis très vite et fais aussitôt disparaître les outils de coquette dans ma trousse de toilette avant de le rejoindre dans sa chambre. Lui s'est changé. Il arbore une superbe chemise noire sur un pantalon à pinces de la même couleur.

— Quelle élégance ! je note, admirative. Es-tu bien certain de ne pas vouloir que j'améliore mon niveau vestimentaire ? J'ai piètre allure comparée à toi.

— Je te l'interdis.

— Comme ça, je ne dois ressembler en rien aux filles que tu as l'habitude de fréquenter, je plaide encore, obsédée par le constat trop évident de nos différences.

— Tu me crois donc aussi superficiel et imbu de ma personne pour ne côtoyer que des poules de luxe et des filles à papa ?

J'ai beau avoir reçu un vernis qui me permet de me couler dans son milieu, de paraître comme les gens parmi lesquels il évolue, je sais ce qu'il y a dessous, je sais qui je suis et d'où je viens. Cela fait partie de moi, quoi que je fasse, je ne pourrai jamais renier mes origines, sauf à mentir inlassablement, et je doute d'en avoir la force maintenant que je me trouve confrontée à une situation si inédite.

— Ça n'est pas ce que je voulais dire, Liam. C'était juste une remarque très personnelle et qui n'engageait que moi.

— Je ne t'ai pas fait venir ici pour t'éblouir, mais uniquement parce que tu me tiens à l'écart de tout ce qui te concerne de trop près, me retient-il. Si j'ai été maladroit, je le regrette, ce n'est que par ignorance de ce que tu me caches.

— Ce n'était pas un reproche, je me défends vivement. Je voulais seulement te prévenir que je n'étais peut-être pas tout à fait conforme à ce que tu pourrais attendre d'une autre fille.

Ma voix a un peu flanché sur les derniers mots. Je me détourne en espérant que cela suffise à clore le débat.

— Regarde-moi, Lisa, ordonne-t-il en m'empoignant le bras. Je me fous complètement que tu sois conforme ou non à un modèle qui, de toute façon, ne me touche pas. Je n'ai rien à cirer de ces nanas stéréotypées qui se jettent à mes pieds.

— Et pourtant, tu les baises.

Mon ton est plus agressif que je ne l'aurais souhaité. Liam se raidit un peu avant de prendre une inspiration visiblement destinée à calmer ses nerfs que je commence à irriter.

— Je profite sans vergogne de ce qu'elles m'offrent parce que je suis comme ça et que je n'ai pas envie de contrarier ma nature. Je n'ai jamais eu à me justifier de mes amis ou des filles que je baise, comme tu dis. Je n'ai jamais fait la moindre promesse de fidélité non plus. Est-ce que tu comprends ?

— Qu'est-ce que tu attends de moi alors ? je demande, résignée et soucieuse de ne pas aggraver sa colère avant d'avoir atteint mon but.

— J'ai fait la connaissance d'une femme aussi belle qu'intelligente, répond-il. Elle sait être drôle et fantasque sous une apparence hautaine. Je raffole de sa bouche, de ses seins, de son cul magnifique dans lequel je souhaiterais passer des heures si elle ne me faisait pas si rapidement jouir. Depuis une semaine, je rêve d'elle au point de m'en réveiller la nuit en bandant comme un adolescent. Ça ne m'était jamais arrivé, je cherche à comprendre et j'ai surtout envie que cela dure. Je veux que tu restes, que tu oublies New York et que tu acceptes de travailler pour ma mère.

— Elle ne m'a fait aucune proposition dans ce sens et ce n'était pas du tout ce qui était convenu entre nous, je lui objecte.

— Maintenant que tu es si intimement mêlée à ses petites affaires clandestines, crois-tu vraiment qu'elle renoncera à l'opportunité de te garder ?

— Elle t'en a parlé ?

— Nous avons évoqué cette perspective, en effet, et elle me rejoint entièrement sur ce point.

— Ça ressemble à un piège dans lequel tu veux m'enfermer.

— Tu m'aimes, Lisa !

Ses prunelles brillent d'un éclat farouche. J'ai soudain l'impression qu'il s'attendait à ce que nous ayons tôt ou tard cette discussion à laquelle je me suis toujours soustraite et qu'il a fourbi ses armes, contrairement à moi. Mon imprévision est une bonne leçon pour l'avenir. Prise au dépourvu, évidemment, j'attaque.

— Et cela devrait suffire ?

— Au moins à ce que tu me donnes une chance de te convaincre que je suis sincère.

J'ai du mal à respirer normalement, ma gorge est nouée. Jamais deux grammes n'ont pesé si lourd au fond de ma poche de pantalon. Je ferme les yeux pour reprendre une contenance indispensable, puis je m'efforce de jouer mon rôle au mieux.

— Je ne suis pas encore partie.

Un sourire revient enfin sur ses lèvres. Sa poigne autour de mon bras se relâche et m'attire tout contre lui.

— Je suis prêt à te tendre tous les pièges imaginables pour te garder, avoue-t-il dans un souffle.

— Je n'ai pas l'habitude d'être enfermée.

— La liberté est parfois plus difficile à vivre.

C'est une gifle que je prends en pleine figure. Liam vient d'appuyer là où ça fait mal et il s'en aperçoit.

— Vois ce que tu as fait de moi, me dit-il en me bécotant. Je n'ai jamais été aussi heureux de rester cloîtré entre les quatre murs d'un bureau et de me plier à des horaires qui n'ont jamais été les miens.

— Parce que tu savais que tu en ressortirais au terme de quelques jours et que tu reprendrais tes habitudes de voyages et de soirées. On ne parle pas de la même chose, Liam.

— J'en ai conscience et j'y ai réfléchi avant de te faire cette proposition. Sais-tu ce qu'est l'Omikuji ? ajoute-t-il tout à coup.

— Pardon ?

Ma mine surprise et dubitative lui révèle mon ignorance, il jubile un très bref instant avant d'entamer une explication nécessaire.

— Il s'agit d'une méthode divinatoire pratiquée dans les temples au Japon. Elle consiste à tirer une baguette de bois gravée d'un numéro. Il suffit que tu fasses une modeste offrande et un religieux interprète ce numéro en se référant au *Livre des changements*. Les Japonais vont très souvent consulter l'Omikuji avant d'entreprendre quelque chose ou lors d'événements importants.

— Pourquoi me dis-tu ça ? j'interroge alors qu'il marque une pause en me dévisageant.

— Parce que j'ai cédé à la curiosité lors de ma tournée.

Sa manière de distiller les informations en prenant son temps m'oblige à lui tirer les vers du nez comme il l'entend.

— Et que t'a révélé le religieux ?

— Il a d'abord évoqué le voyage qui m'a conduit jusqu'à lui, puis il m'a dit qu'à l'issue de celui-ci, le jour succéderait à la nuit. Quand je vois ce qui s'est passé cette semaine, je trouve ça très troublant, pas toi ?

— C'est facile de plaquer ce genre de prophétie sur des événements après coup, je réfute, sceptique. C'est tout ce qu'il t'a raconté ?

— Non, il a ajouté une phrase à laquelle je n'ai rien compris sur le moment, mais qui bizarrement me revient systématiquement en tête quand je songe à toi.

— Je t'écoute.

— « Lorsque deux aimants se repoussent, il suffit d'en retourner un pour qu'ils s'unissent solidement. »

— En quoi dois-je me sentir concernée par cette phrase ?

— Ta manière de me maintenir à distance a quelque chose qui me fait penser à un aimant. D'ordinaire, je dois me battre pour me décoller des gonzesses, toi, je ne parviens même pas à te garder près de moi.

— Ah, je vois ! Je suppose donc que, dans ton esprit, c'est à moi de consentir au changement, de retourner mon aimant, n'est-ce pas ?

— Je suis contraint par ma carrière alors que la tienne n'a pas commencé, explique-t-il. Si je peux apporter quelques modifications à ma façon de vivre, pour le reste, c'est plus difficile, et ce que je réussis sur Paris m'est encore inaccessible de l'autre côté de l'Atlantique si je t'y suivais.

— Tu as songé à cela ? je relève, abasourdie.

— Bien sûr que j'y ai songé, mais pour en arriver inéluctablement à cette même conclusion. Réfléchis, Lisa, que tu travailles ici ou là-bas, ça ne fera pas une si grande différence pour toi, mais pour nous, ça pourrait tout changer.

— Liam, tout ça... va un peu trop vite, tu ne crois pas ?

— J'ai constaté avec quelle rapidité ces derniers jours en ta compagnie ont défilé, et j'ai peur de voir l'échéance de ton départ arriver sans avoir une chance de te retenir. Tu ne peux pas me reprocher d'être prévoyant.

— Très bien, mais d'ici là, tu changeras peut-être d'avis quand tu me connaîtras mieux. Tu as bien raison de ne pas faire de promesses.

— Pas plus que tu ne m'en fais.

— Dans ce cas, nous sommes quittes.

— Pour le moment.

— Tu es vraiment du genre obstiné, je le gronde gentiment.

— Il me semble que tu ne me dois rien sur ce terrain-là.

— Ça pourrait durer longtemps.

— Très longtemps.

— On pourrait continuer la bagarre en mangeant, non ?

— Volontiers, en route, tête de mule !

— Je te retournerais bien ce qualificatif, mais tu serais encore fichu de le prendre pour un compliment, j'ironise.

Le rire de Liam me laisse entendre que j'ai visé juste. Il me pousse hors de sa chambre et, quelques minutes plus tard, nous quittons la maison à bord de son coupé de luxe dont je lorgne le volant avec envie.

*
* *

La boîte de nuit où Liam exerce son talent est encore assez calme quand nous y débarquons après avoir tranquillement dîné dans un petit restaurant voisin. Finalement, nous n'avons pas relancé le débat qui nous avait agités auparavant. Cette trêve tacite nous a permis de passer un très agréable moment à bavarder devant nos assiettes. Ainsi, avant même de les rencontrer, j'ai déjà une connaissance assez précise des amis auxquels Liam a l'intention de me présenter ce soir. Je retiens mon souffle au moment où je me retrouve nez à nez avec le géant de la dernière fois.

— Lisa, voici Boris, le garde du corps le plus efficace que j'aie pu avoir jusqu'ici, déclare mon compagnon en m'obligeant à faire face ouvertement au vigile.

Sa façon de me dévisager me fait craindre soudain qu'il m'ait reconnue malgré mon changement d'apparence. Ces types-là sont généralement physionomistes. Je lui souhaite un bonsoir assuré auquel il répond pareillement. Peut-être le simple fait d'être avec le DJ de l'établissement suffit-il à l'amadouer. S'il a un doute, il n'en montre rien en tout cas, et je me laisse entraîner avec soulagement vers l'intérieur.

Liam entreprend de me faire visiter les lieux comme il l'a fait pour sa maison. Il choisit de commencer par le bureau du patron. Ce dernier est un homme d'une quarantaine d'années à l'allure distinguée, qui tranche assez singulièrement avec l'endroit où il exerce son métier. Il ressemble à un chef d'entreprise, se comporte comme tel. Il dirigerait toute autre chose qu'une discothèque que je le croirais aisément. Il nous reçoit avec une grande amabilité. Entre lui et Liam, le courant passe très bien et je comprends mieux pourquoi son DJ vedette lui reste fidèle.

Les présentations ne s'éternisent pas plus que nécessaire, et la visite se poursuit par le fameux couloir où j'ai vu notre star disparaître avec sa blonde conquête, le soir de son anniversaire. Derrière la porte mystérieuse se cache une petite loge dont il bénéficie à titre personnel pour se rafraîchir, se changer, se reposer sur un sofa auquel je prête sans mal un autre usage.

— C'est donc ici, je me risque à commenter en détaillant les lieux.

Un ricanement me répond. Les bras de Liam s'enroulent autour de moi et son sourire se fait moqueur.

— Oui, c'est ici.

— Pas moi ?

— Non, pas toi.

Je me pince les lèvres en hochant la tête.

— En serais-tu jalouse ? se renseigne-t-il, soupçonneux

— Aucunement, mais je pensais qu'après le studio, la porte cochère, le cinéma, le parking, tu compléterais ta collection d'endroits insolites.

— Si tu tiens vraiment à le savoir, l'endroit le plus insolite dans lequel je compte te baiser, c'est mon propre lit.

— Propriété privée de Votre Majesté ?

— Tellement privée que personne n'y a jamais été invité. Considère ça comme un honneur !

— J'essaierai de m'en montrer digne.

— Je n'ai aucune inquiétude à ce sujet. Allez, viens, inutile de nous attarder ici.

La clientèle commence à affluer, nombreuse et bruyante, à l'approche de minuit. Liam me fait faire le tour du personnel qu'il va saluer chaleureusement. Les serveurs m'accueillent avec étonnement, mais beaucoup de gentillesse. Je m'installe ensuite à proximité immédiate de la sono où mon compagnon s'affaire en discutant avec son collègue dont il s'apprête à prendre la relève. J'observe ses faits et gestes avec un peu de naïveté. C'est un univers auquel je ne me suis jamais intéressée d'aussi près, je ne fréquente les boîtes que par obligation, leur préférant de loin le calme de mon salon.

La présence du DJ émoustille déjà bon nombre de filles, dont je finis par me demander si elles ne sont pas là dans le but unique de l'approcher. Bien qu'il soit visiblement occupé, elles n'hésitent pas à venir solliciter un autographe pour certaines, un baiser pour les plus audacieuses. Il se prête assez volontiers aux effusions qu'elles réclament tant qu'elles demeurent raisonnables ; je le vois aussi repousser quelques avances plus hardies sans pour autant perdre son sourire. Son regard me cherche comme pour s'assurer que je n'en prends pas ombrage. Je dois avouer que cela m'amuse assez de le voir se débattre contre ses admiratrices alors que la semaine précédente, il en savourait encore la flatterie.

Ma mine songeuse l'intrigue au point qu'elle le ramène vers moi. Au moment où il se penche pour me voler un baiser, nous sommes assaillis subitement par une petite troupe plus qu'enthousiaste. Trois garçons et deux filles qu'il me semble reconnaître se ruent sur leur copain qui s'insurge en riant de les voir débouler ainsi.

Ma présence à ses côtés et la position non équivoque dans laquelle ils nous ont surpris n'ont pas vraiment l'air de les étonner. Liam est rarement seul lors des soirées qui les réunissent, voilà donc qui ne change pas d'ordinaire. Les présentations sont succinctes, j'enregistre vaguement les prénoms, et le mien ne paraît pas leur être d'importance.

Rappelé aux platines, le DJ nous abandonne en m'adressant un coup d'œil complice qui, d'un coup, attise la curiosité de l'un de ses amis. Le Fabien en question se rapproche aussitôt de moi et s'installe confortablement à ma droite. C'est un grand blond, plutôt beau mec, même s'il est un peu trop classieux à mon goût. Inutile de l'interroger pour savoir qu'il est issu de la cuisse de Jupiter, ça se lit sur son front.

Sous la conduite de Liam, la musique est devenue assourdissante, ce qui oblige mon voisin à se pencher vers moi pour entretenir une conversation à laquelle il tient apparemment plus que les autres, occupés à bavarder entre eux. Nos premiers échanges sont anodins, Fabien aime à parler de lui. Il a 26 ans et n'a pratiquement que des qualités dont il a décidé de faire étalage.

La séance d'interview sur le canapé dure un temps infini. Même ses amis ont déserté la table pour aller se déhancher sur la piste au son des tubes de leur copain. J'ai refusé l'invitation insistante de Fabien, espérant ainsi échapper quelques minutes à sa sérénade, mais il a finalement préféré rester près de moi.

Malgré mon sourire poli de façade, je frôle l'overdose. J'avoue néanmoins que cela m'arrange, souhaitant pour ma part ne rien dire de moi. J'apprends au détour des pseudo-confidences qu'il déverse en flot continu qu'ils sont tous issus de la même école de commerce où ils se sont liés d'amitié.

— Tu le connais depuis longtemps, toi ? veut-il savoir à son tour, m'interrogeant pour la toute première fois depuis le début de la soirée.

Dans le regard qu'il me porte, je discerne déjà ses intentions. Il attend ma réponse comme si elle était très évidente pour lui. Ceci dit, je n'ai pas plus d'avantages à lui mentir qu'à dire la vérité. J'opte donc pour la seconde solution qui m'épargne un effort superflu. Je me contente d'un non qui le conforte dans son opinion, puis je me lève résolument.

— Je vais me chercher un verre, je déclare devant son air surpris.

Il acquiesce et me suit des yeux tandis que je me fraie un chemin vers le bar. Je prends mon temps pour revenir, et c'est sans doute ce qui motive l'annonce de Liam au micro, où il prévient d'une courte pause avant de relancer la musique à fond. À plusieurs reprises, j'ai croisé son regard sur nous pendant que son ami me faisait la causette. Un regard parfois soucieux auquel je n'ai pas répondu. Lorsque je rejoins la table, Liam est resté vers les platines. Face à lui, je n'ai aucune peine à reconnaître la jolie blonde de sa soirée d'anniversaire. Ils discutent tout près l'un de l'autre, le sourire aux lèvres.

— Ça t'étonne ? m'interroge soudain la voix de Fabien.

Un peu déstabilisée, je réalise seulement qu'il s'est levé à son tour et qu'il se tient juste derrière moi. Je me résous à jouer l'ingénue en affichant une indifférence que je n'éprouve cependant pas. Je hausse les épaules en observant le couple idéalement assorti que forment M. Lenoir et la jeune femme qui minaude sous son nez. La présence de Fabien se fait alors plus insistante contre moi, et son souffle effleure ma joue.

— Liam n'est pas du genre très fidèle, me glisse-t-il à l'oreille. Il ne l'a jamais été, et je plains la fille qui songerait à le mettre en cage. Si c'était ton objectif, je crois que tu peux d'ores et déjà y renoncer.

Je demeure immobile à subir ces paroles qui me glacent le sang. Encouragé peut-être par mon attitude silencieuse, Fabien franchit l'étape des sous-entendus pour ajouter que je ferais mieux de le choisir, lui, plutôt que d'espérer inutilement davantage que quelques heures avec son copain. Il conclut de manière écœurante en précisant que les filles qui ont écouté ce judicieux conseil n'ont jamais eu à le regretter. C'en est trop ! Le venin me monte à la gorge et j'ai bien envie de mordre. Je me retourne pour lui balancer ses quatre vérités en face. Je n'ai cependant pas le temps d'ouvrir la bouche qu'un bras s'enroule autour de moi pour m'écarter du beau parleur.

— Pas touche, elle est à moi ! prévient Liam en adressant à son ami un sourire de défi.

Je devine alors que je suis victime d'un petit jeu auquel ces deux-là doivent se prêter régulièrement, l'un tentant systématiquement de piquer les conquêtes de l'autre. Ma colère à l'encontre du malotru retombe aussitôt en les voyant s'esclaffer. Fabien cède volontiers et m'abandonne en tête à tête avec le trop séduisant DJ qui me regarde d'un air moqueur.

— Je ne peux pas te laisser seule, ma parole, me taquine-t-il.

Je n'ai même pas à répondre, il lit dans les yeux que je lève vers lui la flèche que je m'apprête à décocher.

— Jalouse ? me demande-t-il, provocateur à souhait.

— Je ne suis pas venue ici pour jouer les chiennes de garde autour de toi. Tu es entièrement libre de faire ce que bon te semble, je ne te le reprocherai jamais.

Mon ton un peu trop rude et ma froide réaction ne lui font cependant pas perdre le sourire, au contraire.

— J'aurais pu parier que tu allais me répondre ça, Lisa, se réjouit-il. J'adore quand tu montres les crocs.

Ma protestation est vaine, il m'interrompt en avisant le verre que je tiens à la main.

— Je dois reprendre les platines, m'annonce-t-il. Peux-tu m'envoyer le serveur avec un truc à boire ? Je crève de soif.

— Je m'en occupe, je confirme immédiatement, trouvant ainsi l'occasion idéale pour mettre la dernière phase de mon plan à exécution.

Alors que je m'apprête à m'éloigner, Liam me retient, et le baiser qu'il me donne ne doit probablement échapper à personne dans notre entourage.

DJL marque son territoire, soit !

Je réprime un sourire dont il n'est pas dupe en me relâchant. Il repart à son poste avec une visible bonne humeur. La jolie blonde qui guettait son retour n'a rien perdu du spectacle que nous avons offert. Elle me lorgne avec une sorte d'animosité dédaigneuse dont je n'ai que faire.

Je ne renie aucune des paroles que j'ai dites à son idole, ce soir. Je n'imagine pas une seule seconde veiller personnellement à la fidélité de Liam. Peut-être est-ce dû au fait que notre relation est bâtie sur un mensonge de ma part, je n'en sais trop rien. Mon propre esprit d'indépendance se résoudrait mal à subir une telle surveillance, je pense qu'il ne verrait sans doute pas cela d'un meilleur œil. S'il a prétendu le contraire, c'était sur le ton de la plaisanterie. Toutefois, un sentiment désagréable m'a titillée en le découvrant si proche de cette fille. Je suppose que ça doit être ça, la jalousie. En réfléchissant bien, elle me donnerait plus envie de fuir que de me battre. Je suis habituée à œuvrer en sous-main, dans l'ombre, les coups d'éclat me sont étrangers. Je comprends désormais que je m'en irais au lieu de faire une scène. Mais tout ceci n'est guère à l'ordre du jour, ni à celui des suivants d'ailleurs.

Si j'ignore ce que Liam boit d'ordinaire lorsqu'il est à ses platines, le barman le sait, lui. Il suffit que je lui passe la commande pour le DJ et il dépose devant moi un grand soda. Alors que toutes les consommations qui partent du bar sont soigneusement fermées par un couvercle, le verre qu'il me donne ne l'est heureusement pas. Rassuré par le fait que Liam m'ait présentée comme sa petite amie, je lui inspire suffisamment confiance pour qu'il se dispense de cette mesure de sécurité. En mon for intérieur, j'ai envie de le traiter d'imbécile.

Il ne me faut qu'une demi-seconde pour verser le contenu du sachet dans la boisson qui pétille. Deux grammes exactement de gamma-hydroxybutyrate, le GHB. Deux grammes qui devraient suffire à endormir Liam, du moins, je l'espère. Il est d'une constitution solide, il a copieusement dîné, il ne boit pas d'alcool, les effets de la fameuse drogue du violeur ne devraient pas se manifester avant une quarantaine de minutes. Il me remercie d'un clin d'œil quand je vais lui porter le verre en personne. J'ai beau savoir que le GHB est inodore et insipide, j'éprouve une certaine appréhension en le voyant avaler de grandes rasades sans aucune méfiance.

Le sort en est jeté, les scrupules me rendent morose. Je n'ai plus aucune envie de sourire bêtement aux offensives de séduction de Fabien qui se croit malin de revenir à la charge. Tout m'insupporte, à commencer par moi-même. J'observe le DJ avec anxiété, guettant le moindre changement de comportement. J'attends, un œil rivé sur la montre et l'autre sur Liam qui enchaîne les morceaux sans laisser paraître de signes de somnolence. Au fur et à mesure que les minutes passent, je m'inquiète davantage, finissant par me demander si je n'ai pas été victime d'une arnaque. Mon contact était pourtant sûr, je le connais depuis toujours, il ne m'aurait pas fait un coup aussi pendable.

Ce n'est qu'au bout de quarante-cinq minutes que la fatigue commence doucement à se faire sentir sur le musicien. Je le vois bâiller à quelques reprises, et son entrain formidable jusque-là faiblit petit à petit. Je décide donc de pousser un autre pion sur l'échiquier. Alors qu'il ne s'y attendait plus, je m'arrange pour que Fabien m'invite à danser.

Sous le regard subitement soucieux de Liam, son copain se rapproche de moi, me parle à l'oreille de choses auxquelles je ne prête aucune attention, ce qui ne m'empêche pas de sourire. Il n'a visiblement pas pris l'avertissement de son ami au sérieux et se croit encore autorisé à me séduire. Ses mains ne tardent pas à se faire baladeuses et cherchent à m'attirer contre lui. Je m'efforce de ne pas y répondre de manière trop ostensible, mais je ne fais rien non plus pour l'en dissuader. Inévitablement, ce rapprochement l'excite et le conduit à la faute. Le baiser qu'il dépose dans mon cou est tout ce que j'espérais. Faussement offusquée, je m'écarte de lui tandis que les platines passent entre les mains d'un autre animateur de soirée. Si moi, je ne suis pas surprise de voir débouler Liam, Fabien se montre aussi confus qu'étonné de la réaction de son copain.

— J'avais dit « pas touche », lui rappelle-t-il d'un ton rugueux auquel l'autre ne s'attendait pas.

— Je croyais que tu déconnais, se défend-il, penaud.

— Non, pas cette fois, rétorque mon compagnon en me prenant la taille pour mieux illustrer son propos.

— OK, désolé, Liam ! s'excuse-t-il en battant en retraite.

— C'est bon, ça ne fait rien, mais pour ce soir, j'en ai ma claque. Tu salueras les autres pour moi.

— Tu pars déjà ? Mais il n'est que 2 heures et demie !

— Je ne sais pas ce que j'ai, un coup de barre. Je t'appellerai dans la semaine. Viens, Lisa, ajoute-t-il en me serrant contre lui. Nous rentrons.

— Ça n'a pas l'air d'aller très fort, je m'assure tandis que nous sortons de l'établissement après avoir récupéré nos vestiaires. Qu'est-ce qui t'arrive ?

— Aucune idée, je me sens crevé tout à coup.

— Veux-tu que je conduise ? je propose, inquiète pour ma sécurité tout autant que pour la sienne.

Contre toute attente, Liam me confie volontiers les clés de son bolide. À peine installé sur le siège passager, il ferme les paupières en soupirant.

— Ça va ? j'insiste, nerveuse de le trouver soudain si abattu.

— Je… ne comprends pas trop ce qui m'arrive, il y a quelques minutes encore, j'aurais démoli Fabien sans mal et là…

Je ne réponds rien, je démarre rapidement et prends le chemin de Neuilly. Le plaisir que j'aurais pu éprouver à conduire son petit bijou de voiture s'est envolé, cédant la place à l'amertume et l'inquiétude de le voir dans l'état dans lequel je l'ai volontairement mis.

*
* *

Sous l'effet du psychotrope, Liam consent mollement à descendre de voiture. Il ne fait pas plus de difficultés à me donner le code pour désactiver l'alarme de la maison quand je le lui réclame. Je dois le soutenir pour grimper à l'étage et rejoindre sa chambre. Il s'écroule ensuite sur son lit. Je m'assure qu'il va bien, que son pouls est normal avant de l'allonger plus confortablement. Il pèse un poids mort et se laisse faire en soupirant faiblement. Il va sombrer pour plusieurs heures et ne se souviendra de rien en se réveillant. Je le contemple quelques instants, puis je me secoue pour sortir de là.

Le bureau d'Anne est effectivement situé à l'autre bout de la maison, à l'extrémité de l'aile gauche. Méfiante, j'ouvre la porte avec une grande prudence. Par chance, Anne fait confiance au système général de surveillance et n'a pas cru utile d'en ajouter un ici. Bien que Liam soit hors d'état, je m'enferme à double tour dans la pièce. Je commence une fouille en règle de tous les meubles, en débutant par l'armoire derrière la table de travail où la photo dc Liam trône en évidence, là aussi. Je m'arrache à sa contemplation en secouant la tête, je deviens trop sensible.

L'armoire contient bien les dossiers personnels des garçons du calendrier. J'y retrouve le dernier en date, qu'Armelle et moi avons constitué, de même que celui du fameux Kévin qu'Anne a finalement rangé. Cependant, je n'y trouve pas ce que je suis venue chercher ici. Un peu agacée par l'insuccès de mon entreprise, je pousse un juron avant de refermer soigneusement, puis je m'assois derrière le bureau. Celui-ci compte trois tiroirs sur sa partie droite. Le tout est verrouillé. Rien de tel pour aiguiser ma curiosité.

Forcer ce genre de meuble a longtemps été l'une de mes marottes préférées avant que je songe à m'attaquer à du plus lourd. Je ne dénombre plus les tiroirs que j'ai visités de cette façon. Je me demande comment les gens peuvent être assez naïfs pour croire qu'un système de fermeture aussi succinct soit suffisant à décourager quiconque d'essayer. Le bureau d'Anne ne fait pas exception à la règle, une simple lame de mon couteau suisse en vient à bout en quelques secondes.

Le premier tiroir contient seulement quelques bricoles, des crayons, un bloc-notes, des fournitures sans importance. Je ne m'y attarde pas. Le suivant est pratiquement vide, à l'exception d'un petit matériel informatique. Il devait sûrement renfermer le portable qu'elle a emporté avec elle en voyage. Dommage ! J'aurais bien aimé en faire un examen attentif. Je grimace en faisant le deuil de cette option à laquelle j'aurais pu songer. En tout état de cause, cela m'épargne quelques heures de recherches pour ce soir.

Mon ultime espoir réside dans le dernier tiroir qu'il me reste à ouvrir. Je retiens ma respiration en tirant dessus et mon sang accélère subitement lorsque je découvre, méticuleusement rangé dans un soufflet, un dossier rouge portant l'indication que j'attendais. Lorenzo Liamas occupe une place d'honneur dans les documents que conserve précieusement Anne Lenoir. Je pousse un soupir de soulagement, tout ce que j'ai fait n'aura finalement pas été vain, même si cela ne m'exonère pas entièrement de ma faute envers Liam.

Outre le CV du bellâtre qui ne m'apprend rien de neuf, je trouve dans la chemise quelques photos récentes. Je tombe enfin sur le document qu'il me fallait, la nouvelle adresse du Dom Juan. Il habite désormais rue des Meuniers, dans le XIIe arrondissement. Un trait déterminé souligne le fait que Catherine Frécourt y loge également. Comme pour les dossiers de l'agence, j'en prends un cliché pour mémoire et je referme le tout avec beaucoup de soin.

Liam n'a pas bougé d'un centimètre, il dort profondément. J'ai rassemblé mes affaires au bord de la chambre. Le cœur lourd, je m'assois quelques secondes à ses côtés. Je le contemple dans son sommeil. Il est si beau. J'enregistre chacun de ses traits pour le graver dans ma mémoire. J'ai soudain terriblement mal. Des larmes envahissent mes yeux, brûlantes comme de l'acide. Ma poitrine reçoit les coups acharnés de mon cœur qui se débat contre ma volonté. Je me refuse cependant à lui donner le moindre espoir, je refuse de songer une microseconde à ce que serait l'avenir si je restais près de lui, si je m'éveillais dans ses bras dans quelques heures. Je suis tentée de l'embrasser une dernière fois, mais je crains de ne plus avoir la force de m'éloigner. Alors, du bout des doigts, je souligne sa bouche qui m'a offert le plus beau des cadeaux. Puis je m'en vais.

*

* *

Je serre les dents en démarrant ma moto. Il n'est plus temps de m'apitoyer sur mon sort, j'ai à présent un travail urgent à accomplir. Tout doit être achevé avant que Liam reprenne connaissance et découvre ma fuite. Dans Paris endormi, je parcours à toute allure le chemin qui me conduit tout d'abord à l'agence. Par précaution, je m'arrête au sous-sol pour ne pas attirer l'attention, puis je grimpe jusqu'au premier étage.

La petite montée d'adrénaline fait battre mon cœur un peu trop vite et je dois m'efforcer de respirer lentement pour recouvrer mon calme. J'entre dans le studio d'enregistrement. Je sais où Liam a rangé la carte mémoire portant les vidéos qu'il a réalisées de moi. Je la retrouve sans mal dans le tiroir du bureau. Je fais aussitôt demi-tour et pars sans me retourner. Je ne reviendrai jamais dans cet endroit où j'ai passé des heures troublantes et délicieuses, les meilleures de mon existence. La nostalgie n'a rien de bon, ces stupides larmes refont leur apparition au moment où je referme la porte de l'agence.

Je n'ai pas encore tout à fait fini. Une ultime visite au troisième s'impose pour récupérer mon propre CV. Même faux, il contient tout de même quelques informations que je préfère ne pas laisser entre les mains de la concurrence. Liam et Anne ont suffisamment d'appuis influents qui leur permettraient de remonter ma piste en partant de ces renseignements. Je quitte enfin l'endroit en direction d'un autre arrondissement de Paris.

Près de 4 heures du matin, la rue des Meuniers est calme. L'appartement où habitent Lorenzo Liamas et sa compagne appartient à un immeuble banal. Il n'a rien de folichon comparé à la somptueuse demeure où Mme Frécourt vivait précédemment. Le quartier n'a rien de semblable avec celui de Neuilly, où elle trouvait ses aises. J'en viens à me demander ce qui l'a motivée pour qu'elle renonce ainsi au luxe pour se contenter de... ça.

L'interphone au rez-de-chaussée porte la mention de cf. Cela confirmerait que la belle dame héberge en effet son amant. Je repère aussi sa voiture garée à quelques mètres. Ce n'est pas difficile de la reconnaître, un luxueux cabriolet dernier modèle jure dans cet environnement modeste. Par ailleurs, j'avais pris soin de me renseigner sur son immatriculation. J'en sais assez.

Mon enquête s'arrête là, le reste relève à présent de la seule compétence de Jacques. Je lui livrerai dès demain mon rapport contenant les noms, les adresses et les rôles de tous ceux qui se trouvent impliqués dans cette affaire. Il n'aura plus qu'à exercer ses fonctions de président de la Société.

Moi, je m'efface, je retourne à mon anonymat habituel. Lisa Morice disparaît cette nuit. Je crains hélas que Lou-Anne Mesnil ne s'en porte pas mieux. J'éprouve autant de dégoût que de colère envers ce que je fais là et ce que je suis devenue. La seule consolation à laquelle je tente de me raccrocher est celle d'avoir accompli loyalement ma tâche, quitte à sacrifier une partie de mon cœur, une très grande partie. J'ai appris à me battre, à relever des défis, celui-là en est un autre, un de plus. Je chasse l'image de Liam qui hante mon esprit et je rentre chez moi.

*

* *

Les jours passent, ma colère subsiste. J'ai rendu mon rapport objectif et exhaustif. Jacques et Alexis ont désormais entre les mains toutes les cartes nécessaires à une éventuelle intervention. Ils ne m'ont pas encore informée de leur décision, ils ne sont d'ailleurs pas tenus à le faire. Je m'efforce de croire que ça m'est indifférent, mais c'est me mentir inutilement. Il n'est pas une journée sans que je songe à Liam, sans que je me demande comment il a réagi, ce qu'il fait, comment il va, sans que ses bras me manquent. Je pensais que cela irait mieux après la remise de mes notes, que je tournerais la page. Je me suis trompée.

Je n'ai plus à me lever le matin, à endosser le costume parfait de la secrétaire modèle, à me rendre à un travail presque normal auquel j'avais finalement pris goût. Ces quelques semaines ont tout changé. J'ai perdu mes repères, je me suis perdue, moi. Mes jours sont mornes, sans but. Mes nuits me livrent à des cauchemars qui me réveillent, haletante et désespérément seule. Mon corps, qui ne connaît plus le plaisir, me semble lourd, inutile, moche, encombrant.

Avril s'est éteint, le mois de mai ne guérit pas mieux mes blessures. S'il existait dans le cerveau une touche « effacer », je crois bien que j'appuierais dessus sans hésiter. À défaut, je replace le curseur là il n'aurait pas dû cesser d'être. Je suis lasse de subir mes états d'âme. Aussi, je décide brusquement que c'est assez et qu'il est temps de reprendre mes anciennes habitudes qui me convenaient bien avant tout ça.

Le samedi soir, tandis que je m'apprête à sortir, je m'efforce de ne songer à rien. Je fais le vide comme j'ai appris à le faire tant de fois en me regardant dans le miroir. Je suis conforme à celle que je m'attendais à voir, plutôt sexy en robe courte. Il n'y a guère que de légères ombres sous mes yeux qui trahissent mon manque de sommeil. J'ajoute un peu de rouge sur mes lèvres et je me détourne résolument de cette image.

Sans doute par pure provocation envers moi-même, j'ai choisi le *You N me*. En ce début de week-end, il connaît une belle affluence qui convient parfaitement à mon besoin de distraction. Je m'installe au bar plutôt que dans un coin afin de profiter de l'ambiance. La musique est bonne, le barman qui me tient compagnie un moment est sympathique. Bien sûr, je ne tarde pas à susciter l'intérêt d'un homme qui me rejoint et s'assoit à mes côtés. Il a une quarantaine d'années, il est brun, charmant, élégant. Son sourire et sa conversation sont agréables.

Monsieur se prénomme Thierry, il se garde bien de préciser son patronyme. Il est marié et ne s'en cache pas, ce qui ne l'empêche pas de me trouver très à son goût. Je ne suis pas dupe de ses intentions, mais je le laisse dérouler son boniment... pour voir. Au bout de plusieurs minutes, je n'ai plus qu'à saisir ou non la perche qu'il me tend.

Après tout, pourquoi pas ?

Ne suis-je pas venue ici dans le but de redevenir ce que j'étais ?

Un instant plus tard, je me retrouve à l'arrière de sa grosse voiture garée dans un parking souterrain tout proche du club. Thierry s'embarrasse peu des préliminaires, il réclame crûment que je le suce en déboutonnant son pantalon d'un geste empressé. S'il bande copieusement, il n'est cependant pas extraordinairement bâti, bien qu'il paraisse plutôt fier de lui. Je ne voudrais pas lui filer des complexes, je m'exécute donc, mais sans enthousiasme.

Râlant de satisfaction, il me laisse faire quelques va-et-vient rapides et mécaniques sur son membre, puis il me relève, impatient de me consommer autrement.

— Tu ne vas pas être déçue, me lance-t-il en présentant son sexe au mien après l'avoir prudemment enfermé dans un préservatif qu'il a tiré de sa poche de pantalon.

Monsieur est prévoyant et bien organisé. Je présume qu'il s'adonne à ce sport aussi souvent qu'il peut, avec probablement le même succès. Sa jolie gueule, son allure soignée et son discours savamment étudié ont l'air bien rodés. Je plains sa femme.

— Tu en veux, hein ? Attends, je vais t'en donner, ma belle ! roucoule-t-il sur un ton qui contraste singulièrement avec son numéro de charme précédent.

Je ne réponds rien, je m'impatiente seulement qu'il en vienne aux actes maintenant que le masque est tombé. Il joint enfin le geste à la parole et s'enfonce d'un coup en moi. Le manque d'excitation et le contact froid du préservatif rendent la chose presque désagréable. Lui ne s'en émeut pas. Il ondule frénétiquement en grognant des « oui » répétitifs qui finissent par m'agacer souverainement. L'exiguïté et le peu de romantisme de l'endroit ne permettent pas non plus l'évasion. Heureusement pour moi, ce piètre amant ne peut se contenir très longtemps. Je crois bien que cinq minutes ne sont pas écoulées qu'il jouit déjà dans son emballage.

Pour ma part, le constat est amer, mon corps est resté insensible, comme mort au moindre plaisir, et ma colère n'est pas éteinte. Ni ma main ni le sexe d'un autre ne sont parvenus à lui rendre vie. Une boule douloureuse entrave ma gorge, j'ai besoin d'air. Thierry reprend son souffle tandis que je me dégage brusquement de son étreinte.

— Désolé, c'était rapide, s'excuse-t-il piteusement.

— Pas grave, je marmonne, peu désireuse de m'étendre sur sa prestation plus longtemps que sur son siège arrière.

— Est-ce que... je te dois quelque chose ?

Sa question inattendue me fige. Mon sang se glace dans mes veines. Je tente de respirer calmement avant de me retourner vers lui.

— Non, cadeau de la maison !

Ma voix n'a pas tremblé, mais cet imbécile est loin d'imaginer ce que je ressens. Je quitte son véhicule comme on s'enfuit. Je cours jusqu'à ma voiture en luttant contre la rage qui menace de déborder. Je rentre chez moi dans un état second. Je me sens tellement sale. Je me défais rapidement de ces vêtements que je ne supporte plus et me glisse sous la douche. L'eau chaude qui se déverse sur moi emporte des larmes amères.

*
* *

Je retombe dans ma solitude, c'est au fond ce qui me convient le mieux. Cette misérable expérience m'a convaincue de l'inutilité de rapports qui ne font qu'empirer le dégoût que j'ai de moi. Du plaisir, de l'amour, il ne me reste que des souvenirs. Je les revis en rêve, et c'est sans doute la raison qui me pousse à dormir encore et encore. Les jours défilent sans que je les voie, sans que j'en fasse rien. Je déconnecte.

Ce sont des bruits étranges qui me réveillent, comme une conversation dont je reconnais les paroles. Je me redresse, hagarde et courbaturée au possible par l'inactivité que je m'impose. Je n'ai pas repris mes entraînements de karaté, qui faisaient pourtant mon bonheur avant, et ça se ressent.

J'ignore quelle heure il est et depuis combien de temps je dormais. Je me lève en titubant et je gagne le salon. Je comprends alors l'origine de ce que je prenais pour des hallucinations. Alexis est debout devant la télé, il visionne l'enregistrement que Liam a fait de moi. Mes penchants masochistes m'ont contrainte à le regarder, hier soir, comme trop souvent avant d'aller chercher l'oubli dans mon lit.

Je me demande comment il a fait pour mettre la main dessus. Si intérieurement je m'insurge contre le fait qu'il voie ça, je sais qu'il est inutile de protester ouvertement. Ce garçon n'en fait toujours qu'à sa tête. Je m'adosse contre le chambranle de la porte et j'attends qu'il se désintéresse enfin de l'écran. Il finit par mettre en pause et son regard sombre me toise sévèrement.

— Si tu as un autre déguisement, c'est le moment de le sortir, tu es affreuse, me balance-t-il sans le moindre humour.

— Comment t'es rentré ?

Ma voix est pâteuse, enrouée, ce qui me vaut un coup d'œil encore plus noir d'Alex.

— Mon père m'a confié ta clé avant de repartir à New York.

Incapable d'aligner deux pensées cohérentes, je me frotte le visage. En mode normal, je me serais souvenue que Jacques disposait d'un double de mon trousseau.

— Qu'est-ce que tu es venu faire ici ? je rouspète pour seule défense.

— Ça fait des semaines que tu ne nous donnes plus de tes nouvelles, ton portable est sur messagerie, et tu ne réponds à aucun appel sur ton fixe. Mon père essaie de te joindre depuis plusieurs jours. Il t'avait prévenue qu'il m'enverrait.

— L'enquête est terminée, je lui objecte.

— Cela n'empêche pas que l'on s'inquiète pour toi. Je peux savoir ce que tu fabriques pour être dans cet état ?

— Rien, je dormais.

— Arrête tes conneries, Lou ! aboie-t-il en contenant une colère qui ne m'étonne pas. Ce n'est pas en te mettant la tête dans le sable que tu oublieras Liam Lenoir.

Je me redresse, piquée au vif qu'il ait pu si bien deviner ce que je m'efforce tellement de cacher. Alexis n'est pas dupe de ma réaction, il attend seulement que je me livre.

— Je m'y emploie du mieux que je peux, j'avoue à demi-mot.

— Ton mieux n'est pas convaincant.

À la façon qu'il a de me soupeser du regard, je présume de l'étendue des dégâts. En d'autres temps, je me serais fait une joie de le rembarrer, aujourd'hui, je n'en ai plus le courage ni la force. Je ne sais répondre que par des regrets. Alexis hausse un sourcil et approche de moi. Je suis anéantie, immobile sur le seuil du salon à le regarder venir sans pouvoir faire un geste. Pour la première fois depuis toutes ces années, il m'attire à lui et m'enlace. Je me laisse aller contre lui, sa chaleur et ses bras me réconfortent. Je ne pleure pas, je suis devenue une coquille vide, sans âme.

— Je veux que tu recharges ton portable, fait sa voix sourde à mon oreille.

Je marmonne mon consentement. Il m'écarte un peu de lui. Son regard sonde le mien avec la même tendresse que je lis habituellement dans celui de son père. Alors je sombre, une larme m'échappe. Alexis en efface la trace sur ma joue.

— Tu iras cet après-midi chez Jill et chez Bertrand. Je me charge des rendez-vous. Il est temps que tu reprennes visage humain.

J'acquiesce en ravalant mon chagrin. Ces prévenances distillées sous la forme d'un ordre gentil me font du bien.

— Par ailleurs, tu trouveras sur ton bureau un dossier sur lequel je souhaiterais que tu te penches rapidement.

— Une enquête préliminaire ?

— Un architecte qui m'intéresse beaucoup, je veux que tu me traites ça aux petits oignons.

J'opine, heureuse d'avoir un nouvel objectif sur lequel me concentrer. Une question pourtant me taraude, à laquelle je ne sais pas résister.

— Et pour... Anne Lenoir ? j'articule difficilement.

— Mon père s'en occupe personnellement.

— Vous me direz ?

Alexis me dévisage un moment, ses doigts caressent doucement ma joue. Jamais il n'a été aussi démonstratif envers moi. Je m'en sens presque troublée. Si Jacques est devenu le père que je n'ai pas eu, je n'avais jamais envisagé Alex comme un frère d'adoption. C'est pourtant ce que j'éprouve à cette minute où il ne se comporte pas autrement.

— Nous t'informerons de tout en temps utiles, consent-il finalement à me dire.

Je cède, à la fois soulagée et détendue. Alexis s'éloigne en direction de la sortie. Je le retiens avant qu'il ouvre la porte.

— Alex, ne dis rien à Jacques !

Il se retourne vers moi et me dévisage sans répondre, la mine grave.

— S'il te plaît ! j'insiste en devinant qu'il en avait bel et bien l'intention.

— S'il te voit comme ça, tu ne feras pas illusion trois secondes, m'avertit-il très justement.

— Il ne me verra pas comme ça !

Ma détermination le rassure, mais il ne décoche pas le sourire que j'attendais de sa part. La même impression étrange me saisit. Alexis a changé. Quelque chose le préoccupe au-delà de cette seule affaire. Il ne me laisse pas l'occasion de l'interroger, il se détourne et s'en va aussitôt.

*
* *

Mon téléphone est chargé, Bertrand a remis de l'ordre dans ma chevelure négligée, et Jill a œuvré à me rendre une douce féminité. Je suis en état de marche, si je puis dire, et je m'attendais à ce qu'Alexis s'en assure. Il est du genre obstiné. Il me donne rendez-vous le samedi, du côté de Montparnasse, et raccroche avant que je souffle un mot. Cette brusque reprise d'activité me redonne une énergie que j'ai perdue à me battre contre des fantômes.

Je marque un temps d'hésitation devant l'adresse à laquelle j'ai été convoquée. L'immeuble étriqué paraît coincé entre ses voisins. Dans cette rue de la Gaîté bien nommée, il semble avoir vécu des heures de gloire discrète avant d'avoir sombré définitivement dans l'oubli. Sa façade est décrépite, elle porte pour seule fioriture une vieille plaque gravée au nom de « L'Écarlate ». Dubitative, je cogne à la porte en bois sur laquelle j'observe avec curiosité le gros judas dont je n'ai pas de mal à deviner l'indispensable usage. Alexis en personne vient m'accueillir, me fait rapidement entrer puis referme derrière nous.

L'intérieur ressemble à un vaisseau abandonné par son équipage. C'est sombre et poussiéreux. L'écho de nos pas sur le parquet retentit sinistrement. Je me demande ce que nous sommes venus faire ici. Alexis ne se pose visiblement pas la même question, il a l'air de bien connaître l'endroit et d'avoir une idée très précise derrière la tête.

— Qu'en penses-tu ? me sollicite-t-il en reluquant ma mine sceptique.

— Je suis censée en penser quelque chose ?

Le sourire narquois refait son apparition. Je n'aurai pas de réponse, du moins, pas dans l'immédiat.

— L'architecte sur lequel je t'ai demandé d'enquêter va s'occuper de la rénovation complète de cet immeuble.

— Formidable ! Je saurai où le trouver.

Alexis hausse un sourcil éloquent.

— Le nom de « L'Écarlate » ne t'évoque rien ?

— Pas que je sache.

— Cela devrait, pourtant. Mon père t'en a forcément parlé un jour.

Je réfléchis rapidement en fouillant ma mémoire jusqu'à ce qu'une étincelle jaillisse.

— Le club échangiste d'Henri Valmur !

Alexis acquiesce, satisfait que j'aie aussi bien retenu les leçons de Jacques. Puis il consent enfin à me donner quelques précisions en me voyant lorgner autour de moi, aussi perplexe que déçue de constater à quoi ont été réduits les espoirs du philosophe. À croire qu'il en avait pressenti l'issue.

— Les gens qui ont racheté « L'Écarlate » et pris ainsi la succession d'Henri en ont fait un véritable bouge, explique Alexis en arpentant la grande salle vide. Leur gestion a été désastreuse. Ils n'ont pas vendu pour autant, et les procédures de liquidation judiciaire ont exigé énormément de temps. C'est la raison pour laquelle nous n'avons pas pu agir avant.

— Comment ça, agir avant ?

Alexis revient vers moi, les mains dans les poches de son pantalon. Son visage est redevenu très sérieux.

— Mickaëlla a souhaité acquérir « L'Écarlate »… en mémoire d'Henri.

J'ouvre des yeux ronds, mais je m'abstiens de commenter cette nouvelle. Je sens qu'il n'a pas fini ses révélations.

— J'en ai discuté avec mon père et j'ai réussi à la dissuader de se lancer seule dans cette aventure. Nous avons décidé ensemble, en accord avec Paul, de racheter l'immeuble et, bien sûr, le club qui allait avec.

— À l'usage de la Société ?

— Pas seulement. Tu sais aussi bien que moi que nous attirerions inévitablement l'attention et que nous ne tiendrions pas plus d'une saison, réfute-t-il en gestionnaire déjà habitué à tenir les comptes du réseau. Nos membres bénéficieront certes de soirées que nous organiserons à leur profit, mais pour le reste, le club sera ouvert au tout-venant pour le peu qu'il accepte d'en payer chèrement l'entrée.

— Chèrement ? je relève avec un sourire entendu.

— Ce n'est pas à toi que je vais apprendre que certaines personnes sont prêtes à dépenser beaucoup d'argent pour accéder à ce qu'elles considèrent comme un luxe. Je suis bien certain que le prix élevé que nous demanderons attirera un public désireux de se distinguer de la masse.

— Sans doute ! je soupire en balayant la pièce des yeux. Ton architecte est-il au courant ?

— Non, pas encore.

J'opine simplement, Alexis ne semble pas enclin à s'étendre sur ce sujet dont je pensais pourtant qu'il était l'objet de ce curieux rendez-vous. Je pirouette alors sur un autre qui, d'un coup, m'intéresse.

— Et qui va gérer ce nouvel établissement du réseau ?

— Micky souhaitait le faire, mais j'ai insisté pour qu'elle reconsidère sa décision, du moins pour le moment.

— Comment aurait-elle fait avec le lycée ? j'interroge, aussi sceptique que lui sur une telle possibilité.

— À ma demande, elle a démissionné la semaine dernière.

Pour la peine, j'en reste stupéfaite. Je connais la fidélité de Micky à la mémoire d'Henri Valmur ainsi que la promesse qu'elle lui a faite de poursuivre son œuvre. J'imagine combien cette décision a dû lui coûter, et j'ai bien du mal à comprendre les motivations de son mari.

— À cause de ça ? je veux savoir en ouvrant les bras sur le vide immense.

— Cette acquisition n'est pas la seule raison de sa démission, explique-t-il très posément. Sa présence au sein de l'école a suscité trop d'engouement auprès de certaines personnes et elle ne tenait pas à être un support de publicité pour un lycée privé, quand bien même serait-il dirigé par l'un de nos membres.

— Michel Morel n'est pas réputé pour sa discrétion, je reconnais volontiers. En vérité, tout dépend du montant du chèque qu'on lui met sous le nez.

— C'est juste, mais la situation n'a que trop duré. Même si cela représente un gros sacrifice que de renoncer à enseigner, j'estime que Micky a rempli son engagement envers Henri. Avec

« L'Écarlate », elle perpétuera sa mémoire d'une façon différente.

— Qu'est-ce qui l'empêcherait d'en assurer la direction dans ce cas ?

— Moi.

Cet assaut d'autorité provoque en moi un sursaut de féminisme. Je ne peux faire autrement que réclamer de connaître la cause qui prive Mickaëlla d'un droit tout à fait légitime.

— Depuis le départ de mes parents pour New York, elle et moi avons pourvu à tout pour le bien-être de nos membres, mais ça ne peut plus continuer ainsi. Nous prenons tous les deux trop de risques à nous exposer de cette façon, et notre anonymat doit être mieux protégé. Notre vie privée ne doit pas pâtir de nos activités au sein de la Société. Ce n'est pas ce qu'Henri aurait souhaité, lui-même s'en est retiré quand il en a ressenti la nécessité, et c'était déjà pour préserver Micky.

La voix d'Alex s'est teintée des mêmes accents graves qui m'avaient choquée la dernière fois. Ses prunelles sombres se voilent d'une inquiétude inhabituelle. Je n'y tiens plus.

— Alex, si tu me disais ce qui se passe au juste ?

Il m'observe avec une intensité qui me ferait peur si je ne le connaissais pas si bien, puis il se décide.

— Micky est enceinte.

Ces paroles retentissent comme un coup de tonnerre dans la pièce. J'aurais apprécié qu'il reste une chaise pour m'y asseoir tant la surprise me coupe les jambes. Je dévisage Alexis, abasourdie, puis tout s'éclaire brusquement dans mon esprit : sa curieuse réaction quand j'ai évoqué les époux Frécourt qui n'avaient pas eu d'enfants, son air soucieux chaque fois qu'il est question de sa femme. J'ai cependant beaucoup de mal à trouver ça tragique, Alex doit avoir d'autres motifs de s'inquiéter.

— Elle... ne va pas bien ? je demande avec précaution.

— Si, elle se porte comme un charme, au contraire. Elle n'a jamais été si rayonnante.

Alors je devine.

— T'as la trouille, hein ? C'est ça ?

Le sourire contrit qu'il me retourne en est la confirmation.

— Qu'est-ce qui te fait peur ? j'insiste en le sentant prêt à se confier, pour une fois.

— Je dois avouer que je n'envisageais pas de devenir père aussi tôt. Mais je suis obligé de prendre en considération les désirs de Mickaëlla. Ce qu'Henri Valmur n'a pas voulu ou n'a pas pu lui donner, moi, je le peux, et je ne voyais pas de raison valable de lui refuser ce dont elle avait envie. Elle m'a fait l'immense joie de devenir ma femme, j'entends être pleinement le mari qu'elle mérite.

Ces paroles amoureuses me renvoient à ma solitude, au vide cruel que je ressens désormais quand je songe à ma vie. Je me souviens du beau visage de Liam lorsqu'il m'a suppliée de rester près de lui. Mon cœur se serre. Pour seul dérivatif, je me raccroche aux projets de la Société et de ses dirigeants, comme toujours.

— Tu crains de devoir partager ta dulcinée entre ton bébé et « L'Écarlate » ? je le taquine.

— Dans ce domaine, je ne crains rien. Je la connais mieux qu'elle-même. Je souhaite juste qu'elle prenne le temps de profiter de sa grossesse, de notre enfant. Après ça, si elle désire absolument tenir les rênes ici, je ne m'y opposerai pas.

— Et donc, d'ici là ?

— J'ai autre chose à te montrer, élude-t-il aussitôt.

Je n'ai pas le loisir de poser de questions, le tourbillon Alexis est déjà sur le pas de la porte à réclamer que je me presse. Il verrouille soigneusement derrière nous et me somme de l'accompagner à sa voiture.

— Où allons-nous ? je me risque à demander tandis qu'il conduit rapidement dans les rues de Paris.

— La Société a fait une autre acquisition tout dernièrement. Je t'emmène voir ça.

— Quel genre d'acquisition ?

— Tu t'en rendras compte sur place.

Sa mine fermée me signale qu'il n'est plus temps de le cuisiner. Je me tais et je repère la direction qu'il emprunte. En cette fin d'après-midi presque estivale, les grands magasins attirent une foule nombreuse. Ce n'est pas du tout le type d'endroit que j'aime fréquenter. La seule idée d'avoir à faire les courses m'agace, alors plonger dans l'enfer de ces boutiques, je n'y songe aucunement. Aussi je m'étonne un peu quand Alexis ralentit en quête d'une place où se garer. Il s'engage à petite vitesse dans une rue voisine et s'arrête devant une vitrine derrière laquelle sont entrepris des travaux de rénovation.

— C'est là ? je demande, dubitative.

Il confirme d'un signe de tête sans éclairer davantage ma lanterne et m'invite à le suivre. La porte n'est pas fermée à clé, ce détail retient une demi-seconde mon attention.

— C'était une agence de voyages avant, m'interrompt Alexis en reprenant l'air de comploteur qu'il avait en me présentant « L'Écarlate ».

— Et maintenant ?

Je reconnais l'éclat joueur du regard qu'il fixe sur moi. Je m'attends au pire, bien que je ne me sente préparée à rien.

Qui sait quelle idée géniale a pu germer dans l'esprit machiavélique de ce garçon ?

Il est là, immobile, réprimant un petit sourire qui devrait m'inquiéter.

— Pourquoi m'avoir fait venir jusqu'ici si c'est pour ne rien me dire ? je rouspète.

— Parce que ce n'est pas à moi de le faire, explique-t-il d'une voix calme et posée.

Je n'ai pas le temps de réfléchir à cette insinuation que des pas se font entendre dans mon dos. Mon cœur s'emballe un court instant quand je me retourne. Jacques me dévisage avec tendresse. Nous ne nous sommes jamais livrés à des effusions spectaculaires, mais pour une fois, j'ai presque envie de me jeter dans ses bras. Je me contiens pour lui rendre un sourire empli d'une vraie joie.

— Tu aurais pu me prévenir que tu allais revenir, je le gronde gentiment tout en restant à une distance qui m'empêche de céder à mon élan émotif.

— Avec plus de lucidité, tu l'aurais fort bien compris, me reproche-t-il très judicieusement. J'ai dû t'envoyer Alexis pour parvenir à te joindre.

Son ton n'est pas empreint de colère ni même de déception, son visage ne porte pas la moindre trace d'agacement, juste un peu d'inquiétude et de fatigue du voyage.

— Depuis quand es-tu là ? j'interroge avec prudence.

— Suffisamment longtemps pour régler les affaires qui me préoccupaient.

Mon estomac se noue. Nul doute qu'il est en train d'évoquer mon rapport. Nous y sommes, le moment de vérité que je redoutais se présente à moi comme un mur infranchissable. Jacques approche à pas mesurés, sa main se pose sur mon épaule. Elle me semble lourde. La boule qui entrave ma gorge devient oppressante à m'en faire mal.

— Tu as fait de l'excellent travail, Lou, commence-t-il doucement. Grâce à toi, nous avons pu préserver les intérêts de la Société et la sécurité de nos membres.

Je le dévisage avec une certaine angoisse.

— Est-ce que je peux savoir ?

— Tu avais raison au sujet de Lorenzo Liamas, consent-il d'un air grave. Ce charmant jeune homme a fait preuve d'une ambition pour laquelle il n'était pas taillé.

— C'est-à-dire ?

— Il a bassement profité de la faiblesse de Catherine Frécourt et des liens d'amitié de cette dernière avec Anne Lenoir pour s'essayer au chantage, mais il n'avait pas l'envergure nécessaire à ce vaste programme.

— Catherine Frécourt n'a donc rien à voir avec tout ça ?

— Pas délibérément, en tout cas. Elle a connu une période de déprime au cours de laquelle elle s'est sentie lasse de jouer la maîtresse dominatrice de son insatiable mari qui en exigeait toujours davantage. Lorenzo lui a offert son épaule solide et réconfortante et elle a estimé bon pour elle de s'évader avec son bel amant. Ce cher garçon a l'habitude de ce genre de manœuvre auprès des dames, Catherine n'a rien vu venir. Elle n'a pas imaginé qu'il pourrait détourner les informations dont elle disposait au profit de son seul portefeuille. Elle a cru bien faire en le présentant à Anne Lenoir. Celle-ci a immédiatement saisi l'opportunité que lui apportait Lorenzo. Elle a monté son agence de prostituées de luxe en le prenant comme associé sur les recommandations de son amie. Elle ignorait cependant qui étaient exactement ses clients et que son partenaire avait quelques arrière-pensées malhonnêtes.

— Exercer du chantage sur les membres de la Société ?

— En effet, Lorenzo s'apprêtait à faire savoir à nos adhérents que leurs petites excursions en dehors de notre réseau pouvaient leur coûter une coquette somme d'argent. Ses prestations se seraient dès lors monnayées beaucoup plus cher. Il songeait d'ailleurs à commencer par le juge Frécourt en personne. Le dossier que tu as transmis à Anne Lenoir n'était finalement qu'une anticipation de ce qui allait se passer.

— Anne et Catherine Frécourt l'ignoraient, dis-tu ?

— Le monsieur sait se montrer discret parfois.

— Comment as-tu résolu le problème ?

— Alexis avait des envies de meurtre, raconte-t-il en souriant à son fils, vaguement boudeur. Mais c'est une corde que je ne suis pas décidé à ajouter à notre arc. Nous nous sommes donc contentés de lui retirer son badge et de le menacer. Il n'a désormais plus accès au réseau. L'information sera largement diffusée auprès de nos membres.

— N'avez-vous pas peur qu'il cherche à se venger ?

— En faisant quoi, en nous dénonçant à la police ?

— Par exemple.

— Je ne le pense pas, Lorenzo n'est pas si stupide. Il sait bien que nous disposons d'assez de preuves en images et en témoignages indiscutables pour le faire plonger la tête la première. S'il bavarde un peu trop, il se révélerait lui-même coupable de proxénétisme doublé d'une tentative de chantage. En outre, Anne a généreusement décidé de le conserver dans son cheptel. Ses capacités physiques indéniables peuvent encore lui rendre quelques services, notamment pour les auditions qu'elle compte reprendre. Il est fort à parier que Lorenzo saura se montrer reconnaissant envers son ex-associée de sa grande magnanimité à son égard, quand bien même est-il rabaissé au rang de bétail.

— Qu'en est-il de sa relation avec Catherine Frécourt ?

— Une femme comme elle ne peut durablement se contenter d'un modeste appartement et d'un compagnon déchu comme ce bellâtre. Elle n'a pas supporté l'humiliation et a regagné le domicile conjugal avec grand plaisir. Renaud Frécourt a été très compréhensif et très heureux de retrouver les talons aiguilles de son épouse.

— Tout est bien qui finit bien, je commente en jetant un coup d'œil vers Alexis, qui approuve d'un sourire discret.

— Je gage toutefois que les soirées mondaines dont ils étaient coutumiers ne reprendront pas de sitôt, surtout maintenant que Lorenzo, qui en était la principale attraction, s'avère être *persona non grata* dans l'entourage de son ancien parrain.

Je confirme volontiers d'un signe de tête. Les fidèles amis des Frécourt devront aller chercher ailleurs un divertissement dont ils étaient friands. Les artistes très spéciales d'*ALA* pourraient donc avoir prochainement un juteux marché en mains.

— Et pour Anne Lenoir ? je me risque à demander.

— Nous avons eu une longue conversation qui s'est révélée constructive. Ton rapport a été très utile en l'occurrence, il a permis que les bases de notre discussion soient déjà posées. Elle et moi avons pu parler le même langage.

— Elle savait qui tu étais ? je m'étonne.

— Catherine Frécourt l'a éclairée sur ce point avant que je la rencontre. Je le lui avais demandé.

Je sourcille tout en restant attentive à ses explications.

— Des échanges que nous avons eus depuis est né un projet plus concret de réorganisation de nos services, qui s'avère de toute manière indispensable à présent. Alexis t'a fait part de l'excellente nouvelle, n'est-ce pas ?

Je ne peux m'empêcher d'émettre un petit ricanement en envisageant Jacques en grand-père.

— C'est un rôle qui t'ira parfaitement, je le taquine.

Pour la peine, il n'en disconvient pas. Il est heureux et ça se voit. À la manière qu'il a de regarder son fils, je lis toute la fierté qu'il éprouve. Je ne me sens pas exclue, au contraire. Jacques a passé son bras autour de mes épaules comme pour me signifier ainsi mon appartenance à cette famille qui s'apprête à s'agrandir, tout comme la Société d'ailleurs.

— Cet événement est l'occasion idéale pour opérer un changement radical à la tête du réseau, déclare-t-il d'un ton un peu solennel qui me surprend.

— Qu'entends-tu par radical ?

— Tu es la mieux placée, Lou, pour savoir que nous comptons de plus en plus de jeunes membres dans nos rangs. Si nous ne pouvons que nous en réjouir, force est de constater qu'ils sont plus actifs et plus exigeants. Comme Alexis a dû te l'expliquer, Mickaëlla et lui se sont occupés jusqu'à présent de toutes leurs demandes, mais cela devient désormais aussi difficile que dangereux pour nous tous. Et tout ça, c'était avant même d'acquérir « L'Écarlate ».

J'acquiesce sans avoir aucune idée de ce que me réserve son discours.

— Dans ce cas, tu admettras donc qu'un renfort nous est indispensable.

— Certes, mais quel genre de renfort ?

Jacques balaie les locaux d'un regard plein d'enthousiasme. Il m'entraîne à ses côtés vers ce qui ressemble à de futurs bureaux qui, pour l'heure, sont en chantier de peinture.

— Ce que tu vois ici sera le siège officieux de la nouvelle direction de la Société, annonce-t-il très sérieusement. En surface, il s'agira d'une agence spécialisée dans l'organisation de tous types d'événements, voyages d'affaires ou d'agrément, mariages, anniversaires, même une simple fête entre amis ou un dîner en tête à tête.

— Pignon sur rue, comme toujours, je commente avec un brin de sarcasme en songeant à la proximité des grands magasins.

— En effet. Elle aura d'ailleurs une branche tout à fait légale et rémunérera du personnel qualifié dans cette activité. Les premières candidatures sont déjà sur le bureau d'Alexis.

Ce dernier, étrangement silencieux, se contente de hocher la tête et laisse son père poursuivre dans son rôle de président en exercice.

— Et sous cette belle surface ?

— Elle prendra en charge toutes les demandes de nos adhérents, répondra aux plus courantes et filtrera celles qui auront besoin de notre ultime arbitrage.

— Aujourd'hui, tout est fait dans l'urgence, faute de temps à y consacrer. Cela nous permettrait de travailler plus efficacement et plus sereinement, ajoute Alexis en sortant de sa réserve.

Je devine alors qui est l'artisan de cette nouvelle mécanique. Il ne le dément pas dans le regard qu'il me porte.

— Ce n'est pas tout, intervient Jacques avant que je pose la question qui me brûle déjà les lèvres.

Sa mine plus concentrée m'alerte.

— Comme je te l'ai dit, ton rapport m'a éclairé sur les faiblesses de notre organisation. J'ai pu ainsi constater que nous n'offrons pas aujourd'hui certains services que nos membres sont en droit de réclamer ou d'aller chercher ailleurs en prenant des risques. Jusqu'à présent, nous remédiions à cette situation par des expédients extérieurs onéreux qui nous mettaient en danger d'être dénoncés également. Ce service, Anne Lenoir le dispense fort bien.

— Ne me dis pas que vous allez créer une agence de prostituées à votre tour ! je m'exclame, décontenancée par cette perspective.

— Nous n'allons pas la créer, me rassure-t-il. Il s'avère que la Société a toujours su exploiter parfaitement les talents et les ressources de ses membres et, à mes débuts, Henri m'a enseigné qu'une bonne association valait mieux que d'user de la contrainte ou de la menace.

— Tu songes à faire entrer Anne Lenoir au sein de la Société ?

— Tu l'as suffisamment pratiquée pour savoir qu'elle n'est pas femme à renoncer à son indépendance. Elle dispose en outre d'assez de moyens personnels pour satisfaire ses fantaisies.

J'opine et je le laisse poursuivre.

— Tu l'as souligné dans ton rapport, Anne Lenoir est remarquablement intelligente et dotée d'un grand sang-froid. Elle m'a écouté avec beaucoup d'attention et a fort bien compris l'intérêt de ma démarche.

— Dois-je en conclure que vous êtes parvenus à un accord ?

— À une association, corrige-t-il.

— Une association, je répète, dubitative.

— D'un point de vue pratique, *ALA* continuera de se charger du recrutement du personnel, s'empresse de préciser Alexis. Nous lui communiquerons les exigences de nos membres, dont elle tiendra compte dans ses choix. Tu dois avoir une idée pointue de ce que je veux dire.

Son insinuation m'arrache un sourire en même temps qu'elle me donne un coup au cœur. Je sais parfaitement ce que cela signifie, et je n'ai aucune crainte au sujet du recrutement évoqué. Je regrette seulement de ne plus y participer.

— Et ensuite ? je demande, intriguée.

— Ensuite, tu comprends tout l'intérêt de cette nouvelle agence. Il s'agira de « passer commande », ironise-t-il.

— C'est en effet pour nous que le changement sera le plus conséquent, confirme son père en le réprimandant d'un coup d'œil vaguement rieur. C'est la raison de ta présence ici, Lou.

— Moi ?

Une sensation vaguement désagréable m'envahit. Je me sens soudain en équilibre précaire sur un fil. Jacques cherche visiblement ses mots pour évoquer la suite. Je fais un bond en arrière de plus de dix ans, je me revois dans son salon, l'écoutant me faire la proposition qui allait modifier le cours de ma vie. Il avait la même prévenance, la même manière de scruter sur mon visage les effets de ses paroles.

— Je sais le sacrifice que tu as consenti pour mener ton enquête à son terme, lâche-t-il.

Il a beau avoir parlé très doucement, l'attaque fait mouche. Mes yeux se lèvent, accusateurs, vers un Alexis qui se contente de hausser les sourcils d'un air innocent. J'ai une furieuse envie de l'étrangler.

— Jacques, je...

— Laisse-moi terminer, je t'en prie, m'interrompt-il en posant sa main sur mon épaule, comme chaque fois qu'il a un message à me faire passer.

Je me tais, résignée à subir jusqu'au bout le supplice d'une situation dont je suis responsable. Si je l'accepte, je n'en ai pas moins mal. Je parie que mon état d'esprit n'a guère de mystère pour Jacques ; sa voix emprunte un ton paternaliste.

— Tu as fait un travail exceptionnel et je suis le premier à t'en remercier. J'aurais cependant préféré ne pas t'imposer une telle situation. Je n'ai hélas pas pris la mesure exacte de ce que je te réclame depuis tout ce temps que tu œuvres en coulisses pour le compte de la Société. Je t'ai privée de la vie normale d'une jeune femme normale. J'ai été aveugle et je t'en demande pardon aujourd'hui.

C'en est trop, les larmes picotent au bord de mes paupières. Ma poitrine est si douloureuse qu'un petit hoquet m'échappe. Jacques a alors un geste d'une tendresse bouleversante. Il me serre dans ses bras et me laisse déverser sur sa veste hors de prix un peu de mon chagrin trop lourd à porter.

Je déteste lui offrir ce spectacle affligeant, je me suis toujours montrée forte, à la hauteur de ses enseignements, ce n'est pas maintenant que je vais m'effondrer. Pleurer, ça ne me ressemble pas. Je ravale mes larmes et m'écarte un peu en m'excusant de ce débordement. Jacques secoue la tête avec indulgence et efface une trace humide sur ma joue tout comme son fils, quelques jours auparavant.

— Il est plus que temps pour toi aussi d'opérer un changement d'orientation professionnelle, affirme-t-il. Voilà trop longtemps que tu vis dans l'ombre et que tu renonces à tout ce qui fait le charme de la jeunesse.

Il use des mêmes mots qu'il y a dix ans. Je me sens pâlir sans pouvoir détacher mon regard du sien, tendre et inquiet. Je n'ai fait que mon job, certes, au détriment de mes sentiments personnels, mais j'ai au moins la satisfaction du devoir accompli envers la Société, envers lui, qui m'a tout donné dans l'existence. Si ses paroles sincères me touchent, elles attisent une crainte viscérale en moi.

— Jacques, je ne sais faire que ça. Ma vie, c'est à la Société que je la consacre. Éléonore et toi êtes ma seule famille. Tu ne peux pas exiger de moi que je m'en éloigne.

— Il n'est pas question une seconde que tu t'en éloignes, se hâte-t-il de me rassurer avec un sourire désarmant.

Je sourcille en le dévisageant. Mon cerveau a du mal à fonctionner de manière très rationnelle.

— Tes talents, ton charme, mais aussi ton autorité, ton caractère bien trempé et ton extraordinaire capacité d'adaptation sont des atouts que nous avons largement sous-exploités, me taquine-t-il. Il est temps de les mettre plus largement en œuvre. Ce poste de direction, nous l'avons conçu en songeant uniquement à toi, Lou.

Je manque de m'en étrangler sous le regard amusé des Duivel, père et fils réunis.

— Vous êtes sérieux, tous les deux ? je tiens à m'assurer avant de tenter d'y réfléchir à mon tour.

— Nous le sommes, crois-moi ! Nous en avons discuté avec Paul, qui s'est immédiatement rangé à notre avis, si tu veux tout savoir.

— Moi, directrice de la Société ? j'insiste, abasourdie.

— En qui d'autre que toi pourrions-nous avoir suffisamment confiance pour lui donner tous les pouvoirs nécessaires afin d'actionner l'ensemble du réseau à notre place ? Qui mieux que toi connaît personnellement chacun de nos membres, leurs petites manies, leurs préférences ? Et enfin, qui connaît non seulement le fonctionnement de notre organisation, mais aussi celui d'*ALA*, avec qui il faudra assurer le lien permanent ?

— Anne Lenoir est-elle au courant de cela ? je réagis aussitôt.

— Elle l'est.

— Et elle n'a pas émis d'objection ?

— Au contraire. Elle a beaucoup apprécié de savoir qui tu étais en réalité.

— Tu le lui as dit ? je bredouille, stupéfaite.

— Je ne pouvais répondre autrement à ses légitimes interrogations que par la vérité. Une association comme celle que nous avons conclue ne se conçoit que dans une relation de confiance. Non seulement elle ne t'en tient pas rigueur, mais elle éprouve pour toi une certaine admiration.

Je me force à le croire avant d'en revenir au sujet principal de notre conversation.

— En quoi consisteront exactement mes fonctions ?

— Tu en connais déjà les grandes lignes : répondre aux demandes des membres pour ne transmettre à Alexis que celles qui nécessiteront son avis ou son intervention personnelle, assurer le lien entre *ALA* et la Société pour subvenir aux exigences de nos adhérents.

— Et pour ce qui concerne les enquêtes préliminaires, je continuerai à les faire ?

Jacques fronce les sourcils et jette vers son fils un coup d'œil qui m'alarme un peu.

— C'est en effet un problème, d'autant qu'il n'est pas le seul, affirme alors ce dernier.

— C'est-à-dire ?

— Je sais trop bien ce que coûte le travail que nous te proposons en termes de disponibilité, Lou, explique-t-il d'un air grave. Pour le faire bien, c'est quasiment du temps complet. Or, s'ajoute à cela l'ouverture prochaine de « L'Écarlate ». Dans la mesure où nous souhaitons faire intervenir certaines des filles d'*ALA* au sein même de cet établissement, il nous semble judicieux que tu sois également à la tête du club.

Je pousse un petit sifflement. Leur confiance m'honore, mais elle est de poids. Je suis pour ainsi dire en première ligne du réseau. Alexis comprend mon hésitation et enchaîne sur la suite.

— Tu imagines bien que si nous te chargeons en plus des rapports comme tu les fais aujourd'hui, il te sera impossible de tout gérer de front.

— Alors que préconises-tu ?

— Pour les enquêtes, que tu recrutes et formes quelqu'un dont tu pourras être sûre. Pour le reste, nous envisageons de pourvoir un poste d'adjoint qui te secondera utilement.

— Avez-vous une idée concernant cet adjoint ?

Ils se concertent sans un mot, un regard en dit suffisamment long sur les débats qu'ils ont dû avoir à ce sujet. Puis Jacques se décide.

— Nous pensons que la personne la plus indiquée pour cela n'est autre que Liam Lenoir.

La flèche m'atteint de plein fouet. Il me faut plusieurs secondes avant que mon esprit accepte cette information. Je me raidis devant Jacques, qui m'observe d'un air anxieux.

— Non.

Ma voix a claqué, sèche et déterminée. Ma réponse semblait attendue, de toute façon, et leurs arguments préparés.

— Réfléchis, Lou, ce jeune homme dispose déjà de tous les renseignements nécessaires, il connaît les rouages de l'organisation de sa mère, plus que ça, il y participe. Depuis sa plus tendre enfance, il sait mieux que personne garder le secret, et l'influence de son père est aujourd'hui un gage d'une certaine sécurité, je l'avoue.

Je n'ai plus le cœur à entendre quoi que ce soit. Ma décision est prise. J'ai assez de mal à me défaire des sentiments que j'éprouve encore pour Liam pour ne pas souhaiter m'y exposer de nouveau. C'est un risque que je ne veux pas courir. Je crois bien que je ne supporterais pas de me soumettre à son regard, au jugement qu'il porterait immanquablement sur moi, sur ce que je lui ai infligé.

— Non, c'est absolument hors de question ! je résiste. Je suis prête à tout assumer, à tout prendre en charge, mais seule. Je n'ai jamais eu besoin de personne jusqu'à présent, je saurai encore me débrouiller ainsi.

— Lou… intercède Jacques en levant une main conciliante vers moi.

Je m'écarte de lui, piquée au vif qu'il ait pu songer à une telle possibilité.

— Jacques. Ce sera lui ou moi, mais pas les deux.

Je n'attends même pas sa réponse, je m'enfuis vers la sortie. Je ne relève pas la tête du trottoir désert de cette petite rue. Je fonce droit devant. À l'inverse, la foule n'a pas diminué sur le Boulevard Haussman. Toute à la colère dont je me serais bien passée, je bouscule plusieurs personnes dont certaines s'offusquent. Je m'en moque. Peut-être même que j'apprécierais que l'une d'elles me cherche querelle, histoire de me défouler. Je secoue la tête, je peine à me reconnaître. Dire que je n'ai pas seulement songé à demander si lui était d'accord.

*
* *

Jacques et Éléonore ont repris l'avion. Après avoir digéré l'incident et retrouvé mon calme, j'ai dîné en leur compagnie l'avant-veille de leur départ. La soirée a été très agréable. Nous avons longuement évoqué l'enfant à naître. J'ai encore du mal à réaliser qu'ils seront bientôt grands-parents, et surtout qu'Alexis s'apprête à devenir papa. Eux sont aux anges, on le serait à moins, même s'ils se désolent de vivre si loin de leur fils.

Notre conversation m'a ramenée au temps où je me sentais chez eux comme chez moi. Entre nous, rien n'a changé. Éléonore a fait preuve d'une infinie douceur pour prendre des nouvelles de mon moral et me distiller quelques conseils auxquels j'ai prêté la même oreille attentive que jadis. Quant à Jacques, il m'a entretenue plus sérieusement des projets de la Société. À aucun moment cependant il n'est revenu sur le refus que j'ai opposé à l'entrée de Liam au sein de notre organisation. Il s'est contenté de m'inviter à y réfléchir encore juste avant que je prenne congé d'eux.

Depuis notre réunion informelle dans les locaux en chantier de l'agence, Alexis se montre aussi résigné que son père. Je suppose qu'il doit être plus absorbé par la grossesse de Mickaëlla que par mes états d'âme. Il suit pourtant les travaux avec une grande vigilance, et son assiduité à visiter les lieux m'indique sa hâte à ce que tout se déroule selon le calendrier qu'il a fixé. Lui non plus ne m'a pas reproché ma réaction. Je m'attendais à ce qu'il se batte, à ce qu'il me harcèle jusqu'à l'épuisement ; il est resté complètement muet sur le sujet. Si cela m'étonne, j'en ressens un soulagement. Alexis progresse. Micky a décidément des effets positifs sur ce garnement.

Je souris à cette pensée en faisant quelques aménagements dans mon futur bureau. Officiellement, je prendrai mes fonctions de directrice le 1er septembre. D'ici là, j'ai toute latitude pour m'organiser comme bon me semble. Les peintures sont à peine sèches, les meubles sont encore dans leurs emballages, mais je n'ai pas la patience d'attendre plus longtemps qu'on vienne les monter. Je me débats donc toute seule avec une notice d'armoire. Cela m'occupe l'esprit et les mains.

Depuis la remise de mon rapport d'enquête sur l'architecte, je commençais gravement à tourner en rond en cogitant inutilement. Ressasser des souvenirs et raviver des remords, ça n'a rien de bon. Je passe désormais l'essentiel de mes journées à l'agence. Alex l'a compris et ne m'a pas dissuadée de me transformer en bricoleuse infatigable.

Les pièces des étagères sont éparpillées sur le sol et je grimace devant le schéma de montage. Les explications relèvent d'un bac +10, au moins. Pas vraiment mon truc, mais je suis du genre opiniâtre. Je fais l'inventaire des vis en tout genre quand j'entends la porte d'entrée s'ouvrir à côté. Je n'attendais personne. Intriguée, je vais voir, et la surprise m'arrête net sur le seuil.

— Bonjour, Lisa, ou plutôt devrais-je vous appeler Lou, si je ne m'abuse.

Les lèvres rouges d'Anne Lenoir s'étirent dans un sourire très avenant. Je déglutis difficilement avant de me ressaisir et de la saluer à mon tour d'une voix que je m'efforce de rendre assurée. Mon étonnement doit cependant se lire sur mon visage, elle s'empresse aussitôt d'ajouter :

— Alexis Duivel m'a dit que je pouvais vous trouver ici.

Le silence obstiné de ce cher Alex n'aura donc pas duré. Je devine la manœuvre.

— Anne, je suis... désolée..., je commence, partant du principe que la meilleure défense est l'attaque.

— Non, me coupe-t-elle avec autorité. Ne le soyez pas ! Vous avez excellemment fait votre travail. Je porte l'entière responsabilité de mon imprudence et de ma faiblesse à votre égard, vous n'avez pas à vous en vouloir. Vous m'avez par ailleurs préservée d'ennuis imminents et bien plus graves. Je vous dois finalement plus de remerciements que de reproches.

— J'ai usé de méthodes... déloyales, je confesse douloureusement.

— Lou, avant de poursuivre, puis-je me permettre une question très personnelle à laquelle je souhaiterais que vous répondiez en toute franchise ?

— Je vous écoute.

— Avez-vous à un moment ou à un autre été sincère avec Liam ?

J'ai du mal à encaisser. Mes mains en tremblent un peu, je les fourre dans les poches de mon jean. Je pensais que tout était fini, que j'avais tourné la page, je m'aperçois que ce n'est pas tout à fait le cas. Cette question rouvre la plaie, m'oblige à gratter la surface. Je lui dois néanmoins la vérité.

— Je l'ai toujours été, je réponds avec toute la détermination dont je suis capable.

Anne hoche la tête, puis avance de quelques pas à ma rencontre.

— Je serai très heureuse de travailler de nouveau avec vous, me dit-elle avec beaucoup de gentillesse. J'aurais toutefois aimé que le consensus que Jacques Duivel et moi avons su trouver soit partagé unanimement.

— Comprenez-moi, Anne…

— Je vous comprends, m'interrompt-elle encore. Tout comme je comprends Liam, bien que j'en sois cruellement blessée.

— Que voulez-vous dire ?

Une tristesse se peint sur ses traits parfaitement maquillés. Ses yeux se voilent imperceptiblement.

— Liam me tient pour responsable de tout ce qui s'est passé.

— Mais… pourquoi ? Ne lui avez-vous pas expliqué mon rôle au sein de la Société ?

— Je lui ai tout raconté, Lou, je lui ai aussi fait part de la proposition de Jacques Duivel tendant à ce qu'il devienne votre collaborateur dans cette entreprise, mais je n'ai pas pu en discuter davantage avec lui. Il s'est muré dans une colère que je ne lui pensais pas possible et il a quitté la maison. Il ne m'a plus donné de nouvelles depuis trois semaines. J'ai réussi à apprendre par l'un de ses amis chez qui il a trouvé refuge qu'il passe toutes ses nuits dans la boîte où il vous a emmenée.

La culpabilité que j'étais presque parvenue à cantonner dans un coin de mon cerveau m'envahit brusquement. Elle a un goût très amer. Jamais je n'ai supposé que Liam tiendrait rigueur à sa mère d'une faute quelconque. Leur entente me paraissait si solide, leurs liens si indéfectibles. J'ai donc apporté la discorde et le chagrin dans une famille unie et heureuse. Je me sens aussi triste que responsable. La présence d'Anne revêt soudain une autre signification que la simple courtoisie. Cela ressemble au geste désespéré d'une femme impuissante à plaider sa cause.

— Y a-t-il quelque chose que je puisse faire ? je demande en tâchant de museler la petite voix dans mon crâne qui me susurre que je vais au devant d'ennuis assurés.

Une lueur de gratitude illumine ses prunelles claires. Je remarque qu'elle joue nerveusement avec l'une de ses bagues. Le sang-froid d'Anne connaît quelques failles, et je sais visiblement les trouver.

— Je ne vous apprendrai rien, Lou, si je vous dis que Liam était éperdument tombé amoureux de vous. Pour la toute première fois de sa vie, j'ai vu mon fils concevoir des projets d'avenir en dehors de la musique, je l'ai vu heureux pour lui-même. Pour la première fois également, il s'est confié à moi sur ce qu'il ressentait pour vous. Je n'en ai pas été surprise. J'avais remarqué son intérêt dès le premier jour. Alors, quand il m'a proposé de vous retenir à l'agence plutôt que de vous laisser partir pour New York, je n'ai pas hésité une seconde à lui donner mon accord. Jamais il n'a été aussi enthousiaste et aussi déterminé. Sa… déception… est donc à la hauteur des espoirs qu'il avait fondés. Aujourd'hui, vous seule pouvez y remédier.

Je la dévisage, méfiante à poursuivre sur cette voie qui me conduit immanquablement au bûcher, mais ma conscience me l'impose. Orgueilleuse et inflexible, elle ne me laisse pas le choix d'échapper à la responsabilité de mes actes.

— Qu'attendez-vous de moi, au juste ? je marmonne, résignée.

— Allez le voir, parlez-lui ! Je suis sûre qu'il vous écoutera.

Je secoue la tête, en proie à la plus grande incertitude de ma vie.

— Après ce que je lui ai fait, il ne voudra jamais, je réfute d'une voix étranglée.

— Vous l'aimez encore, n'est-ce pas ?

Le regard perçant de mon ancienne patronne sonde le mien, qui se noie. Les rôles sont inversés cette fois. C'est moi qui coule à pic et elle qui m'observe depuis la berge.

— Ça n'y changera rien, Anne. Quoi que je ressente pour lui, cela ne réparera en rien ma faute. Il ne voudra pas m'entendre.

— Essayez, je vous en supplie !

Cet appel au secours me fait mal. Je donnerai n'importe quoi pour remonter le temps, pour agir autrement si je le pouvais, mais je n'ai ni baguette ni potion magiques. Je ne connais aucune incantation qui lui rendrait son fils, qui le ramènerait à moi, qui changerait ce que je suis : une menteuse, une tricheuse.

— Je regrette, Anne ! Et c'est bien là tout ce que je peux faire. Je crois qu'il vaut mieux pour tout le monde que je ne revoie pas Liam. Je suis bien certaine qu'il réfléchira et qu'il admettra que vous n'étiez pas la seule responsable de tous ces événements. Ça n'est qu'une question de temps.

— Vous vous trompez, Lou !

Son insistance inquiète me fige. Ses traits se sont durcis, preuve de son angoisse. Elle a cessé de jouer avec ses mains pour se dresser devant moi.

— Je ne vous le demande pas pour moi, mais pour lui.

Ces paroles éveillent en moi une alarme que je ne sais pas faire taire.

— Que voulez-vous dire ?

— Il ne va pas bien. Fabien a fini par m'avouer qu'il rentrait saoul chaque soir, qu'il refusait de répondre aux appels sur son portable. Il a même évoqué…

La voix d'Anne se brise. Mon estomac se tord tout à coup dans une peur atroce. J'efface la distance qui nous sépare pour la prendre aux épaules.

— Évoqué quoi ? je réclame, pressante. Anne, je vous prie.

— Il a dit qu'il se fichait de tout, qu'il avait parfois l'envie d'envoyer promener... la musique... et tout le reste.

Mon sang se glace et je peine à réfléchir de façon lucide, aveuglée par l'angoisse. Seul mon instinct répond présent.

— Liam ne ferait pas de geste inconsidéré, je réfute énergiquement.

— Vous ne l'avez pas vu en colère comme j'ai pu le voir, réplique-t-elle aussitôt. Je ne l'aurais pas cru, moi non plus. Mais je vous assure, Lou, que depuis, je ne suis plus aussi catégorique que vous l'êtes.

Je ne sais pas quoi rétorquer à une telle affirmation. Je suis autant démunie que torturée par la peur et la culpabilité. Anne perçoit la fêlure sur la carapace que j'essayais de maintenir. Elle se dégage de mes mains posées sur ses épaules et les emprisonne dans les siennes. Sa poigne est ferme, résolue à ne pas me lâcher.

— Juste une fois ! implore-t-elle. Allez le voir, juste une fois. Je ne vous demande pas de le convaincre de me pardonner ni même de rentrer à la maison. Mais assurez-vous au moins qu'il ne commettra pas de bêtise comme celle que je redoute. Lou ! Je n'ai pas d'autre recours que vous, ne m'abandonnez pas !

Comment rester insensible à cette supplique ?

C'est au-dessus de mes forces. Je ferme les yeux quelques secondes pour tenter de reprendre contenance. Quand je les rouvre, Anne guette ma réponse avec tellement d'avidité que je ne peux plus lutter.

— J'irai à la boîte, j'essaierai de le voir, mais je ne vous promets rien.

Les doigts d'Anne se resserrent encore autour des miens. Un sourire triste revient égayer son visage tendu. Je porte désormais le fardeau de son espoir, et il est aussi lourd que celui de mes scrupules et de mes regrets. Elle me remercie sans plus d'effusions que ce geste. Anne reste digne, fidèle à elle-même. Je l'admire. Je constate qu'entre nous, les mots s'avèrent superflus, comme entre Jacques et moi. Ces deux-là sont de la même trempe. De l'acier à l'extérieur, un cœur tendre pour les gens qu'ils aiment à l'intérieur.

Quand elle quitte mon agence, je demeure un long moment immobile, à ne plus savoir que faire de moi. Je n'ai plus envie de construire des armoires. J'ai la tête vide, l'estomac noué. La page n'est pas tournée, non. Si seulement je pouvais connaître la fin de l'histoire, ça m'arrangerait bien. Il semblerait que je sois l'auteur, hélas, de ce mélodrame dans lequel je joue le premier rôle.

Encore un rôle, et pas des moindres !

Je vais devoir travailler mon texte et ma prestation, cette fois, je n'aurai pas de seconde chance.

*

* *

Je passe plusieurs nuits d'insomnie à tergiverser. Non pas que je renonce à l'engagement que j'ai pris envers Anne, mais je crois bien que je n'ai jamais eu si peur de ma vie. Peur de constater les dégâts que j'ai provoqués. Autant j'assume de m'être infligé cette torture, autant je ne supporte pas l'idée d'avoir fait souffrir Liam au point que sa mère l'a décrit. Je ne suis pas habituée à devoir réparer mes fautes, et celle-là me coûte tellement.

Je finis immanquablement par me lever, allumer la télé et repasser en boucle cette stupide vidéo. Plusieurs fois, j'ai été tentée de la détruire sans jamais m'y résoudre. Quelque chose me retient sans que je sache vraiment quoi. Je crains qu'il s'agisse d'un espoir débile.

Chaque soir, je regarde avec la même fascination ces images qui me montrent soumise au sexe superbe de Liam. Sur l'écran, je vois mon bonheur de subir le joug parfois brutal de cet homme auquel je n'ai rien refusé. De la vidéo du premier jour, où il s'est emparé sans scrupule du plus intime de ma personne en m'obligeant à l'admirer, à celle du dernier jour, où il me rejoint pour me faire si tendrement l'amour, tout défile, me rappelant amèrement ce que j'ai perdu. Je l'entends me supplier de rester près de lui, mon cœur se brise. Pour autant, je recommence avec un bel acharnement à vouloir souffrir.

Il m'arrive parfois de ne plus supporter le vide affreux de son absence. Je porte alors moi-même remède aux exigences de mon corps. J'agis cependant comme un automate. Mes jambes s'écartent de manière bien moins sensuelle que celle dont j'ai usé pour séduire la caméra, ma main descend sans fioriture, et mes doigts s'agitent mécaniquement sur mon sexe affamé d'un autre qui ne viendra plus le soulager.

Sous mes paupières closes, je ne pense qu'à lui. Je revis ces belles images, j'appelle à moi les divines sensations gravées dans ma mémoire. Inéluctablement, je mouille et j'ondule plus nerveusement à mesure que mes fantasmes se ravivent.

Je suis dans un cinéma de quartier, sur le capot d'une voiture de luxe dans un parking souterrain. Je me donne avec une fougue qui n'a d'égal que le manque que je ressens. Je finis forcément par jouir en réprimant des gémissements qui sont autant l'expression de l'orgasme que la plainte de retourner inexorablement au néant de mon existence. Lorsque je rouvre les yeux, Liam a disparu de l'écran, la séance est terminée et j'ai toujours mal.

Le doute ne lâche plus prise et m'empêche d'agir. Les paroles d'Anne font le siège de mon esprit, aiguillonnent mon angoisse, mais je me sens paralysée. Je fais l'inventaire des mensonges dont j'ai usé. Jamais Liam ne me pardonnera. Encore moins de l'avoir sciemment drogué pour parvenir à mes fins.

Qui pourrait encaisser ça avec le sourire ?

Je ne suis vraiment pas certaine qu'il faille raviver la blessure en me présentant à lui. Je ne ferais sans doute qu'aggraver ma faute. Pour autant, j'ai promis. Et si Anne dit vrai, je serais bien plus coupable de n'avoir rien fait. Peut-être que, pour notre salut à tous les deux… je ne sais pas, je suis perdue dans le dédale de ma conscience.

*

* *

Bizarrement silencieux depuis près de deux semaines, Alexis fait irruption à l'agence, le vendredi soir. Ma mine de papier mâché devrait l'alerter sur les soucis qui me rongent, mais contre toute attente, il ne me dit rien. Il n'évoque même pas mon entrevue avec Anne, dont il est forcément au courant. Il fait l'inspection des locaux où les travaux sont achevés, les meubles installés. Il a le regard noir, les traits fermés. Je me sens devant lui comme devant un tribunal impitoyable. Je n'ai hélas pas d'arguments à lui opposer alors j'évite d'entamer les hostilités.

— Tu es prête ? me demande-t-il un peu sèchement.

— Oui. Il ne manque plus que mes « employés », je tente de plaisanter.

— J'ai retenu deux candidatures, je t'enverrai leurs dossiers la semaine prochaine.

Je hoche la tête en esquivant son examen méfiant.

— Tu n'as toujours pas changé d'avis ? finit-il par attaquer.

— Non.

J'entends le soupir exaspéré qu'il pousse. Je me détourne, ne voulant pas y accorder plus d'attention. En temps ordinaire, Alexis m'aurait rattrapée, sermonnée comme une gamine, il me laisse m'éloigner et se dirige lui-même vers la sortie. Il marque cependant un temps d'arrêt, la main sur la poignée tandis que je le regarde avec étonnement.

— Tu as tort, dit-il sans se retourner d'une voix basse aux accents soucieux. La vie est trop courte, Lou. Songes-y !

Les mots d'Alex s'infiltrent dans mon cerveau. J'ai compris le message. Je sais qu'il n'est venu que pour ça. Je fais bien piètre figure, incapable d'assumer mes actes. Je me fais honte à moi-même. Sans doute me fallait-il ce nouvel avertissement de la part d'Alexis pour réagir. Ma résolution est prise tout à coup, j'irai trouver M. Lenoir.

*
* *

Samedi soir, 23 h 30. Je défie le miroir d'un regard soucieux. Mon état d'esprit est presque identique à celui que j'avais avant de rejoindre Liam le jour du parking. J'ai revêtu la même tenue, pantalon et veste de cuir. Je suis moi, j'espère qu'il comprendra.

Je remonte la fermeture de mon blouson, puis je prends une grande inspiration pour me donner du courage. J'empoigne mon casque et mes clés, je descends en renonçant à réfléchir. Je me concentre sur la circulation durant tout le trajet pour éviter de faire demi-tour.

Au seuil de la discothèque, Boris me remet sans mal. Il me laisse entrer sur un simple signe de tête. Je lui en suis reconnaissante, il m'épargne une négociation qui aurait été de trop. Je dépose mes affaires au vestiaire, puis je me tourne vers la porte comme si je m'apprêtais à plonger dans l'arène. Je tâche de respirer profondément pour calmer mon pouls qui bat trop vite, presque aussi vite que le rythme infernal de la musique qui me parvient aux oreilles.

En ce début de week-end, la boîte de nuit est déjà pleine à craquer. Je me fraie tant bien que mal un chemin parmi les danseurs nombreux pour gagner le bar d'où je sais que j'apercevrai la table à laquelle il a l'habitude de s'installer. Il est encore relativement tôt, j'ai le temps de prévoir son arrivée, d'assurer ma volonté pour ne pas faiblir au moment de l'aborder. J'ai répété cent fois le discours dans ma tête, j'en connais par cœur les mots qui sont censés le ramener à la raison. J'ai tout planifié, tout imaginé, l'improvisation n'aura pas de place dans le rôle que je m'apprête à jouer. Il le faut, pour Liam et pour moi.

Je parviens enfin au bout de la piste de danse et je risque un coup d'œil vers la table. En termes de prévisions, j'ai quelques progrès à faire. Liam est déjà là, entouré des mêmes amis que l'autre fois. Il est surtout serré de près par une jolie blonde qui le couve d'un regard qui en dit aussi long que la profondeur du décolleté artificiel qu'elle lui fourre sous le nez. Anne n'a pas menti sur un point, Liam boit. Je le vois descendre d'un trait le verre de vodka que vient de lui verser l'un de ses copains. Ce spectacle me glace, plus encore que la créature qui se vautre à ses lèvres et à laquelle il se livre volontiers.

Je me demande subitement ce que je suis venue faire. À le voir ainsi, je doute qu'il ait véritablement besoin d'entendre mes conseils ni de me retrouver sur son chemin. Anne se fait du souci pour rien. Son fils s'amuse et tout rentrera dans l'ordre quand il se sera lassé de cette existence de débauché. Il est intelligent, et sa passion pour la musique le reprendra tôt ou tard.

En tout état de cause, mon discours serait déplacé et inutile. Je le regarde couver sa voisine d'attentions plus qu'évidentes. Il ne semble pas au bord de la déprime. J'imagine d'un coup l'effet que pourrait avoir mon intervention moralisatrice. Je n'ai pas envie de me couvrir de ridicule.

D'ailleurs, est-ce vraiment pour lui que je suis là ?

N'est-ce pas davantage pour effacer les envahissants scrupules qui me tiennent éveillée chaque nuit ?

Au fond, c'est précisément ce qu'il me fallait pour clore l'affaire. Du moins, je le crois.

Je m'apprête donc à partir comme je suis venue lorsqu'il se retourne brusquement vers le bar. Puisqu'il est dit que rien ne se passerait comme je l'ai imaginé, je n'ai pas le temps d'échapper à son regard. Il se fige, les beaux traits de son visage se ferment tandis qu'il me tient en joue de ses yeux dans lesquels j'ai si souvent lu le désir. À distance, je constate que la colère a remplacé l'envie, une colère qu'il contient difficilement et qui lui fait serrer les mâchoires.

Je reste là, immobile, sans pouvoir réfléchir à ce qu'il conviendrait de faire. Alors Liam agit pour moi. Il s'empare de sa blonde et consentante voisine et l'embrasse à pleine bouche. Je reçois le message comme un camouflet. Je le mérite, après tout. Cela a pour conséquence immédiate de me réveiller.

Je prends la fuite, ça n'est pas autre chose, je dois bien l'avouer. Je fonce tête baissée vers la sortie, j'ai besoin d'air. La cohue près des portes m'empêche d'accéder aux vestiaires. Je suis contrainte d'attendre malgré mon impatience à quitter cet endroit maudit.

— C'est facile de foutre le camp, n'est-ce pas ?

Je me raidis. La voix sourde de Liam a résonné derrière moi, tout près. Je n'ose pas me retourner. Une fois encore, il prend l'initiative et, s'emparant fermement de mon bras, m'oblige à lui faire face. Mon cœur bat une chamade incroyable. Je n'ai hélas plus les moyens de l'apaiser.

— Aie au moins le courage de tes actes, pour une fois ! me lance-t-il d'un air de défi.

Je le retrouve tel qu'il était au premier jour, provocateur et narquois. Sur ce terrain-là, je suis plus à mon aise et mes réflexes agissent pour moi.

— C'est précisément le cas, je réplique, glaciale.

Liam émet alors un ricanement moqueur.

— En te barrant à la première alerte au lieu de venir me présenter de pâles excuses ?

Je prends une autre gifle, mais j'encaisse.

— Je ne suis pas venue te présenter mes excuses.

La réaction de Liam est immédiate. Il resserre sa prise autour de mon bras et m'entraîne de force vers le couloir où se trouve sa loge. Je me laisse malmener sans résister. J'éprouve un léger vertige quand il me précipite à l'intérieur avant de refermer sur nous.

Malgré mon émoi, je constate que la banquette-lit est dépliée, que les draps sont froissés, que plusieurs de ses vêtements gisent sur une chaise à côté. Il semblerait que Liam ait élu domicile ici et non chez Fabien, comme le prétendait Anne. Le doute revient s'emparer de mon esprit.

— J'espère que tu es satisfaite, grogne-t-il entre ses dents en ouvrant les bras sur le spectacle de cette loge transformée en chambre. Tu pourras faire ton petit rapport à ma mère puisque tu sais si bien les faire.

Ses paroles sont cinglantes. Je me redresse fièrement devant lui.

— Tu es injuste et égoïste, je me rebiffe. Tu étais parfaitement au courant des activités de ta mère, c'est facile de lui reprocher entièrement ce qui s'est passé. Quant à moi, non, je ne suis pas satisfaite, mais ça, je suppose que tu t'en fous !

Sur ces mots, je me dirige résolument vers la porte en tentant de le contourner. Liam ne m'en accorde pas le droit et je me retrouve aussitôt prisonnière de sa poigne. Je pourrais m'en défaire, mais comme avant, ses prunelles d'azur m'hypnotisent et me privent de volonté.

— Qu'est-ce que tu es venue faire ici, Lisa ? m'interroge-t-il d'un ton presque menaçant.

— Une connerie !

Je soutiens le regard de lave qu'il fixe sur moi. L'atmosphère se charge d'une électricité palpable. Cet affrontement ressemble en tout point à ceux que nous avons déjà connus et, je me rappelle bien comment cela a fini. Liam est trop près de moi, son souffle effleure ma peau. Je suis à la limite de la panique. J'esquisse un tout petit geste de recul et cela suffit à déclencher la tempête. Sa bouche s'empare si brutalement de la mienne que j'en aurais perdu l'équilibre si ses bras ne s'étaient refermés sur moi en même temps.

Le baiser dont il m'enivre est violent, assoiffé d'un désir indescriptible. Captive de son étreinte, je ne peux faire autrement que de m'y soumettre.

Bien que je veuille absolument m'en défendre, il renverse les barrières que j'ai érigées contre lui, déferle en moi comme une vague brûlante, enflamme mon sang comme jamais. Mon corps, que je pensais mort à ce genre de plaisir, se réveille avec une sauvagerie qui m'effraie. Je retrouve intactes toutes les sensations dont je ne faisais plus que rêver. Pire que ça, le manque de lui les rend aujourd'hui plus aiguës, presque douloureuses. Ses lèvres sur les miennes, sa langue qui me tourmente attisent ma souffrance en même temps qu'elles apaisent le besoin que j'avais d'elles.

Je suis prise au piège et il le sait très bien. Son baiser redouble d'intensité quand il sent que je me détends et que j'y réponds avec le même emportement. Il me conduit peu à peu à une défaite à laquelle je ne suis pourtant pas prête à consentir. Liam avait juré que je ne serais pas de ces conquêtes qu'il baiserait ici. C'est alors que la porte de la loge s'ouvre à la volée.

— Liam, qu'est-ce que tu…

La jolie blonde se fige après quelques pas et nous dévisage avec une visible consternation qui vire à la furie quand elle réalise ce qui se passe. Je saisis aussitôt l'occasion qu'elle m'offre de me sauver de la noyade et je me dégage vivement des bras de son petit ami. Pris au dépourvu, Liam n'a pas le temps de me retenir avant que j'aie gagné la sortie. J'entends la fille qui proteste en l'accusant vertement. Sans doute l'empêche-t-elle de se lancer à ma poursuite, à moins qu'il n'en ait pas envie, après tout.

Je réussis à récupérer mon vestiaire et à rejoindre ma moto sans encombre. J'actionne le démarreur d'un geste rageur et j'enfile mon casque. Liam apparaît alors dans l'encadrement de la porte qui s'ouvre précipitamment. Il s'arrête toutefois sur le seuil. Nos regards s'accrochent à distance. Comme dans un flash, j'ai à l'esprit l'image des aimants qui se repoussent. Une force m'éloigne irrémédiablement de lui, comme si je ne me sentais pas le droit d'être là. J'ai fait une erreur, une grave erreur en venant.

J'abaisse ma visière et j'enclenche la première. Je ne souhaite plus qu'être loin, très loin. Au diable les limitations de vitesse, ce soir, je m'en moque. Je n'ai pas le cœur à rentrer chez moi. Je fonce droit devant, n'ayant pour seul dérivatif à mes sinistres pensées que l'attention que je porte à mon compteur.

Plus vite, toujours plus vite !

*

* *

La sonnerie de mon portable me transperce le crâne. Une abominable migraine me taraude. J'émerge de sous l'oreiller et je tâtonne sur le chevet à la recherche de ce crétin de téléphone. Sur l'écran, le nom d'Alexis qui s'affiche me prévient d'une engueulade en perspective. Je marmonne un « allô » pâteux, qui est suivi d'un silence assourdissant.

— Peut-on savoir ce que tu as encore fichu de ta nuit ? me tombe-t-il enfin dessus comme je le craignais.

— Dès que je m'en souviens, je te le dis, je grimace en me redressant.

C'est en partie la vérité. Mes souvenirs s'arrêtent au sixième ou septième verre de vodka, dont la bouteille doit traîner quelque part dans le salon. C'est la première fois que ça m'arrive, j'ai voulu voir ce que ça faisait, ce que Liam pouvait trouver comme réconfort dans ce genre de voyage. J'en suis pour mes frais, mais au moins, j'ai dormi comme une masse au lieu de m'enliser dans d'autres considérations que je souhaitais éviter. Après trois nuits d'insomnie, je n'avais plus de recours. Un élancement dans ma tête m'arrache une plainte.

— Fais-toi un café bien fort et prends deux comprimés d'aspirine. Je t'attends dans une heure sans faute à « L'Écarlate ».

— Pour quoi faire ?

— Les travaux sont pratiquement achevés, ça vaut sans doute la peine que tu y jettes un coup d'œil, non ?

— On ne peut pas faire ça plus tard ? je grogne, mécontente qu'il m'oblige à sortir uniquement pour ça.

— Je dois te parler d'une chose importante, consent-il finalement à m'avouer.

— Très bien, j'y serai, je soupire avant de raccrocher.

Pour qu'Alexis me dise ça au téléphone, c'est que ça doit être grave. Je suis donc ses conseils, j'avale le médicament en même temps qu'une pleine tasse de café très serré, puis je prends une douche plus que nécessaire. Une heure précise plus tard, je frappe à la porte du club. Je me sens jugée de la tête aux pieds par le regard que m'adresse M. Duivel junior.

— Je suis à l'heure et présentable, tu n'as rien à me reprocher, je déclare en lui passant devant.

— C'est ce que je vois, confirme-t-il en me suivant.

Dans la grande salle, la transformation est impressionnante. Un bar circulaire somptueux en occupe désormais le centre, et de profonds canapés ont été installés un peu partout. Le plancher a été remplacé, tout a été refait. Mais ce n'est pas ce qui attire le plus mon attention.

Dans ce décor tout frais, Mickaëlla sourit, visiblement très contente du résultat. Son ventre légèrement arrondi se dessine discrètement sous la jolie robe qu'elle arbore. Elle n'en est pas moins élégante – loin de là, elle n'a jamais été plus belle. Elle m'accueille avec effusions. Son étreinte est chaude et tendre, elle est heureuse et ça se ressent. Alexis la rejoint pour la ramener contre lui dans un geste qui lui est habituel.

Je réprime une vague d'amertume en les voyant si unis pour leur offrir un visage aimable et recueillir des nouvelles de la future maman. Si je l'ai pensée un moment affectée par sa démission du lycée, je constate qu'il n'en est rien. Elle fait preuve d'un bonheur réel et d'un enthousiasme non feint pour les projets de la Société. Elle me taquine un peu en m'appelant Madame la Directrice, comme si elle profitait déjà du recul qu'elle a pris par rapport aux activités de l'organisation. Sa sérénité et sa joie de vivre font du bien. Il n'y a qu'à voir le regard amoureux et fier dont la couve son mari. J'ai tout à coup besoin de m'intéresser à autre chose.

— Tu avais une nouvelle importante à me dire ? j'interroge ce dernier.

Il acquiesce en affichant de nouveau un visage nettement plus sérieux.

— Le conseil d'administration de la Société s'est réuni par téléphone, commence-t-il.

Un frisson parcourt mon échine, je déteste quand Alex prend ce ton solennel qui ne m'indique rien de bon. Je tente néanmoins de garder toute ma placidité en attendant la suite.

— Nous avons longuement discuté de la réorganisation, et nous sommes parvenus unanimement au constat que la charge de travail qui va t'incomber est beaucoup trop lourde.

Je reçois un coup dans la poitrine et je m'en offusque. Alexis m'empêche cependant de protester en me dardant un regard dont il a le secret.

— Dans la mesure où tu n'acceptes pas d'adjoint et où les enquêtes préliminaires relèvent toujours de ta compétence, nous ne voyons pas comment tu pourras tout assumer. Paul nous a fait judicieusement remarquer combien il est illusoire d'espérer que tu recrutes et formes aussi facilement un nouvel enquêteur. Il t'a fallu des années pour parvenir au niveau où tu en es aujourd'hui. Nous préférons donc que tu poursuives cette mission dans un premier temps.

— Ce qui signifie, concrètement ? je réclame, soupçonneuse.

— Nous avons constitué en urgence une société écran qui se chargera de diriger « L'Écarlate ». Cela aura en outre l'avantage de réduire les risques personnels que tu aurais été amenée à courir.

— Une société écran pour ça ? je m'exclame, incrédule. Je ne suis pas idiote, Alex, qui a pris des parts dans cette combine ?

Il sourit devant ma résistance tandis que Micky le bouscule avec indulgence.

— Nous deux, mes parents, bien sûr, ainsi que Paul. Il se peut en outre que nous accueillions un partenaire supplémentaire. C'est lui qui assurerait dans ce cas la direction de l'établissement sous le contrôle du conseil d'administration.

— De qui s'agit-il ?

— Mon père souhaite t'en parler en personne d'ici un moment. Il tenait cependant à ce que tu sois avertie des nouvelles dispositions afin que tu puisses y réfléchir et te réorganiser avant que tout soit définitivement mis en place. Nous avons encore quelques semaines devant nous, mais le temps passe si vite et il se profile tellement d'événements importants que nous avons jugé utile d'agir maintenant.

J'opine, songeant que Jacques me demandera probablement d'enquêter précisément sur ce partenaire avant d'entériner quoi que ce soit. Je prends acte, je n'ai pas le choix, de toute façon. Passé mon sursaut d'orgueil de l'autre fois, j'avoue que je commençais à nourrir quelques inquiétudes quant à ma capacité à tout gérer seule. La décision du conseil m'ôte d'un poids et d'un risque certain. Je m'incline avec un soulagement qui rassure le charmant couple devant moi. Notre réunion prend donc fin sur une note plus joyeuse. Je regagne mon chez-moi, la tête occupée par les nouveaux projets de la Société auxquels je suis si intimement liée.

*
*   *

Il est un peu plus de 18 heures quand je franchis le hall de mon immeuble et grimpe jusqu'au troisième étage. Machinalement, je sors les clés de ma poche, mais un pressentiment m'alerte.

Aurais-je pu oublier de verrouiller avant de partir ?

Certes, je n'avais pas tout à fait les idées claires, mais quand même !

J'entre avec une certaine prudence. Il flotte dans l'air un parfum inhabituel, un parfum si vivace qu'il ne peut être le seul fruit de mes souvenirs. Je dépose mes affaires sur la console, puis je risque quelques pas vers le séjour, le cœur battant.

Liam est tranquillement installé dans le canapé, mon ordinateur portable sur les genoux. Près de lui se trouve la carte mémoire des vidéos. Il a eu visiblement le temps de pratiquer une fouille en règle des lieux avant mon retour. Dans mon esprit règne le chaos le plus total tandis que lui observe mon ahurissement sans manifester la moindre émotion.

— Puis-je savoir comment tu es entré ici ? j'attaque, à défaut de trouver de meilleurs arguments de dialogue.

— Tu n'es pas la seule à pouvoir crocheter les serrures, me répond-il avec un calme qui me désarçonne.

— Comment as-tu obtenu mon adresse ?

— C'est vrai que nous n'avons pas eu l'occasion d'en discuter. Mais si ça peut t'amuser, sache que je n'ai pas apprécié de constater que celle que tu avais donnée sur ton CV était fausse, tout comme ton numéro de portable.

— Il n'était pas faux. J'ai juste remplacé la carte SIM et détruit l'ancienne, je rectifie entre mes dents. Cela ne répond pas à ma question, comment as-tu su ?

— J'ai puisé mes renseignements auprès de sources plus fiables que la tienne. À ce propos, Pondichéri62, tu aurais pu trouver autre chose que ton adresse comme mot de passe pour ton ordinateur. Je viens de lire en détail le rapport que tu as fait sur moi.

Mon estomac se noue en voyant son beau visage perdre toute trace de l'humour grinçant qu'il affichait jusque-là, mais je ne fais aucun commentaire.

— Il est exact, exhaustif et froidement détaillé, ajoute-t-il en guettant ma réaction. Vous avez fait du bon travail, agent 007.

Son constat est amer et me fait mal. Je suis bien décidée à ne rien lui en montrer. Je me détourne en faisant mine de vouloir ranger mes affaires. Comme toujours, ce comportement distant l'exaspère. Il abandonne mon ordinateur et quitte d'un bond le canapé pour venir s'imposer face à moi.

— Tu ne t'en tireras pas comme ça, prévient-il. Ça commence à bien faire de prendre la fuite. C'est trop facile.

Je le connais suffisamment bien en effet pour savoir qu'il ne lâchera pas tant qu'il n'aura pas obtenu ce qu'il souhaite. Autant en finir rapidement, que cette torture se termine.

— Qu'est-ce que tu es venu faire ici ?

— Peut-être la même chose que toi quand tu es venue à la boîte.

Je ne me laisserai pas piéger si facilement. Je lui sers l'argument que je tenais prêt pour l'occasion.

— Ta mère s'inquiétait pour toi.

— Oh et cela t'intéressait au point que tu veuilles le constater par toi-même ?

Il me faut une seconde avant de pouvoir renchérir, une seconde de trop qui trahit mon émoi et dont Liam profite. Emporté il y a quatre jours, il change de registre aujourd'hui. Sa main se lève doucement vers ma joue et sa voix se fait velours.

— La représentation est finie, Lou !

Mon vrai prénom dans sa bouche prend tout à coup une consonance différente, plus sensuelle. Je réalise brutalement qu'il a raison. Les masques sont inutiles. Ses doigts légers relèvent mon menton, suivent le tracé de mes lèvres. Je reste immobile et silencieuse. Je sais me battre contre l'ironie, contre la colère, je ne sais toujours pas lutter contre ça. Je m'effondre tandis que lui gagne en assurance.

— Tu n'imagines pas à quel point je me suis senti perdu en me réveillant le lendemain de ta fuite, raconte-t-il très calmement. Je t'ai cherchée partout, j'ai appelé ton portable des dizaines de fois. J'ai mis longtemps à comprendre ce qui s'était passé en réalité et à admettre que tu t'étais bien foutu de moi.

J'ai un sursaut de protestation qu'il contient d'une simple caresse sur ma bouche.

— J'étais si furieux que je m'en suis en effet pris à la seule personne qu'il restait pour affronter le déluge. Quand ma mère m'a révélé un peu plus tard les dessous de cette histoire, je l'en ai tenue pour responsable en oubliant à quel point j'étais moi aussi impliqué et à quel point je m'étais livré à toi alors que je devinais que tu nous cachais quelque chose. Tu as raison, j'ai été injuste envers elle et égoïste de croire que j'étais la seule victime de tes manigances. Je le regrette d'autant plus que je sais désormais que tu l'étais tout autant.

J'ouvre des yeux ronds en le dévisageant, incrédule du fait qu'il soit si bien informé de ce que je ressentais. Il réprime un sourire entendu et se fait fort de compléter d'un ton plus léger.

— Tu ne m'aurais pas embrassé comme tu l'as fait samedi soir si tu n'éprouvais rien pour moi.

Prise au dépourvu par cette remarque qui me met face à mes propres contradictions, je me rebelle en usant de la seule arme qui me vient à l'esprit.

— Juste avant que ta petite amie te rejoigne, n'est-ce pas ?

La jalousie qui perce dans ma réplique l'amuse. Un point pour lui, hélas.

— Tu sais très bien qu'elle n'était pas ma petite amie, rectifie-t-il après m'avoir laissé mariner quelques secondes. Elle n'était ce soir-là que mon instrument pour te défier. Je dois dire que je désespérais que tu arrives enfin, sa compagnie n'était pas des plus géniales.

Un coup de chaud me monte aux joues. Je dois probablement avoir mal compris le sens de ses paroles. Il devine mon incertitude dans le regard effaré que je lui adresse.

— Ça t'étonne ? joue-t-il à mes dépens.

— J'aimerais que tu m'expliques, là.

— Je t'attendais depuis plus d'une semaine et je commençais à craindre que ma chère maman n'ait pas été suffisamment convaincante dans son numéro de mère éplorée, abandonnée par un fils ingrat et suicidaire.

— Tu veux dire que ta mère…, je bredouille, abasourdie au point de ne plus trouver mes mots.

— Mmmm, elle ne t'en dira rien, mais elle était assez contente de pouvoir te rouler sur ton propre terrain, confirme-t-il avec des accents moqueurs. Pour une fois qu'elle se risque à jouer les actrices, elle pensait avoir plutôt réussi. J'aurais été déçu de devoir la contredire. Aussi, ne te voyant toujours pas venir, dans le doute, j'ai sollicité l'aide d'Alexis Duivel. Il s'est empressé de me prévenir qu'il se chargeait de toi et que tu n'allais certainement pas tarder à débarquer. J'ai donc pris mon mal en patience auprès de cette fille qui a fini par croire qu'elle était parvenue à me séduire davantage que ses copines. Quelques jours de plus et je risquais gros.

Je suffoque un peu en réalisant dans quel piège je suis tombée sans la moindre méfiance. Je suis si surprise que j'en oublie d'être vexée. Si de la part d'Anne c'est une véritable révélation qui me laisse pantoise, voilà en tout cas qui me rassure au sujet de ce cher Alex. Il n'a finalement pas tellement changé. Sa visite à l'agence était donc bel et bien ce que je supposais. Je secoue la tête en guise de seule désapprobation.

— Quand as-tu rencontré Alexis ? je cède à la curiosité.

— Il est venu me trouver à la boîte après que j'ai quitté la maison avec fracas. Il a dit qu'il comprenait ma réaction ainsi que mon refus de donner suite à la proposition de son père de travailler pour la Société. Il a néanmoins insisté pour que j'écoute sa version de l'histoire… ton histoire, Lou.

Il marque un temps d'arrêt en m'observant avec cette tendresse qu'il avait avant mon départ. Ma gorge se serre, je dois lutter contre une émotion qui risquerait de déborder. Ses doigts voyagent sur ma joue, retiennent mon attention jusqu'à ce qu'il reprenne.

— Alexis m'a tout déballé, depuis le jour où il t'a rencontrée pour la première fois dans le bureau de son père. Il m'a dit aussi tes doutes, tes peurs et ta souffrance dont il a été le confident dernièrement. J'ai alors compris que j'avais vu juste à ton sujet, et je n'ai pas été étonné d'entendre tout ça. J'ai presque été rassuré, je dois dire. Au fond, la seule chose qui m'importait était que tu ne t'étais pas enfuie de l'autre côté de l'Atlantique, comme je l'ai pensé un moment. Maintenant, tu peux toujours te retrancher derrière un personnage, user d'artifices en tout genre, je sais ce que tu es capable de faire et qui tu es en vérité.

— Une menteuse, une tricheuse, une voleuse, je rétorque, en plein naufrage.

— Parce que tu crois que je suis différent ?

Le temps s'arrête soudain. Une étincelle farouche brille dans les prunelles qu'il fixe sur moi.

— Quoi que tu en penses, je ne vaux pas mieux que toi. Moi aussi, je joue un rôle, reprend-il très doucement. La seule différence, c'est que moi, je m'expose à la lumière pour dissimuler ce que je suis. Mais mon terrain de jeux est le même que le tien. Je séduis et je mens sans plus de scrupules que toi. Je cache jusqu'à ma véritable identité au point que je défie un seul de mes amis de dire qui est mon père, ce que je fais de mes loisirs ou de dénoncer mes fonctions dans les activités occultes de ma mère. Je sais mieux que personne ce que tu éprouves. Toi et moi, nous sommes pareils.

Son discours m'ébranle définitivement. Ils sont loin, enterrés, mes sous-entendus qui étaient censés le mettre en garde contre moi. Il connaît tout, qui je suis, d'où je viens, ce que je fais, même ce que je ressens pour lui puisqu'un autre l'a si bien renseigné.

À quoi bon me défendre encore ?

Je le regarde se pencher sur moi en m'hypnotisant de ses yeux azur. Le contact de ses lèvres douces et chaudes sur les miennes me fait frémir et, comme avant, il suffit pour que je dépose les armes à ses pieds. Il ne va pas plus loin que ce simple baiser cependant, alors que je m'enflamme déjà d'un désir violent.

— Tu te souviens de l'Omikuji ? m'interroge-t-il dans un souffle, en s'éloignant à peine.

— Oui, je murmure pareillement.

— Nous ne sommes pas faits pour nous repousser indéfiniment, Lou.

— Ni toi ni moi n'avons retourné notre aimant, pourtant.

— Quelqu'un l'a fait pour toi.

— Qu'est-ce que tu entends par là ? je m'étonne en cherchant sur son beau visage une réponse à cette affirmation saugrenue.

— Plus tard, élude-t-il en posant ses doigts légers sur ma bouche.

— Pourquoi plus tard ? je persiste, bien décidée à dénouer les fils de cette sombre histoire.

— Parce que j'ai trop envie de toi pour me lancer dans une explication qui peut attendre encore un peu, et tu auras bien du mal à prétendre que ce n'est pas ton cas également.

Mon sang ne fait qu'un tour avant que Liam fonde de nouveau sur moi. Cette fois, son baiser ne se contente plus d'être sage, il force mes lèvres, s'empare de moi avec la même audace que l'autre soir. Étourdie, je quitte la terre au sens propre comme au figuré. Puisqu'il a eu le temps de visiter les lieux, Liam m'emporte sans hésitation vers la chambre et me dépose au creux du lit que j'appréhendais tant de regagner le soir. En cet instant, il me paraît le plus doux des paradis.

Dans le regard de Liam, je lis tant de choses qu'il n'a pas dites. Peu importe, maintenant, je sais l'essentiel, il m'aime. Il m'aime malgré ce que je suis, malgré ma fourberie, mes mensonges, malgré ma trahison et ma fuite. Il m'aime malgré moi. Je ne mérite sans doute pas un tel cadeau, mais je m'en moque, je le prends sans hésiter. J'ai trop souffert de devoir y renoncer une fois. J'ai l'immense chance de pouvoir rattraper mes erreurs, je ne vais pas m'en priver.

Je me repais de chacun de ses gestes, de chacun de ses baisers. Ils m'ont tellement manqué, Liam m'a tellement manqué. Je veux sa chaleur, son odeur, sa force, je le veux tout entier. Je n'ai pas la patience d'attendre une seconde de plus. De toute évidence, lui non plus, même si sa manière de me dévêtir est étrangement plus sensuelle qu'emportée, comme s'il tenait à faire les choses en conscience pour les rendre plus inoubliables encore.

Ses mains parcourent mon corps qui frissonne sous leur mutin vagabondage. Elles s'emparent de mes seins pour les guider à sa bouche insatiable, qui les tète alors l'un après l'autre avec une avide gourmandise. Je me cambre pour mieux me donner à elle, savourant jusqu'à la douleur quand sa succion se fait trop forte. Je ne suis bientôt plus qu'un brasier sous ses lèvres obstinées à me faire gémir, tant de plaisir que d'un désir inassouvi. Comme avant, j'en viens à réclamer, à supplier qu'il abrège cette infernale attente.

D'une caresse infiniment douce, Liam écarte mes jambes. Mon cœur cesse de battre, ma respiration s'arrête, je guette fébrilement la suite. Nos yeux s'accrochent, un éclat de métal jaillit dans les siens au moment précis où il me pénètre enfin. Son sexe est dur et chaud, presque brûlant. Il m'ouvre délicatement, sans forcer. Je perçois chaque centimètre de sa progression en moi avec une acuité incroyable. C'est à la fois tendre et violent, le début et la fin, la sensation grisante de se sentir entière que je ne connais qu'avec lui. C'est un soulagement sans pareil qui me fait chavirer dans un vertige qui me prive même de pouvoir crier.

Liam reste immobile, calé au fond de mon ventre qui se régale de sa présence. Puis il se coule sur moi, il m'embrasse. Alors que je m'attendais à un cyclone dévastateur, il entame un lent va-et-vient, comme s'il voulait retenir le temps, le faire sien jusqu'à la limite du possible. Ses soupirs sur mes lèvres sont autant d'aveux du plaisir qu'il éprouve aussi à me retrouver. Ils répondent aux miens comme un écho chaque fois que son sexe sublime me remplit.

Mon corps reprend vie sous les caresses du seul maître qu'il ait eu un jour. Mes bras l'attirent, l'enlacent. J'aime le sentir si lourd sur moi. Sa manière de me faire l'amour me rend folle. Mes reins sont parcourus de petites décharges d'électricité, ma peau se couvre de frissons. Malgré moi, j'ondule plus nerveusement sous son poids qui entrave mes mouvements.

Liam se montre cependant résolu à me faire subir sa loi jusqu'au bout. Il se redresse et capture mes poignets qu'il maintient prisonniers au-dessus de ma tête. Ses prunelles d'azur se font aussi incendiaires que joueuses. Je n'ai pas la moindre intention de résister, au contraire. Je profite trop de ma défaite. Je me résous donc à ne plus bouger et à le laisser faire. Je crois bien que je ne l'ai jamais vu si beau qu'à cet instant. Je cède brusquement à une impulsion aussi inédite qu'irrépressible.

— Je t'aime, je lui lance en soutenant son regard fiévreux.

Liam s'arrête d'un coup. Un sentiment de panique m'envahit tandis qu'il me dévisage avec une intensité presque effrayante.

— Jure-le ! m'ordonne-t-il d'une voix rauque, tendue.

Déboussolée, tant par ma propre audace que par sa réaction vive, je n'ose pas obéir à son injonction. Un coup de reins mesquin m'arrache un petit cri.

— Je ne jure jamais.

— Jure-le ou je te torture, prévient-il.

— Il se peut que j'apprécie la torture.

— Ça, je n'en doute pas une minute, sourit-il. Jure, Lou, ou tu n'auras rien de plus !

— Je te le jure, je concède finalement pour qu'il aille jusqu'au bout de ce qu'il a si bien entrepris, même si je le crois peu capable de mettre cette menace à exécution.

Ces quelques mots suffisent. Liam s'abat sur moi et met à me posséder une exaltation sauvage qu'il ne contient plus et qui renverse tout sur son passage. Ses coups de reins sont amples et brutaux. Son sexe plus autoritaire fait fi, cette fois, de la moindre délicatesse. Il va et vient impitoyablement, plongeant avec sauvagerie dans le mien qui ne demandait que ça et m'arrachant d'heureuses plaintes. Ses bras sont des étaux autour de moi. Ils me font pourtant l'effet de la plus merveilleuse des prisons. Ils pourraient me briser que je n'en souffrirais pas.

Captive de son étreinte solide, de son membre dur et magnifiquement gonflé qui me tourmente inlassablement, de sa bouche qui me fait manquer d'air, j'éprouve un vertige affolant, un de ceux qui précipitent dans l'inconscience. Or, je ne veux rien perdre de ce moment. Je m'offre donc avec plus de passion à la jouissance qui m'envahit comme une vague déferlante, qui me brise les reins et enflamme mon ventre. Tandis que l'incendie me ravage, j'en réclame davantage.

Liam ne se fait pas prier. Il accède à ma supplique avec la fougue que j'aime tellement chez lui. Son va-et-vient rapide me propulse aux confins du plaisir, à ce qu'on appelle une petite mort, celle dont on aimerait ne jamais ressusciter. Le cri que je ne sais pas contenir s'éteint dans le baiser que Liam me donne.

Puis il s'écarte à peine en me dévisageant. Ses traits se tendent douloureusement tandis qu'au fond de moi, je perçois les soubresauts puissants de son sexe. Il succombe dans un râle. Le « je t'aime » qu'il me murmure achève de me conquérir. Sa jouissance se mêle à la mienne, nos lèvres se soudent pour sceller cette fois le plus beau des serments. Nous sommes désormais l'un à l'autre, plus que nous ne l'avons jamais été.

*
* *

Liam a les yeux fermés. Sa respiration lente et profonde soulève régulièrement ma main posée sur son cœur qui bat paisiblement. Je sais pourtant qu'il ne dort pas. Je ne me lasse pas de le contempler, comme si je vivais un rêve. Heureusement, son bras autour de moi est suffisant pour me rassurer. Il est bien là, pour de vrai, et il m'aime. Un petit sourire étire soudain ses lèvres.

— Si tu me disais ce qui te tracasse, me propose-t-il en devinant mes pensées.

— Ma serrure ne se crochète pas si facilement. Comment es-tu entré ?

Il se redresse tranquillement et se penche pour fouiller la poche de son pantalon qui gît au sol. Puis il dépose sur le drap un oméga d'argent auquel est attachée une clé.

— C'est la mienne ! je m'exclame, stupéfaite.

— Alexis me l'a donnée en même temps que ton adresse, confirme-t-il avec un air vaguement narquois.

— J'aurais dû m'en douter, je marmonne, vexée de ne pas y avoir songé plus tôt. Et ça ? C'est quoi ?

Liam hausse un sourcil évocateur en lorgnant le porte-clés que je lui désigne.

— Tu devrais regarder avec plus d'attention, me conseille-t-il gentiment.

J'obéis, aussi intriguée que troublée. Je remarque alors sur la tranche de l'objet le signe distinctif des membres privilégiés de la Société, celui qui leur accorde un accès illimité à l'ensemble du réseau, celui qui autorise aussi son possesseur à entrer dans le cercle restreint des intimes des Duivel. De mémoire, moins de dix personnes disposent de cette habilitation exceptionnelle, dont moi. Or, s'il est joint à ma clé, cet oméga ne porte pas mon chiffre, ni celui d'un autre membre que je connaisse. Il est frappé d'un 9 fraîchement gravé. Liam m'attire tout contre lui et me confisque le sésame que j'observe obstinément en cherchant ce que cela signifie, au juste.

— Que dirais-tu, chère amie, de devoir collaborer avec moi ? me demande-t-il d'une voix suave à souhait.

— Je croyais que tu refusais de travailler avec moi.

— En effet, je n'avais pas l'intention de n'être que ton adjoint. Ceci dit, j'évoque là un tout autre genre de collaboration que celui dont t'a parlé Jacques Duivel.

— Quel autre genre ?

Il marque une seconde de silence en sondant mon regard insistant, puis un sourire se dessine sur ses lèvres trop séduisantes pour que je résiste très longtemps à l'envie de les goûter. Je fais taire mes élans pour entendre enfin la solution de l'énigme. Lui jubile déjà de ce qu'il sait, ça se voit comme le nez au milieu de la figure.

— Ce porte-clés appartient au nouveau directeur de « L'Écarlate », lâche-t-il très sérieusement.

— Pardon ? je sursaute.

— Tu as parfaitement entendu.

— Toi ?

— Pour te servir !

Je me sens rougir en même temps que des frissons parcourent ma colonne vertébrale. Je me suis fait avoir en beauté par ces hommes que je croyais si bien connaître.

Chapeau !

Mais si j'en admire l'efficacité, je m'offusque du procédé. Ma tentative de protestation est aussitôt interrompue par les doigts du cachottier en face de moi, qui prend beaucoup de plaisir à me voir m'enliser dans la stupeur et l'indignation.

— Je crains que tu n'aies pas le choix, affirme-t-il, joueur. En tant que directrice de la Société, tu devras composer avec moi.

— Gérer « L'Écarlate » n'est pas une plaisanterie !

— Je ne le considère pas comme telle non plus. Il s'avère que j'ai à la fois la formation et les diplômes qui me le permettent, au cas où tu l'aurais oublié. Je dispose également d'assez d'expérience dans le milieu des boîtes de nuit pour savoir comment cela fonctionne. Au demeurant, ni Jacques Duivel ni Paul Peyriac n'ont contesté mes compétences.

— Tu as rencontré Paul Peyriac ?

— Il le fallait bien, puisque j'entre au conseil d'administration de la Société.

Je reste sans voix, à le regarder comme s'il venait de dire la plus invraisemblable des choses.

— Je te l'ai dit, toi et moi, nous sommes pareils, répète-t-il doucement. Nous sommes désormais à égalité, unis comme deux aimants.

Ses doigts caressent ma joue, soulignent l'ourlet de mes lèvres, descendent le long de mon cou jusqu'à mon sein, dont ils dessinent le contour. Je lutte contre le trouble que me cause ce malicieux essai d'intimidation pour l'interroger du regard. Je veux qu'il me donne enfin l'explication de ce sous-entendu qu'il entretient depuis plusieurs heures maintenant.

— Tu sais, Lou, ajoute-t-il tendrement, je crois à présent que ce religieux japonais ne parlait que de toi.

— Tu ne me connaissais pas à l'époque, je réfute.

— N'était-il pas censé prédire l'avenir ?

— OK ! Mais qu'est-ce qui te fait croire que c'est mon aimant qui a été retourné ?

— Souviens-toi, « le jour succédera à la nuit ». Je me suis trompé en pensant qu'il s'agissait de moi. En te nommant directrice de la Société, Jacques a retourné ton aimant.

— Pour autant, c'est bien toi qui intègres nos rangs et le conseil d'administration. Moi, je ne change rien.

— Que tu le veuilles ou non, cela change tout, au contraire. Tu entres dans la lumière. Tu ne pourras plus te retrancher derrière un anonymat confortable et tu devras assumer ce que tu es. Fondamentalement, moi, je ne changerai rien à ma façon de vivre. Je suis et je resterai musicien. J'occuperai seulement le reste de mon temps à gérer au mieux « L'Écarlate » plutôt qu'à bricoler les affaires de ma charmante mère, qui se débrouille aussi bien sans moi. C'est tout au plus un déplacement d'intérêts.

Décidément, ce garçon a réponse à tout. Je grimace faute de trouver d'autres arguments valables à lui opposer.

— Si on résume, moi, je fournis les clients, ta mère, les filles et toi, le lieu idéal pour leur rencontre, je marmonne, résignée.

— On peut dire ça comme ça, en effet, s'esclaffe-t-il.

— Nous sommes donc associés.

— Sans doute un peu plus que ça, conteste-t-il en taquinant ma bouche et mon téton droit.

— Je dois comprendre autre chose, là ?

— Ne fais pas l'innocente, Lou-Anne Mesnil ! Tu as parfaitement compris.

— Ce n'est pas drôle, je n'ai plus aucun mystère pour toi, je bougonne en m'offrant davantage à ses caresses persuasives.

— Il n'empêche que je n'accepterai plus jamais un verre de ta part.

Sans crier gare, sa langue s'empare de la mienne, me privant ainsi de tout moyen de répliquer. Liam me repousse sur le lit, et ses mains s'emploient habilement à affoler mes sens. Elles me promettent des heures divines et me réduisent à un silence seulement troublé par mes gémissements de plaisir.

Il est donc dit que ce diable de garçon sait disposer de moi mieux que personne, et cette fois, je n'ai plus aucune raison de résister ou de m'en plaindre. Liam a raison, tout a changé, à commencer par moi.

Qui aurait cru que l'intrépide, l'indépendante et secrète Lou-Anne Mesnil se complairait autant à ouvrir son lit à un homme si remuant, à travailler au su de tous les autres membres avec un associé si peu recommandable, et surtout, à partager sa vie avec celle d'un musicien destiné à une gloire inévitable ?

La soi-disant gardienne de l'oméga est dans de beaux draps et n'a pas du tout l'intention d'en sortir. Mon petit doigt me dit que ce doit être très exactement ce qu'on attendait de moi. Les Duivel sont d'incorrigibles manipulateurs, j'aurais dû m'en souvenir. J'ai encore quelques bonnes leçons à prendre à leur école avant d'atteindre un tel niveau de machiavélisme. Je ne désespère pas d'y parvenir un jour, d'autant que mon cher compagnon semble tout aussi doué qu'eux dans ce domaine. Je devrais me méfier.

Avant de sombrer tout à fait dans les délices dont Liam me gâte, je souris en songeant que je n'aurai finalement pas d'enquête à fournir à Jacques. Elle a déjà été faite. Il faudra par ailleurs que j'aie une conversation sérieuse avec Alexis.

Devenir père le ramollit un peu trop, il devient sentimental. Ceci dit, ça ne l'excuse pas de tout. Divulguer ainsi mes secrets et révéler les confidences que j'ai eu la faiblesse de déverser sur son épaule, ça ne se fait pas. Pas davantage que de confier ma clé à un nouveau venu, quand bien même s'appelle-t-il Liam Lenoir, est-il aussi brillant que séducteur et intègre-t-il le conseil d'administration par je ne sais quelle magouille. Je gage que ces deux-là sauront s'entendre à merveille pour me faire tourner en bourrique. Toujours est-il que je me ferai sans faute une joie d'engueuler Alexis à mon tour. Plus tard, un jour où il aura raison de mes nerfs, ce qui ne manquera sûrement pas d'arriver avec ce sale gamin.

Sacré petit frère !

10940

Composition
NORD COMPO

Achevé d'imprimer en Slovaquie
par NOVOPRINT SK
le 3 novembre 2014.

Dépôt légal novembre 2014.
EAN 9782290100943
OTP L21EPLN001704N001

ÉDITIONS J'AI LU
87, quai Panhard-et-Levassor, 75013 Paris

Diffusion France et étranger : Flammarion